깡통반지

Arno 13.6.1942

깡통반지

즈덴카 판틀로바 지음

김태령 옮김

책이있는마을

차 ■
례

이 책은 여러 면에서 매우 독특하다. 그것은 매우 우수하고 감성적인 자전적 이야기이자 고난과 열정과 탄력이 넘치는 남다른 삶의 사건과 경험을 다룬 이야기이며, 저자는 삶에 대한 공감과 호기심과 열정이 충만한 매우 탁월한 인간 존재로 등장한다. 무엇보다도 이 책은 세부적인 면에서 접근 방식이 매우 독창적인데, 이는 인정받고, 칭찬받고, 환영받고, 박수갈채를 받아 마땅하다.

　'깡통 반지'에 기초한 한 여자의 연극작품 상연에 뒤이은 토론 과정에서, 한 인도주의적 조직의 걸출한 대표는 이 책의 특징을 '위험한'이라는 표현으로, 우려를 말하는 용기를 보여주었다. 그의 우려의 핵심은, 이 책이 희망과 사랑을 주로 강조함으로써 독자들이 진술된 사건들의 비인간적 행위와 공포만이 아니라, 그것이 그 피해자들에게 미친 지극히 파괴적이고 해로운 영향을 과소평가할 위험이 있다는 것이다. 이런 우려는 당연하고도 타당하다. 히틀러의 나치가 자행한 이루 형언할 수 없는 만행의 증언들은 이런 극악무도한 행위들이 잊혀서는 안 되며, 가해자들에게 어떠한 면책도 주어져서는 안 되며, 그 파괴적인 결과들을 항상 기억하여 그것이 재현되지 않도록 노력해야 한다는 명확한 교훈을 명쾌한 표현으로 전해야 한다.

그러나 정말 중요한 점은 피해자들에게 미친 파괴적인 영향을 전달하는 방식과 강조하는 구체적 형식일 것이다. 늘 그런 진술들은 직접적이고 우발적인 행위의 잔혹한 정도와 관련된, 즉 피해자가 입은 손상의 정도와 관련된 그럴듯한 논리 방정식의 가정에 근거해서, 가령 사건이 굳어지면 굳어질수록 희생자가 입는 신체적이고 심리적인 상처도 더욱 심각해진다는 가정 등에 근거해서 이루어진다. 결국에는 가해자의 잔인성을 규탄하기 위해 피해자에게 남은 상흔을 매우 크게 부각시켜 보여주기 십상이다. 아울러 피해자가 입은 심리적 차원의 외상상해 역시 가해자의 파괴성에 무게를 두어 강조하는 방향으로 진행된다.

즈덴카 판틀로바(Zdenka Fantlová)는 소박하고 담담하게 기술함으로써, 자신이 인내한 고통과 고난을 가공하지 않은 그대로 감상적이지도 과장되지도 않게 전하는 동시에, 가련한 희생자가 아니라, 끝없는 시련의 결과로 부득이 병약자 신세가 된 쇠약한 인간이 아니라 인간적 존엄을 온전히 간직한 인간으로, 어찌 보면 이런 상상하기도 어려운 공포들에도 불구하고 살아남아 더 강인해진 인간으로 등장한다.

믿어지지 않겠지만 독자들은 이 책 전반에 걸쳐 저자가 가장 감당키 어려운 상실과 박탈과 굴욕의 한복판에서도 삶과 시련을 반추하는 독보적이고 존경스런 능력을 지켜내는 데 성공하는 모습을 반드시 보게 될 것이다. 독자들은 즈덴카가 그녀의 삶이 가져온 가혹한 상황의 순진한 희생자가 되어, 측정할 수 없는 고통과 분노에 충동적으로 대처하여 자신을 포기하는 모습을 결코 보지 못할 것이다. 대신에, 상상할 수 없는 삶에 대한 사랑과 자기 자신의 생존에 대한 확고한 믿음을 지켜내는 데 성공하는 모습을 보게 될 것이다. 그녀는 심지어 희생양이 되는 모든 상황에 직면해서조차, 희생자로서의 정체성을 인정하는 것과 그것을 인정하지 않는 것 중에서 선택하는 기분이었다고 솔직하게 쓰고 있다.

이것은 정말 놀랍지 않을 수 없고, 이 책의 중요하고 독특한 특징이기도 하다. 이런 장르의 책들은 피해자가 입은 손상의 심각성이나 생존자의 영웅적 행위와 탄력성을 강조하는 경향이 있다. 이 책의 구성이 복잡한 이유는 이 두 가지를 전부 아우르는 동시에 이 책이 제시하는-이 책에서 요란하게 알리지 않는-명확한 교훈이 가장 불리할 수 있는 상황에서도 견디고 생존할 수 있는 강인한 인간정신에 대한 이야기이기 때문이다.

그런 강조가 피해자에 대한 후원을 조직하는 사람들에게는 정작 '위험한' 것일 수 있다. 노골적으로 말해, 사람들은 역경을 이겨내고 이제 잘 살고 있는 개인들을 위해 후원금을 내지는 않을 것이다. 사람들은 지원이 절실히 필요한 쇠약한 희생자를 묘사한 호소들을 후원하는 경향이 있다. 기아 상태의 어린이들의 모습, 심각한 부상을 당한 사람들, 자식을 잃고 울부짖는 어머니들, 파괴된 집들과 동네, 임시변통 피난처의 비참한 조건들, 이런 것들이 사람들의 마음을 움직여 그들로 하여금 인도주의적 명분에 기부하게끔 한다.

그러므로 이 책은 매우 풍요롭고도 지극히 고통스런 삶을 다룬 개인적 이야기인 한편, 우리에게 그런 사건과 경험의 복잡성을 고려할 것을 촉구하면서 심각한 고민거리를 제시한다. 공포를 축소하지 않으면 그것에 지배당하지 않고, 고통의 심각성을 폄하하지 않으면 그것에 압도되지 않는다.

이 책에서 강조할 필요가 있는 또 다른 특징은, 그것이 진술된 사건들이 발생한 시기로부터 많은 세월이 흐른 뒤에 쓰였다는 사실이다. 이제 제2차세계대전이 끝난 지 70여 년이 되어간다는 점을 감안하면, 이 책은 생존자가 쓴 마지막 책일 가능성이 매우 높다. 그러나 더 중요하게 평가해야 할 점은 상당히 많은 홀로코스트에 관한 책들이 생존자들이 자신에게 일어난 일을 반추해 보고 생존자로서 자신의 새로운 정체성을 확립하기 위한 지면을 얻고자 자신들의 증언을 이용하는 생존자에 의해 쓰인다는, 다시 말해 그들 자신의 저작물이 거의 그들 자신의 치료적 목적을 위해 사용된다는 사실이다.

이것이 잘못되었다는 말이 아니다. 즈덴카 판틀로바의 경우는 그렇지 않다는 것이다. 사건이 발생한 이후 지난 세월만이 아니라 그녀의 시련을 관통하는 그녀의 두드러진 자세 덕분에, 이 책은 그녀의 생각과 감정을 정리하고자 사용된 밑그림이 아니라 수년에 걸친 자기진단을 통해 벼린 원숙한 숙고의 소산이다. 이런 면에서 이 책은 독특하다.

무엇보다도 이 책은 잔인성과 굴욕에 저항하는 지극히 보기 드문 증언이자, 인내와 사랑의 권능에 대한 겸손한 표현이며 진심과 감성을 담아 쓴 책으로, 그야말로 신선한 방식으로 우리로 하여금 인생과 인간관계에 대해 생각하고 고민하게 해준다.

레노스 K 파파도파우러스 박사(Renos K Papadopoulus PhD):
영국 에섹스 대학교 교수, 망명자와 난민을 위한 트라우마 센터 소장

여 ■
는
글

　50년 만에 처음으로 고향 마을에 돌아왔을 때 옛 학교 친구 셋이 나에게 똑같이 물었다. "1942년 1월 독일인들이 너를 강제수용소로 데려간 후에 도대체 너와 네 가족에게 무슨 일이 있었던 거니? 하루하루 생활은 어땠니? 도대체 어떻게 해서 너희 가족 중 너 혼자만 살아남은 거니? 그들이 이 마을에서 데려간 사람들 중에서 정말로 너 혼자만 살아남은 거니?"

　그래서 나는 생각했다. 우리 세대의 사람들이, 심지어 가장 친한 친구들조차도 1942년부터 1945년까지 우리가 살아낸 삶을 아무것도 모른다면, 더 젊은 세대는 그것에 대해 어떤 생각을 할 수 있을까?

독일의 절멸수용소[1]에서 살아남은 우리야말로 그 시대의 유일한 목격자이다. 아직 살아 있는 우리의 수는 많지 않다. 우리의 마지막 사람이 죽어 무덤에 묻힐 때 우리의 경험들도 전부 무덤

---

1) 절멸수용소: 절멸수용소는 강제수용소와 구분해서 사용된다. 나치 독일이 제2차 세계대전 중에 건립한 시설로서 홀로코스트로 알려진 수백만 명을 죽이기 위한 시설이었다. 제2차세계대전 중 절멸수용소는 절멸 계획의 후반기에 세워졌다. 희생자들의 시체는 대개 화장되거나 대형 무덤에 묻혔다.

에 묻힐 것이다. 아무도 그 시대를 읽어내지도, 또한 그것이 우리에게 어떠했는지, 우리가 우리의 세계를 어떻게 생각했는지 평가하지 못할 것이다. 우리는 저마다 그것을 다양한 방식으로 견디며 살아냈다.

우리의 기억들은 작은 부분에 불과하지만, 역사적으로 중요한 진실의 전체를 구성하는 부분이다. 열일곱 살 소녀 시절에 휘말린 사건들을 묘사해보기로 나는 결심했다.

보이지 않는 지도를 따라가는 여행

프라하 발 열차가 지방 소읍의 간이역에 도착했다. 사람들 몇
명이 열차에서 내려 서둘러 플랫폼을 빠져나가 주변 거리로 연
결된 지하도로 서서히 사라지며 귀로를 재촉했다.

그들 중에는 가을 정장 차림에 모자도 없이 어깨가방만 든 노
부인이 있었다. 그녀는 아무런 짐이 없었다. 그녀는 서두를 일
이 없다는 듯이 매표소를 지나 천천히 걸어갔다. 그녀를 마중 나
올 사람도 없었지만 누군가 있으리라고 기대도 하지 않았다. 그
녀는 밖으로 나와 가을 공기를 마시고는 거리로 이어진 넓은 계
단 위에서 잠시 걸음을 멈추었다. 머뭇거리며 주위를 둘러보는
그녀는 마치 이곳에 처음 온 사람처럼 보였다. 어쩌면 그녀는 더
멀리 가는 것이 조금 두려운지도 모른다.

계단 아래에 어린 소년이 자전거에 기대어 서 있었다. 그가 잠
시 그녀를 지켜보았고, 여자가 어디에 있는지 또는 어디로 가야
하는지 모른다고 단정했다. 호기심과 호의가 한데 섞인 목소리

로 그가 물었다.

"누굴 찾으시나요?"

그녀가 마치 꿈에서 깨어난 듯이 느릿느릿 대답했다.

"그래요."

"어디 사는지는 아세요?"

"네, 알아요." 그녀가 나직이 대답했다.

"그런데 길은 아시나요? 모르시면 제가 모셔다 드릴게요."

"고마워요. 호의는 고맙지만 나 혼자서 찾아갈 수 있어요."

그녀가 웃으며 말했다. 소년은 자신이 필요 없다는 것을 알고는 자전거를 타고 가버렸다. 여자는 계단 몇 개를 내려오다가 다시 걸음을 멈추었다.

여기 왼쪽에 맹인을 위한 학원이 있었는데. 그녀는 마치 아침잠의 너덜너덜한 거미줄에서 언뜻 본 꿈속 환영을 잡아채려는 사람처럼 기억을 뒤지며 생각했다. 예전에는 그 건물 앞으로 좁은 도로가 있었고, 사방으로 통하는 모랫길과 철사 울타리가 있었는데. 그녀는 회상했다. 울타리 옆에서는 늘 학원 제복을 입은 맹인 남자가 하모니카를 연주했다. 구슬프고 단조롭고 느린 곡조. 그가 그 곡을 좋아하는 것이 분명했다. 그는 자신의 즐거움을 위해 연주를 하는 듯이 보였다.

그러나 그 맹인은 오래전에 사라졌다. 그 길들이 있던 좁은 도로는 물론이고 학원도 없었다.

그녀는 남은 계단을 마저 내려와 천천히 걸어갔다. 그녀는 마치 보이지 않는 지도를 따라가듯이 길을 훤히 알고 있었다. 가끔은 그녀가 사후세계에서 돌아오고 있는 기분이 들었다. 거리 하나하나, 돌멩이 하나까지 너무나 낯익어, 그녀는 마치 냄새를 맡으며 길을 찾아가는 늙은 개가 된 듯했다. 사람들이 그녀를 주목하는데도 불구하고 그녀는 스스로 투명해지기로 했는지도 모른다. 한 걸음 내디딜 때마다, 장소는 예전 그대로였지만 모습은 완전히 달랐다. 그녀는 사람들이 위령의 날[1]에 양초와 과꽃을 팔던 묘지를 지났다. 묘지 입구 위에 새겨진 글귀는 방문객들에게 이승이 그들의 영원한 집이 아니라는 것을 상기시켰다.

지금의 너인 것, 예전에 우리도 그러했다.
지금의 우리인 것, 너도 그러할 것이다.

그녀는 예전 중세의 성벽 도시로 통하는 좁은 문을 지나 걸어갔다. 문 너머에 유랑극단이 나타나면 공연을 하던 자체 극장이 있는 '사냥꾼 주막'이 있었다.

그녀는 낮 동안 집집마다 대형 그림을 들고 다니며 표를 팔던 배우들을 떠올렸다. 그들은 다른 세계에서 온 손님이나 다름없었다. 배우들이 읍내에 있을 때는 항상 큰 행사가 열렸다. 객석에는 나무 벤치가 가득 놓이지만 빈자리가 없었다. 어린이라도 어른과 동행하면 입장이 가능했다. 그 옛날 인기 있던 연극들은 전부 공연 목록에 있었다. 〈방앗간 주인과 아들 루체르나〉, 〈방

---

1) 위령의 날: 11월 2일. 로마 가톨릭 교회의 축일 중 하나로 세상을 떠난 모든 영혼들을 위해 기도하는 날.

화범의 딸〉, 〈카를슈타인 성의 밤〉 등.

막이 내려져 있는 동안은 소란스럽기 그지없었지만 막이 오르고 불이 꺼지자마자 예측 불가능한 사건들의 신비로운 세계가 펼쳐지며 모든 사람들의 넋을 빼놓았다. 무대에서 풀과 화장품과 낡은 의상과 가발 냄새가 흘러나와 극장의 다른 냄새와 한데 어우러졌다. 무대 가운데는 커다란 갈색의 프롬프트 상자가 세워져 있었다. 그것은 주변을 둘러보기가 어려웠기 때문에, 배우들이 입을 벌리기도 전에 안에서는 연극대사가 흘러나왔다. 그러나 아무도 상관하지 않았고, 연기의 마력도 줄어들지 않았다.

극장에서 세상의 중심인 중앙광장까지는 돌멩이를 던지면 닿을 만큼 아주 가까웠다. 사람들은 저녁마다, 또는 일요일마다 교회와 읍사무소와 상점과 은행과 바타(Bata)의 신발가게와 향수 비슷한 냄새가 나던 꽃가게, 우 홀루부(U Holubu)를 지나 광장으로 산책을 나왔다.

꽃가게 옆은 이르사크(Jirsák) 씨의 포목점이었고, 사람들은 그곳에서 인형을 깁고 인형 옷을 만들 자투리 천을 얻고는 했다.

노부인의 마음속에 실타래가 풀리듯이 추억은 또 다른 추억을 불러왔다.

모퉁이 상점 슈타들레르스(Štadlers)에서는 만스펠도바(Mansfeldová) 부인이 사탕과 국민 영화관 리도비오(Lidobio)에서 상영하는 영화표를 팔았다. 아이들도 엄마의 모자를 쓰면, 몰래 숨어들어가 〈인도 창기병과 그랜드 호텔〉 등의 성인 전용 영화나 찰리 채플린 영화를 볼 수 있었다.

여자는 새 셀프 서비스 가게 앞에서 걸음을 멈추었다. 예전에 그곳은 그 가게가 아니었다. 그녀의 마음의 눈은 다른 것을 보고 있었다. 여기는 카멘카(Kamenka)로 알려진 카멘나(Kamenná) 양이 수공품에 쓰이는 자수용 울사 뭉치와 싸구려 잡동사니를 팔던 작은 상점이 있던 곳이야. 굴렁쇠와 그것을 굴리기 위한 굴렁대도 팔았지. 그 맞은편은 야코베(Jakobe) 씨의 상점이었고, 가죽 사첼 배낭과 새 책가방 냄새가 났다.

그 옆은 옷감과 봉제도구를 갖춘 플라이슈한스(Flajšhans) 씨의 가게였다. 그는 언제나 가게 앞에 서서 옛 체코 사투리로 나직이 중얼거렸다.

"강으로 내려가지 마라. 거긴 깊어. 굉장히 깊어!"

그 바로 맞은편은 '붉은부리황새의 간판이 있는' 약재 상점이었다. 이 상점에서는 병원 냄새가 났다. 사람들은 아픈 사람이 있을 때마다 이 가게로 약을 사러 왔다. 판매대 뒤쪽에는 라틴어 표지가 붙은 중국 항아리가 길게 정렬해 있었다. 흰색 코트를 입은 약사는 처방된 약을 혼합하기 위해 약재 저울에 성분을 달아 담곤 했다. 옆집은 누구나 집에서 만든 상품이나 수입품을 살 수 있는 잡화점이었다. 그 주인은 뒷마당 우리에서 여우 새끼들을 키웠다. 그 가여운 녀석들은 그곳에 갇혀 미쳐가고 있었을 것이 분명하다. 그는 항상 강아지를 구경하라며 그녀를 꾀어내려 하곤 했다. 그러나 그녀는 넘어가지 않았다. 정작 그녀는 땅콩 자루에 더 마음에 있었지만 그는 그것을 주지 않았다. 그래서 그녀는 부엌에서 사용하는 아주 고운-세 번 빻은-양귀비씨 가루를 사야 할 때만 그 잡화점에 들렀다.

옆집은 세상에서 제일 맛좋은 당과들을 파는 제과점이었다. 사람들은 일요일 저녁 식사 후에 후식으로 먹으려고 그것을 사러 오곤 했다. 후식으로는 무엇이 있었지? 초콜릿 슈크림, 럼 케이크, 크림 타르트, 거품 크림 롤, 초콜릿이 든 감자 마지팬[2], 별의별 것들! 아이스크림은 중국 항아리에서 큼직한 나무 주걱으로 퍼 담았다.

모퉁이에는 타이블(Tajbl) 씨의 편의점이 있었다. 판매대 위에는 큼직한 젤리 단지 두 개가 놓여 있었다. 하나는 흰색이고 또 하나는 분홍색이었다. 이따금 그는 몇 개를 꺼내어 아이들에게 나눠주고는 했다.

그의 상점 맞은편, 성벽과 나란히 잇닿은 좁은 거리에는 돌계단 두 개를 올라가 문전에서 초인종 줄을 당겨야 하는 어두운 작은 가게가 있었다. 어린 시절, 그녀는 그곳에서 1코루나를 내고 운세가 담긴 마술봉투를 사서 떨리는 손으로 카드의 예언을 꺼내 보곤 했다. 그 옆 모퉁이에 주막과 푸줏간이 있었고, 그곳은 매일 오후 5시에 최고의 미트로프[3]를 팔았다. 그것은 은쟁반에 담겨 판매대로 나왔고, 김과 천국의 냄새가 났다. 사람들은 가게 밖에 다다르자마자 곧바로 종이에 싼 몫을 흥정해야 했다.

매주 금요일마다 광장에 장이 섰다. 농부의 아낙들이 산지사방에서 몰려들어 버터와 블루베리와 버섯과 거위와 오리와 닭

---

2) 마지팬: 으깬 아몬드나 아몬드 반죽, 설탕, 달걀흰자로 만든 말랑말랑한 과자.
3) 미트로프: 다진 고기, 달걀, 채소를 섞어 식빵 모양으로 구운 것. 얇게 저며서 낸다.

과 비둘기를 팔았다. 그들은 물건들을 자갈바닥 위에 물목별로 자루째 줄을 세워 펼쳐놓았다. 한 줄은 버터, 다른 줄은 블루베리, 또 다른 줄은 다른 물건 등. 버터는 2파운드 단위의 덩어리로 잘려 모두 커다란 푸른 잎에 싸여 있었고, 맨 위에 잘린 견본품이 놓였다. 블루베리는 리터 단위의 바구니에 긴 손잡이가 달린 양철 주걱으로 덜어낸 다음, 손님의 그릇으로 옮겨졌다.

그녀의 어머니는 자신이 가져온 작은 칼을 이용하여 버터를 맛보곤 했다. 그녀는 줄을 따라가며 덩어리마다 칼로 찔러보고서는 눈을 감고 평가를 했다.

"아냐. 이건 아냐. 옆에 걸 해보자."

여러 개의 견본품을 찔러보고 나서야 그녀는 버터를 사곤 했다. 노부인은 철없던 시절 어머니가 창피해서 몹시 당황했던 기억을 떠올렸다. 그녀는 장날을 싫어했다. 그래서 하녀인 안차(Anca)가 구입한 물건을 담아 집으로 나르기 위해 망태기를 들고 따라와야 했다.

가장 흥분되는 것은 광장에 매월 정기적으로 서는 시장이었다. 수십여 개의 가판대가 설치되고, 어떤 사람은 터키 사탕을 팔고, 또 다른 사람은 구운 아몬드를 팔았다. 언제나 한 가판대에서는 앵무새가 상자에서 별점 카드를 꺼내어 돈을 낸 사람들에게 예정된 운명을 알려주었다. 또 다른 곳은 인형의 집을 위한 도기 솥과 냄비를 자루째 펼쳐놓았다. 바로 옆 가판대에는 색색의 풍선이 가득했다. 그러나 가장 흥미를 끄는 것은 눈가리개를 한, 주름이 쪼글쪼글한 늙은 여자 마술사 클람프르돈카

(Klamprdonka)였다. 그녀는 밝은 색 치마에 검정 숄을 두르고
서 높은 의자에 앉아 주인이 묻는 질문에 대답한다.

"말해봐, 클람프르돈카. 이 신사 분의 저고리 왼쪽 주머니에
무엇이 들었지?"

그녀가 못 맞힐 때는 없었다. 그것은 정말 신기했고, 모든 사
람들이 박수를 쳤다.

그곳에서 몇 블록 떨어진 곳에 '나 파트쿠(Na pátku)'라 불리
는 널찍한 공터가 있는데, 그곳에 클루드스키(Kludský) 서커스
단이 색 전등으로 장식한 대형 천막을 설치하곤 했다. 우리 안에
서는 사자와 코끼리들이 지쳐 울부짖었고, 서커스 단장이 군중
들에게 외쳤다.

"신사 숙녀 여러분! 오셔서 구경들 하세요. 이제까지 한 번도
보지 못한 구경거리. 조련된 사자, 단지 위에서 춤추는 코끼리,
곡예사의 기적적인 줄타기! 3코루나도 아니고, 2코루나도 아니
고, 단돈 1코루나! 오세요, 오세요, 절대로 실망하지 않으실 겁
니다!"

사람들은 신이 나서 안으로 쏟아져 들어갔고, 곡예사가 높은
줄에서 떨어질까 두려워 바싹 긴장했다. 나 파트쿠 공터 주위에
는 이방 세계의 냄새가 났다. 서커스단이 떠나면 집시들이 도착
했다. 소녀 시절, 그녀는 그들의 포장마차와 커튼이 드리워진 창
문, 이곳저곳으로 유랑하는 삶, 긴 치마를 입고서 머리카락을 나
부끼며 맨발로 돌아다니는 집시 소녀를 동경했다.

서커스단이 있던 곳에서 긴 해자의 길을 따라가다 보면 드넓

은 운동장이 있는 웅장한 건강증진협회(Sokol)[4] 회관에 당도
한다. 이 체육관은 신체와 정신을 단련시키고, 프라하의 스트라
호프(Strahov)에서 개최되는 전국 건강증진협회 체전에 출전할
청소년들을 훈련시켰다.

건강증진협회 회관은 또한 소읍의 문화와 오락의 중심지이자
큰 행사를 치르는 장소였다. 유명한 배우 보이타 메르텐(Vojta
Merten)이 전래되는 체코의 소년 영웅을 주인공으로 한 〈카슈
파레크(Kašparek)는 어떻게 사악한 흑마법사의 손아귀에서 공
주를 구했는가〉라는 제목의 연극을 위해 프라하에서 와서 어린
이들에게 크나큰 연극적 기쁨을 선사했다. 어린 시절, 그녀는 창
문을 통해 마법사의 방으로 들어가려는 카슈파레크를 보며 두
려움에 떨었다. 그녀는 큰 소리로 울면서 무대로 달려가 그에
게 안으로 들어가지 말라고 말했다. 카슈파레크가 연기를 멈
추고 무대 앞의 각광 쪽으로 다가와 모든 것이 잘될 것이라며 그
녀를 달랬다. 그 후 집에 돌아왔을 때 오빠가 고자질을 하는 바
람에, 그녀는 관객들 앞에서 울고 연극을 방해했다는 이유로 꾸
지람을 들었다.

온갖 종류의 사회적 행사들이 건강증진협회 회관에서 개최되
었다. 어느 날은 아마추어 연극이 공연되었고, 다른 날은 위대한
예술가 얀 쿠벨리크(Jan Kubelík)가 초대 손님으로 나와 바이
올린을 연주했다. 때로는 영화가 상영되기도 했고, 때로는 댄스

---

4) 건강증진협회(Sokol): 1862년 보헤미아에서 결성한 체코의 체육협회. 애국 운동의
중심이 되었다.

강좌나 학기말 무도회가 열렸다. '재의 수요일 전 사흘 간'[5]에
는 가면무도회와 소방관들의 무도회가 열리곤 했다. 전국적 기
념행사들도 모두 이곳에서 개최되었다.

3월 7일에는 마사리크(Masaryk)[6] 대통령의 생일을 기념하여
학교 축제가 열렸다. 남성 합창단이 〈조국의 위대한 아들에게
영광을〉이라는 노래를 부르곤 했다. 10월 28일 독립기념일[7]에
강당은 국가 색과 국기로 장식되었고, 연단 아래 양쪽에는 종려
나무 두 그루가 세워졌고, 애국가가 울려 퍼졌다. 사람들은 모두
조국이 자랑스러웠고, 조국을 위해 목숨을 바칠 각오를 했다. 바
로 그날에 건강증진협회 회원들과 제1차세계대전 참전 재향군
인들의 긴 행렬이 취주악단의 연주에 맞추어 당시처럼 자랑스
럽게 행군하는 성대한 가두행진을 벌였다. 빨강과 파랑과 흰색
의 국기가 지붕과 창문마다 펄럭였다.

그들이 지나가는 길가에 늘어선 군중들이 건강증진협회의 인
사말인 '즈다르(Zdar)'를 외쳤다.

그것은 중요한 날의 성대한 행사들이었다. 해마다 그런 행사
들이 가득했다. 건강증진협회 대강당에서 소강당으로 건너가
면, 그곳에서는 매주 일요일 2시에 어린이를 위한 인형극이 공
연되었다. 관객용 나무 벤치가 놓이고 황금 수술이 장식된 붉은

---

5) 재의 수요일 전 사흘 간: 재의 수요일 전의 일요일, 월요일, 화요일 사흘 동안.
6) 독립기념일: 1918년 10월 28일. 체코슬로바키아 공화국 선포일로 국경일이다.
7) T. G. 마사리크(Tomáš Garrigue Masaryk, 1850~1937): 체코슬로바키아의 초대 대
통령이자 철학자, 교육학자, 언론인. 프라하 대학교 교수를 지냈으며, 국민당 당수가
되어 독립 운동 지도에 앞장서 '체코슬로바키아 건국의 아버지'로 불린다.

장막이 무대를 가렸다. 종이 세 번 울리면 불이 꺼지고 막이 올라갔다. 모든 사람이 두 눈을 크게 뜨고 숨을 죽였다.

때론, 막이 오르면 시골스런 방에서 얼뜨기 혼자(Honza)가 단 팥빵 한 자루를 등에 지고서 세상을 탐험하기 위한 여행을 떠나고 있었다. 때론, 사람들이 마을 잔디밭에 모여 혼자가 용을 죽일 수 있도록 도와줄 방법을 강구하고 있었다. 또는 사방에 위험이 도사린 숲 속의 어두운 구석일지도 모른다. 가장 화려한 장면은 왕관을 쓴 왕과 왕비가 붉은색과 황금색으로 치장한 왕좌에 위풍당당하게 앉아 있는 궁실이었다. 일요일마다 이야기는 매번 달랐다. 카슈파레크가 공주의 마법을 풀어주는 이야기, 카슈파레크가 사악한 용을 죽이거나 숨겨진 보물을 찾는 이야기, 카슈파레크와 도둑들, 카슈파레크와 칼루핀카(Kalupinka). 카슈파레크는 세상에서 제일 위대한 영웅이었다. 이제껏 그를 좋아하지 않는 사람은 아무도 없었다.

좀 더 멀리 걸어간 노부인은 자신이 새로운 동네에 있는 것을 알아차렸다. 그러나 마음의 눈은 아주 다른 모습을 보고 있었다. 이곳은 프라이즐레르(Prajzler)라고 알려진 사람의 밭이었어. 나무 출입문 안쪽에는 채소들이 줄지어 자라고 있었다. 당근, 무, 상추, 콜라비, 딸기, 상상 가능한 모든 것들이. 그것들은 한쪽의 작은 나무 헛간에서 팔렸다. 헛간 앞에는 커다란 물통이 있었다. 프라이즐레로바 부인은 채소밭에서 요구하는 것은 무엇이든, 상추든 무든 뽑아다가 물에 씻곤 했어. 그래서 누구나 그것을 싱싱한 상태 그대로 집에 가져갈 수 있었다.

"집이라고?" 아무렴, 당연하지. 집은 영원한 거야. 우리 발밑의 대지처럼 확고하고 질서정연한 것, 지금도, 앞으로도 영원히. 온 가족이 함께. 다른 방식의 삶은 없어.

그렇지 않으면, 다른 것이 있어?

그녀는 거리들을 지나 계속 걸어갔고, 오래전에 사라진 집과 밭을 지났다. 비어 있는 땅, 집을 헐어 만든 차량용 공간, 넓어진 거리, 새 순환도로가 그것들을 대신했다. 예전에 물이 흐르고, 부활절 즈음 꽃차례로 뒤덮인 갯버들이 늘어선 오랜 개울은 매립되고 없었다. 새 슈퍼마켓, 새 간판, 새로운 사람들. 낯익은 얼굴은 없었다. 그녀를 알아보는 사람도 없었다. 이따금 그녀는 잘못 찾아든 마을에서 길을 잃은 것 같은 기분이 들었다. 남아 있는 것이라고는 지평선 위의 낮은 언덕들을 둘러싼 흐릿한 푸른색 나무들이 전부였다. 오직 그것들만이 시간과 변화에 저항하고 있었다. 결국 그녀가 옳았다. 그녀는 자신에게 여기에 온 이유를 상기시키며, 예전에 좁은 거리 세 개가 만난 삼거리로 걸어갔다.

예전에 한쪽 모퉁이에는 소방서가 자리했다. 그 맞은편에는 담배 가판대가 있었다. 세 번째 거리는 강으로 이어졌다. 그러나 모든 것은 시간의 미궁 속에 잠겼다. 한 건물을 제외하고서. '우리' 집. 갑자기 그녀의 기억 속에 바로크식 발코니가 딸린 커다란 전환기의 3층집이 나타났다. 양옆에 이웃한 건물들은 모두 사라졌다. 이제 이 건물만이 홀로 서서, 다른 시대의 오래 전 사건들의 말 없는 목격자 같았다. 그것은 다른 시대, 다른 땅, 다른 사람들 속에서 바쳐진 다섯 겹의 목숨에 의해 오랫동안 봉인된 기억의 우물 속 깊고 깊은 곳에서 솟아오른 것처럼 보였다.

그녀는 문득 고향집이 몇 살쯤이나 되었는지 궁금했다. 그것은 마치 세월이 흘러 친한 학교 친구를 만나고 젊은이가 백발이 성성한 노인으로 변한 모습을 보는 것 같았다. 석회가 떨어져 맨 벽돌이 드러난 그 유령의 모습에 그녀는 놀라지 않을 수 없었다. 희뿌연 먼지투성이 창문들은 마치 시간이 그들을 눈멀게 만든 것 같았다. 앞 계단은 전부 부서져 내렸고, 현관은 거미줄 차지였다. 그녀는 사랑하는 사람의 유해를 들고 잡초 무성한 무덤가에 서 있는 사람처럼 그 앞에 가만히 서 있었다.

그녀는 먼 곳에서 시공의 경계를 넘어 이곳에 당도한 것처럼 느껴졌다. 이제 이 집 밖으로 나올 사람도, 이 집 안으로 들어갈 사람도 없었다. 그녀는 이곳에 혼자였다. 죽은 건물을 바라보는 살아 있는 사람. 그 자리에 서서 바라보면 볼수록, 그녀가 기억하는 것과 그녀 앞에 보이는 것 사이의 간극 때문에 점점 더 혼란스러웠다. 그 집은 오래전에 사라진 삶의 무언가를 상징했다. 이곳에서 있었던 일들이 5세기 전에 사라진 것 같았다. 시간 그 자체가 비현실적으로 보였다. 우리는 한낱 바람에 날려 떠돌다 아무 데나 내려앉는 나뭇잎 같은 존재인가? 우리는 발아래 대지를 딛고서 사랑하는 사람 곁에 있을 때만 마음이 편안한 걸까?

그녀는 꿈에서 깨어난 사람처럼 자신이 누구인지, 어디에 있는지 혼란스러워 흩어진 조각들이 다시 제자리를 찾을 때까지 잠시 기다려야 했다.

그녀가 서 있는 자리 뒤쪽에서 작은 널빤지 더미를 발견했다. 그것은 틀림없이 건물 주인이 내일의 작업을 위해 쌓아두었을 것이다.

그녀는 지난 수년 동안 숲 속에 벌채된 나무둥치에 앉아 있던 것처럼 그 위에 앉아 자신에게 물었다.

"그 모든 일이 어떻게 일어난 거였지? 우리가 이곳에 오기 전에는 어디에 있었지? 그 모든 것은 어디서 시작되었지?"

1

할아버지

그것은 체르호니체(Cerhonice) 교구 기록이 보여주다시피 할아버지로부터 시작되었다.

본래 남부 보헤미아의 블라트나(Blatná) 사람인 요세프 마우트네르(Josef Mautner)는 1865년경에 영주의 저택에 딸린 교구 양조장 술집의 소유주로서 처음 체르호니체 기록에 등장했다. 그 이후에 그는 체르호니체 10번지의 교구 주막을 임대했다. 그는 또한 곡물상이었다.

전해오는 말에 따르면, 그는 체르호니체 행정 관리자인 휴고 자흔쉬름(Hogo Zahnshirm) 신부와 막역한 사이였다. 휴고 신부는 상부 오스트리아의 슐뢰글(Schlägl) 수도원 소속인 프레몬트레 수도회 수사였고, 체르호니체는 1688년부터 1920년까지 그 수도회의 관할지였다. 체르호니체에서 행정 관리자는 수도원장의 대리인으로서 봉건 권력을 대표했다.

단짝인 마우트네르와 그 행정 관리자가 체르호니체 영주의 저택 앞에 놓인 두 개의 유명한 타원형 돌 위에 나란히 앉아 상의를 했다는 이야기는 전설처럼 전해지고 있다.

유대인임에도 불구하고, 마우트네르는 상업적 문제를 조언하는 행정 관리자의 고문이었고, 영지 관리인과 체르호니체 평민들의 일과 고충을 모두 중개했다. 마우트네르의 말은 언제나 인정받았다.

들리는 말에 따르면, 그는 마을에서 부자로 살았다고 한다. 일찍이 1868년 3월 15일, 요세프 마우트네르와 아내 로살리에(Rosalie)는 얀 토만(Jan Toman)으로부터 작은 시골집 한 채와 프루호니(Pruhony) 도로에 인접한 성 반대편 땅의 일부를 구입했다. 그는 교환 대가로 얀 토만에게 포트 프루호니(Pod Pruhony) 지역의 비옥한 경작지 9루드(rood)[1]를 주었다. 이곳은 유대인의 땅으로 알려지게 되었다.

요세프 마우트네르는 자신이 얻은 땅에 여러 개의 객실이 딸린 벽돌집과 가게와 작은 영빈관을 한 채씩 지었다. 그 옆에는 소 여섯 두를 위한 외양간 한 채와 많은 헛간을 지었다. 마당에는 우물도 하나 팠다.

상점에 가려면 마을 중앙의 잔디밭에서 여러 개의 넓은 돌계단을 올라가야 했다. 요세프 마우트네르는 물품 거래 허가만이 아니라 맥주 판매 허가도 받아 1880년부터 체르호니체에 주막 두 개를 소유했다.

마우트네르의 술집은 가족이 거주하는 집의 일부여서 상점과 영빈관과 건물의 북서쪽 가장자리에 위치한 작은 부속 건물들과 복도로 연결된 문이 있었다. 상점에선 갖가지 생활용품을 팔

---

1) 루드(rood): 토지 면적 단위의 하나. 1에이커의 4분의 1.

왔다. 영빈관에서는, 꽤 널찍한 공간이라 제2차세계대전이 발발할 때까지 저녁마다 댄스파티가 열렸다.

1890년, 요세프 마우트네르는 첫 부인을 잃었다. 두 번째 부인 요세파(Josefa)가 50번지의 공동 소유자가 되었다. 1897년 3월 21일, 그녀는 그에게 외동딸 바르보라(Barbora) 또는 베티(Betty)를 안겨주었다. 베티는 검은 눈동자의 아름다운 소녀로 성장했고, 당시에 유행하던 대로 양 갈래로 땋은 머리카락을 귀 위로 말아 올려 작은 쪽을 쪘다.

1910년경 마우트네르 노인이 세상을 떠났다.

그들은 착하고 배려심이 많은 유대인 가족이었다. 작은 구석방에는 요세프의 미혼 형제인 야힘(Jáchym)이 뇌졸중으로 온몸이 마비되어 수년 동안 고통 속에 자리보전하고 있었고, 형수의 보살핌을 받았다.

체르호니체의 마우트네르 가족은 비극적 결말을 맞이했다. 제1차세계대전이 시작되었을 무렵, 요세파가 심각한 우울증에 걸렸다. 1916년 봄, 한 차례 발작의 와중에 그녀는 아침 일찍 집을 나갔고, 집에서 3킬로미터 넘게 떨어진 슈바르젠베르그스(Schwarxenbergs)의 카를로프(Karlov) 영지 인근인 미로티체(Mirotice)의 롬니체(Lomnice) 개울에 당도했다. 그녀는 그곳의 깊은 웅덩이에서 익사한 채 발견됐다.

그래서 베티는 혈혈단신으로 남겨졌다. 그녀 나이 열여덟 살이었다.

2

운명적 만남

아르노슈트 판틀(Arnošt Fantl)은 금발머리에 웃음 짓는 푸른 눈을 가진 멋진 청년이었고, 제철공장에 철광석을 중개하는 일을 막 시작한 수습직원으로 고객을 만나러 지역을 돌아다녔다.

어느 날 체르호니체로 걸어가던 중에 그는 하늘에 몰려드는 먹구름을 보았고, 폭우가 몰아칠 때도 여전히 들판에 있었다. 그는 앞도 보이지 않는 빗속을 달렸다. 마침내 살갗까지 푹 젖은 그는 마을에서 찾은 첫 번째 주막에 도착했다. 문을 벌컥 열고 들어선 그는 그 자리에 우뚝 섰다. 판매대 뒤쪽에 풍성한 갈색 머리의 사랑스런 베티가 흰 블라우스를 입고 서 있었다. 그녀의 검은 눈동자가 잠시 그에게 머물렀다. 그는 마치 벼락 맞은 사람처럼 이 미의 화신을 멍하니 바라보았다.

식사를 끝내고 몸을 말린 그는 블라트나의 집으로 돌아가는 기차를 타야 한다는 것을 알았다. 폭풍우가 지나가자 그는 역까지 함께 가자고 그녀를 설득했다. 그녀가 승낙했고, 역에서 열차가 출발할 때 그녀가 그에게 혀를 쏙 내밀어 보였다. 그것은 첫눈에 반한 사랑이었고, 그는 아름다운 베티가 그의 유일한 사랑임을 알았다.

그는 시간이 날 때마다 베티를 찾아왔고, 그녀는 그를 마음 깊이 사랑하게 되었다. 그를 몹시 사랑한다는 것 외에도, 이제 그녀는 더 이상 혼자가 아니었고, 온전히 의지할 사람이 생겼다.

그러던 차에 아르노슈트는 베티가 주막, 체르호니체 50번지와 토지 몇 에이커를 말치체(Malcice)의 안나 스몰로바(Anna Smolová)라는 사람에게 파는 것을 도와주었다.

그렇게 체르호니체의 마우트네르 시대는 끝이 났다. 베티는 블라트나로 이사한 직후, 1918년에 아르노슈트와 결혼했다. 결혼식은 프라하의 브리스톨 호텔에서 치렀다. 흰옷에 베일과 화관을 쓴 그녀의 모습은 신비로워 보였다. 결혼식을 주관한 랍비는 주례사로 좀체 드문 지혜의 말을 했다.

"행복이란," 그가 말했다. "오직 가정에서만 찾을 수 있는 것입니다. 행복을 다른 곳에서 찾으면 헛수고가 될 것입니다."

그러나 그는 그들에게 그런 말을 할 필요가 없었다. 그들은 열렬히 사랑했고, 더없이 행복했다. 그들이 바로 내 부모이다.

신혼여행은 비엔나로 갔고, 그들이 체르호니체 지방을 벗어난 것은 그것이 처음이었다. 비엔나는 멋진 건물과 극장과 마차와 상점과 창문과 음악과 문화로 온통 북적거렸다. 그들은 넋을 잃었다.

그들은 신혼여행에서 돌아와 블라트나 성 근처의 작은 집 2층에 보금자리를 마련했다. 1919년 9월, 그들은 첫 아들인 이리체크(Jirícek)를 얻었다. 그가 내 오빠이다. 그는 병약한 아기였고, 그들은 그를 잃을까봐 두려웠다. 그들은 따뜻한 타일 화덕에 그를 눕히고 얼굴 앞에 거울을 대어본 다음, 그 위에 김이 서리는지, 그가 숨을 쉬고 있는지 확인했다. 그러나 산파인 라조바(Rázová) 부인이 도와준 덕분에 그는 회복되어 살아났다. 나는 2년 반 후에 태어났는데, 내가 듣기론 부산하고 아주 궁금한 것이 많은 꼬마였다. 세 살 때 처음으로 나는 놀라운 경험을 했다.

블라트나에 큰 행사가 있었다. 그날은 일요일이었고, 교회 첨탑에 새 종을 달았다. 주민들이 전부 구경하려고 모습을 드러냈다. 아버지와 어머니와 이리체크는 구경하러 가지만, 나는 할아버지와 집에 남기로 했다. 그들은 사람이 너무 많고, 나는 아직 너무 작다고 말했다. 그렇게 그들은 나갔다. 내 실망감은 말로 다 할 수가 없었고, 나는 그것으로부터 벗어나지 못할 것이라고 생각했다. 가장 간절하게 종이 보고픈 사람은 나인데 왜 내가 집에 남는 사람이 되어야 하지? 할아버지가 나를 감시하고 있는데 어떻게 종을 보러 가지?

나는 그 종들을 꼭 보고야 말겠다고 다짐했다. 그러나 여유를 부릴 시간이 별로 없었다. 시간이 바닥나고 있었다. 바깥 거리에는 블라트나 전 주민이 거대한 종들을 어떻게 첨탑으로 끌어올리는지 지켜보고 있었다. 그때 나는 할아버지가 입에 파이프를 문 채 잠이 든 것을 알았다. 기회가 온 것이었다. 나는 방 밖으로 달려 나가 충계를 내려갔고, 복도를 지나 정문을 통해 밖으로 나갔다.

우리 집 앞의 거리 한쪽에서도 교회가 잘 보여 사람들이 잔뜩 들어찼다. 비록 키는 어른 무릎 높이밖에 되지 않았지만, 나는 울창한 숲 속을 헤쳐 가듯 사람들 사이를 꼼지락거리며 어머니를 찾아갔다. 그녀가 어머니인지 어떻게 알았는지는 말 못 하겠지만, 아무튼 어머니였다. 내가 치맛자락을 잡아당기자 어머니는 자신을 귀찮게 하는 사람이 누군지 보려고 허리를 굽혔다. 어머니가 나를 알아보고는 순간 겁먹은 표정을 지었지만, 이내 미소를 지으며 아버지를 팔꿈치로 찔러 딸내미가 얼마나 용감한지 그에게 알려주었다. 아버지가 호탕하게 웃으며 나를 사람들 머리 위로 높이 들어 올렸고, 잘 보이도록 어깨 주위에 앉혔다. 그렇다면 난 무엇을 보았을까?

나는 이미 아주 높은 곳까지, 첨탑에 들어갈 자리까지 당겨 올린 종들을 보았다. 그래서 나는 그것을 놓치지 않았다. 나는 신이 나서 어쩔 줄을 몰랐고, 3년 평생에 가장 큰 승리를 거둔 기분이었다. 결국 할아버지도 당신을 속이고 도망친 나를 용서해 주셨다.

그때 그런 식으로는 생각나지 않지만, 내가 거리에서 놀면서 물건을 훔쳤다는 말을 들었다. 보우쇼바(Boušová) 부인은 우리 집 옆에서 작은 식품점을 운영했다. 상점 안으로 들어가려면 돌계단 두 개를 올라가야 했다. 언제나 반쯤 말아 내린 자루 두 개가 문 양쪽의 인도에 놓여 있었다. 하나에는 건자두가, 또 하나에는 땅콩이 그득했다. 거리에서 놀면서 나는 크림 접시 주위를 맴도는 고양이 새끼처럼 자루 주위를 빙빙 돌곤 했다. 건자두가 아니라 땅콩이 내 구미를 당겼다. 보우쇼바 부인에게 조금 먹어도 되는지 물어봐도 되었지만, 아마 그녀는 안 된다고 말했을 것이다. 그래서 나는 묻지 않고 그것을 먹을 궁리를 했다.

나는 집으로 뛰어 들어가 얌전한 계집아이처럼 피나포어[1]를 입고서 곧장 자루로 달려갔다. 그러고는 피나포어에 땅콩을 잔뜩 담고는 그것을 먹기 위해 재빨리 뒤쪽 텃밭으로 도망쳤다. 그러나 뜻밖의 장애물이 놓여 있었다. 텃밭 끝에는 어두운 헛간이 있었는데, 벽에 새까만 거인을 그린 대형 그림이 붙어 있었다. 그 피조물은 발톱이 길고, 송곳니를 드러내고, 크고 노란 눈을 번뜩였다. 나는 그것이 나를 쳐다보며 내가 한 짓을 모두 알고 있었기 때문에 무서워 바싹 긴장했다.

그날 이후로 헛간 근처에는 얼씬도 하지 않았고, 식품점 주위를 맴돌지도 않았다.

아버지는 자주 나를 데리고 블라트나 성으로 산책을 가셨다. 우리는 나무 도개교를 건너야 했고, 그 아래에 상추 이파리 모양의 수련이 자랐다. 성으로 들어간 뒤에는 신비로운 성의 구역들을 지나 오래오래 거닐었다. 그야말로 근심 걱정 없이 애정이 충만한 한가로운 꼬마 시절이었다.

그 후로 큰 변화가 찾아왔다.

---

1) 피나포어(pinafore): 가슴바대가 달린 에이프런. 피나포어 드레스를 줄여 피나포어라고 하기도 한다.

3

이사

1925년 초, 아버지는 더 큰 읍인 로키차니(Rokycany)로 이사를 하기로 결정하셨다. 그곳에는 주물공장과 압연공장과 제강 평가마가 있어서 더 많은 돈을 벌 수 있었기 때문이다. 그는 유능하고 부지런했고, 좋은 유머 감각 덕분에 많은 사랑을 받았다. 그는 사랑하는 베티와 두 자식이 걱정 없는 풍족한 삶을 살면서 그가 누린 교육보다 나은 교육을 받기를 소망했다. 새로 이사하는 곳에는 초등학교가 둘, 공립 중학교가 하나, 문법학교가 하나 있었다.

그렇게 우리 인생의 새로운 무대가 시작되었다.

우리가 이사한 집은 양팔 벌려 우리를 맞이했다. 그것이 우리에게 미소 짓는 듯이 보였다. 아버지는 이제 늙어가는 부모를 2층에 살게 하셨다. 우리는 1층에 살았다. 거리 쪽으론 예쁜 발코니가 있었고, 뒤편 마당 쪽으론 지붕이 있는 배란다가 있었다. 방이 여러 개였고, 넓은 부엌에는 작은 침실까지 있었다. 그것은 성만큼이나 웅장해 보였고, 복도는 얼마나 긴지 세발자전거를 타도 될 성싶었다. 아버지는 거리 쪽의 지상 층에 강철 중개상점을 여셨고, 그곳에 사무실과 뒤쪽으로 창고 방들이 자리했다. 할

아버지는 즉시 파이프를 들고서 판매대 뒤쪽 구석에 자리를 잡으셨다. 그는 아침에 눈뜨자마자 제일 먼저 이 자리를 차지하고 앉아, 손님을 맞이하는 점원이 있는데도 불구하고 온종일 바쁜 듯이 착각하셨다. 할아버지는 한낮이 되어서야 가게를 나와 우리가 있는 부엌으로 들어왔고, 식탁에 앉자마자 주먹으로 식탁을 쾅쾅 치며 소리쳤다.

"음식 구경 좀 하자!"

아버지의 사업은 곧 자리를 잡았고, 새로운 삶은 순조로이 시작되었다. 가정에는 평화와 사랑과 행복이 충만했고, 어느 누구도 그렇지 않은 상황은 상정할 수도 없었다. 아버지는 일주일 내내 고객을 만나러 돌아다녔지만, 사랑하는 베티와 자식들에게 돌아갈 수 있는 금요일이 돌아오기만을 고대하셨다. 정말 그는 결혼식에서 랍비가 말한 가정의 행복을 집에서 찾았다. 이 가족의 전원생활이 영원히 지속되지 않을 것이라고 생각할 만한 이유는 없었다.

그러나 그것은 영원하지 않았다.

우리는 뜻밖의 일격을 당했다. 어머니가 아무런 이유도 없이 기이한 병의 희생자가 되고 말았다. 그녀는 고열에 시달리기 시작했고, 아무도 원인을 밝혀내지 못했다. 우리가 아플 때마다 왕진을 왔던 드라베크(Drábek) 박사는—그의 귀가 어찌나 차가웠던지 내가 열이 날 때 내 가슴에 닿은 그의 귀의 느낌이 아직도 생생하다—패혈증이라고 짐작했다.

오빠와 나는 방해가 되지 않도록 이웃집에 맡겨졌다. 아버지가 눈물로 붉어진 눈으로 우리를 만나러 오고는 하셨다. 나는 어머니가 건강해지면 함께 산책을 가자고, 내 작은 빨간 우산을 가져갈 것이라는 내용의 편지를 써서 아버지에게 주었다.

"그래, 이 편지를 꼭 엄마한테 전해주마." 아버지가 약속하시면서 눈물을 훔치셨다.

그 후로 상황은 급속도로 진행되었다.

이틀 후에 아버지가 우리를 데리러 오셨다. 어머니가 우리를 보고 싶어 하셨다. 우리는 아버지의 양손을 잡고서, 오른손은 내가, 왼손은 이리체크가 잡고 나란히 걸어갔다. 우리가 어머니가 누워 있는 방으로 들어갔을 때, 어머니는 쌓아올린 베개 위에 사랑스런 밤색 머리카락을 풀어 헤치고 누워 있었다. 그녀는 우리를 보자마자 얼굴을 파묻고 비통하게 흐느껴 울기 시작했다. 사랑하는 자식들을 마지막으로 보게 될지도 모른다는 고통이 너무 커서 그녀는 견딜 수가 없었다.

이튿날 아침 일찍 그녀는 숨을 거두었다. 1925년 11월 5일, 날은 화창했다.

어머니 나이 이제 스물여덟 살이었다.

이리체크가 여섯 살, 내가 세 살 반이었다.

마을 전체가 묘지로 향하는 어머니를 배웅했다. 그녀는 누구에게나 사랑을 받았고, 언제나 타인을 이해하고 배려했다. 사랑하는 베틴카(Betynka)의 죽음은 아버지가 견디기에는 너무 큰 고통이었다. 그녀 없는 삶은 상상할 수도 없었고, 그녀의 마지막 말이 영원히 그의 귓전에 울렸다.

"여보, 아르노슈트, 당신 덕분에 지난 7년 정말 근사했어요. 고마워요."

그가 극단적인 마음을 먹은 것은 바로 이때였다. 그녀가 없는 삶은 의미가 없었다. 그래서 그는 그 삶을 끝내고자 했다. 그는 자살을 결심했고, 자식들을 데리고 우리가 모두 다시 만날 다음 세상으로 가기로 했다.

아버지는 연발 권총을 구했고, 장례식이 끝난 며칠 뒤에 그것을 사용하기로 결정했다.

아버지는 우리가 잠들기를 기다리면서, 우리가 깊이 잠들었을 때가 더 쉬울 것이라고 자신에게 말했다. 우리의 눈을 보지 않아도 될 테고, 신속하고 정확하게 마음먹은 대로 실행에 옮길 수 있을 터였다. 제일 먼저 나, 그리곤 이리체크, 마지막으로 자기 자신. 주저 없이.

그는 결심을 하고는 나에게 권총을 겨누고 내 아기침대로 다가왔다. 그 순간 내가 잠에서 깼다. 나는 내 곁에 서 있는 아버지를 보자마자 환하게 웃었고, 아버지는 나를 보는 순간 손에서 권총을 떨어뜨렸다. 어머니가 하늘에서 지켜보고 있다가 그와 같은 일이 일어나게 한 것이 분명했다. 분명코 어머니는 우리 모두가 어머니 없이도 계속 살아가기를 바랐을 것이다. 아버지가 어머니의 목소리를 들은 것처럼 보였다. 아버지는 권총을 버리고 계속 살아갈 본래의 힘을 되찾았다.

몇 년 뒤 아버지는 인생에 반려자가 있다는 것이 얼마나 중요한지를 알려주려는 듯이 이렇게 말했다. "기쁨은 나누면 두 배가 되고, 고통은 나누면 절반이 된다."

"언제고 깊은 슬픔에 빠지면 일에 열중해라. 오직 그것만이 널 구원해줄 거다."

아버지는 그렇게 했다. 아버지는 일에 몰두했고, 자신의 일뿐만 아니라 지역의 다른 철공소를 위해 일했고, 아버지는 동료들 간의 협력을 아주 잘 이끌어냈다.

우리는 아버지 모습을 거의 보지 못했다. 우리는 여전히 그 집에 살고 있던 할아버지 할머니가 돌보았다. 그러나 그것은 임시 조치였다. 아버지는 인정하기 싫었겠지만, 할아버지 할머니는 온종일 우리를 돌보는 것보다 조용한 노년을 즐길 자격이 있었다. 그래서 다른 어머니가 필요했다. 아버지로서는 두 번째 아내를 맞이한다는 것은 상상할 수도 없었지만 할아버지 할머니는 재혼에 동의했고, 아버지는 마지못해 아내를 찾기 시작했다. 중매쟁이들이 나섰다.

자식이 둘 딸린 젊은 홀아비가 있는데…….

파르두비체(Pardubice)의 존경받는 유대인 대가족 속에서 성장한 미혼의 사무원이 물망에 올랐다. 이름은 엘라(Ella), 양친은 살아 있고, 형제 둘과 자매 둘이 있었다. 자매인 이르마(Iram)와 마르타(Marta)는 결혼했고, 큰오빠인 로베르트(Robert)도 마찬가지였다. 가족 중에서 가장 나이가 어린 카렐(Karel)은 아직 미혼인지라 작은 하를리에(Little Charlie), 또는 카를리체크(Karlícek)라고 불렸다. 엘라는 많은 조건을 제시하지 않았고, 결혼을 하기에 조금 나이가 들어 보였다. 그녀는 아버지를 받아들이기로 결심했고, 사실은 아버지를 좋아했다. 그러나 그것은 언제나 짝사랑이었다.

어느 날, 할머니가 우리에게 새어머니가 들어올 것이라고 말했고, 우리를 마을의 이발사에게 데려갔다. 그리곤 앞머리는 눈썹 위까지, 옆머리는 귀의 절반만 가리도록 자르라고 했다. 나는 머리에 바가지를 뒤집어쓴 것처럼 보였지만 상관하지 않았다.

새어머니가 우리에게 자신을 소개하는 날이 되었다. 그녀는 어머니인, 장차 우리의 새할머니가 되실 분을 모시고 왔다. 두 사람은 별실 창가에 서서 우리가 상견례를 위해 나타나기를 기다리고 있었다. 내가 첫 번째였다. 나는 한가운데 한 줄로 큼직한 자개단추가 달린 감색 모직 드레스 차림의 낯선 숙녀 앞에 섰다. 나는 근사하게 반짝이는 단추들이 너무 인상적이라서 단추에서 눈을 떼지 못했다. 그것 외에 그 만남은 내 관심을 끌지 못했다.

1926년 6월 3일, 파르두비체의 베셀체 호텔에서 결혼식이 열렸다. 신랑과 신부는 타트라(Tatra) 산맥의 스모코베츠(Smokovec)로 신혼여행을 떠났다. 새 어머니로서는 더없이 행복했다. 아버지로서는 산의 풍경과 숲의 공기를 즐기는 것이 기쁘기 그지없었다.

나는 다정한 새어머니가 생긴다는 것에 별다른 감흥이 없었다. 그것은 가정을 운영하고, 우리가 먹는 것은 잘 먹는지, 입는 것은 단정하게 입는지 확인하고 관리하는 여자 가정교사가 생기는 것과 비슷했다.

그래서 사실 나는 혼자서 자랐다. 우리 집에는 요리사 카티 (Katty)와 청소하는 하녀 안차가 있었다. 나는 그들하고 부엌 의자에 앉아 있곤 했다. 그곳이야말로 내가 가장 마음 편하게 있을 수 있는 곳이었다. 그들은 나를 좋아했고, 나는 그들과 내 비밀을 공유했다. 한번은 빵조각이 목에 걸린 카티의 목숨을 구해주었다. 나는 빵조각이 내려갈 때까지 그녀의 등을 두드렸다. 카티는 수데테란트(Sudetenland)[1]의 독일인 거주 지역 출신이라서 체코어가 서툴렀다. 그녀가 숨을 내쉬자마자 헐떡이며 말했다.

"즈덴카, 빵 빵 하지 마. 카티 죽은 사람!"

그 이듬해 아버지는 우리를 도마즐리체(Domazlice) 인근의 페츠(Pec)로 여름휴가를 보내주셨고, 안차도 따라왔다. 나는 그곳이 정말 마음에 들었다. 호텔 뒤편에 탁자와 작은 의자들이 놓여 있어, 우리는 집에서 하던 대로 부엌 대신에 태양 아래서 아침식사를 할 수 있었다. 그 너머에 울타리가 쳐진 양어장과 그 주위로 풀밭이 있었다. 그곳에는 거위들이 있었지만 앉아서 민들레를 꺾을 수 있었다. 연못은 물이 탁했다. 나는 고무로 만든 수영신발이 있어, 조금 질퍽거리기는 했지만 상관하지 않았다. 오빠 이르카와—그는 이제 작은 이르카(Little Jírka)인 이리체크가 아니었다—나는 단둘이 주위의 숲으로 주전자를 들고 블루베리를 따러 가곤 했다.

---

1) 수데테란트(Sudetenland): 체코슬로바키아 북부의 수테텐 산맥과 체코 보헤미아 서북쪽 경계의 산악 지방, 독일인 거주 지역. 1938년에 독일에 합병되었으며, 1945년에 체코슬로바키아에 반환되었다.

우리는 물이 너무 맑아 바닥이 들여다보이는 차가운 시냇물 속을 첨벙첨벙 걸어 다녔다. 햇살이 시내를 비추자 물이 은빛으로 반짝였다. 둑에는 물망초가 피었고, 우리는 풀밭에 앉아 물살을 거슬러 오르는 반짝이는 송어를 바라보았다.

호텔 옆의 양계장에는 수탉 한 마리와 암탉들이 있었다. 그 주위로 작은 문빗장이 달린 나무 울타리가 쳐져 있었다. 이곳은 출입이 엄격하게 금지되어 있었는데, 수탉이 사나워 위험했기 때문인 것 같았다. 그러나 나는 어떤 것도 놓치지 않는 사람이었고, 그래서 나는 그놈을 보기로 결심했다. 어느 날, 주위에 아무도 없는 틈을 타 살그머니 문을 열고 안으로 들어갔다. 수탉은 마치 세상을 다스리는 제왕이라도 되는 듯 거만하게 주위를 둘러보고 있는 반면, 암탉들은 조용히 모이를 쪼아대며 꼬꼬댁거렸다. 나는 그놈 뒤를 쫓기 시작했다. 처음에는 나를 피해 빙빙 돌았지만 갑자기 성을 내며 홱 돌아서 내 얼굴로 날아들었고, 발톱으로 내 목을 움켜잡았다. 나는 고래고래 고함을 질러댔다. 사람들이 우르르 호텔에서 뛰어나왔다. 그들이 사태를 파악하고는 닭을 붙잡아 내게서 떼어냈다. 호텔 주인은 수탉이 내 눈을 쪼아 먹기라도 했을까봐 두려워 어쩔 줄을 몰라했다.

이것은 모두 내가 다섯 살 때의 일이다. 이듬해 우리 가족의 풍경에 또 다른 큰 변화가 생겼다.

4

여동생

우리는 사무실에 전화기가 있었다. 가정에서는 아직 진귀한 물건이었지만, 사업을 위해서는 필수적인 물건이었다. 우리 전화기는 벽에 붙은 검정색의 커다란 장치였다. 전화를 걸려면 먼저 수화기를 고리에서 떼어내야 했다. 그 다음에 옆면의 손잡이를 돌리면 교환이 대답했다. 우리 전화번호는 5번이었다.

어느 날 아버지가 나를 사무실로 불러 전화기에 대고 누군가에게 말하라고 했다. 프라하에서 어머니가 하신 전화였는데, 나에게 여동생이 생겼다고 말했다. 그것은 마치 나에게 새 장난감이 생겼다는 말처럼 들렸다. 나는 그 아이를 유모차에 태우고 마을 광장으로 데려가 그곳의 모든 사람들에게 자랑하고 싶어 그 아이를 집에 데려올 날을 손꼽아 기다렸다. 그러면 나는 집에서 그 아이하고 놀 것이었다.

아버지는 우리를 프라하의 보루브카(Boruvka) 박사의 산후조리원에 데려가셨다. 침대에 누워 있는 어머니 옆, 쿠션을 두르고 커튼이 달린 요람에 이제껏 본 가장 작은 손과 손가락을 가진 검은 머리카락의 작은 생명체가 누워 있었다. 그들은 그 아이를 리디아(Lydia)라 부르기로 했다.

어머니가 아기를 데리고 집에 돌아오자 상황은 완전히 달라졌다. 동생을 유모차에 태워 끌고 다니겠다는 내 꿈은 산산조각이 났다. 개인 보모가 고용되었다. 그녀는 시스터 가우베(Gaube)라 불리는 독일인이었다. 그녀는 담갈색 간호사복에 하얀색 머리띠가 있는 일체형 베일을 썼다. 아기는 하얀 주름 커튼 뒤의 하얀 고리버들 요람 속으로 완전히 자취를 감추었다.

시스터 가우베는 매우 엄격했고, 나를 요람 근처에는 얼씬도 못 하게 했다. 나는 이유를 이해하지 못했고, 모든 것으로부터 차단당한 기분이었다. 그들은 아기에 대한, 아직 꽃피우지도 못한 내 사랑과 관심을 죽이는 데 성공했다. 그래서 나는 굳게 결심했다. 나는 동생을 보여달라고 요구하지도 않았고, 더는 관심도 보이지 않았으며, 동생으로부터 등을 돌렸다.

그러나 내 인생에서 다음 무대이자 가장 중요한 무대가 이 참담한 어린 시절의 실망감으로부터 나를 구해주었다.

5

학교

1928년 9월 1일, 할아버지가 나를 처음으로 학교에 데리고 가셨다. 학교는 교회 바로 뒤 좁은 터에 세워진 교구의 집들 중 하나였다. 우리 학년은 수년 동안 닳아 얇아진 나무 계단 위로 올라가는 1층이었다. 학급 담임교사인 안나 세들라츠코바(Anna Sadláckova)가 우리를 맞이했다. 이 여자가 내 인생에 가장 중요한 영향을 줄 것이었다. 나는 그녀를 내 아버지와 똑같이 인정하고 존경했으며, 그녀는 1학년 때부터 5학년 때까지 우리를 세심하고 성실하게 이끌었다.

학교가 인생의 주춧돌이라면, 안나 세들라츠코바는 나를 위해 그것을 놓아준 사람이었다. 그녀는 우리에게 읽기와 쓰기와 산수는 물론이고, 체코의 언어와 시에 대한 애정을 가르쳐주었다. 나는 맨 앞줄에 앉아 그녀가 하는 말을 한 마디도 놓치지 않았다. 나는 학교를 사랑했고, 그녀를 사랑했다.

안나 세들라츠코바는 우리와 가까운 곳에 살아 학교에 갈 때는 우리 집 앞을 지나갔다. 나는 7시 반부터 책가방을 들어주기 위해 그녀를 기다리곤 했다. 그녀는 키가 크고 날씬했고, 내가 대충 짐작만 할 수 있는 나이였다. 청년보다는 조금 나이가 든 축에 속한다고 나는 짐작했다. 곧고 검은 머리는 뒤로 빗어 넘겨 매듭으로 묶었다. 그녀는 언제나 상냥하고 사려 깊어 교사와 스승으로서 맡은 바 역할에 충실했다. 나는 배움이 빠른 편이었고, 언제나 숙제를 잘 해갔는데, 주로 안나 세들라츠코바를 기쁘게 하기 위해서였다.

우리 학교는 겨울철에 특히 매력적이었다. 집에서 출발할 때는 아직 어두웠지만 창문에는 학생들을 맞이하기 위해 이미 등불이 밝혀져 있었고, 난로에는 불이 지펴져 교실은 쾌적하고 따뜻했다. 집에 있을 때보다 학교에 있을 때가 나는 더 행복했다. 내 책상 짝꿍은 베라(Vera)인데, 우리 둘은 금세 절친한 친구가 되었다. 그녀는 외동딸이었고, 나도 그렇게 느꼈던 터라-이르카에게는 그의 동무들이 있었다-우리는 서로를 자매처럼 여겼다.

베라는 우리 집 마당 바로 건너편에 살았다. 나는 길을 따라 곧장 달려가기만 하면 그녀의 집에 닿았다. 그녀의 아버지는 남자와 소년의 옷을 짓는 남성복 재단사이자 열렬한 건강증진협회 체조선수였다. 그는 건강증진협회 제복과 끈으로 묶는 망토, 긴 장화, 깃털을 꽂은 협회 모자를 쓰고서 대열을 이루어 행진을 했다. 베라의 어머니는 기름 두른 팬에 시나몬 가루를 뿌린, 기막히게 맛좋은 핫케이크를 구웠다. 베라의 아버지는 줄자를 목에 두른 채 작업실에서 달려와서 단숨에 핫케이크 다섯 개를 먹어치우곤 했다. 아울러 베라의 어머니는 나를 딸을 위한 모범으로 삼았다.

"베룬카(Verunka), 즈덴카 머리가 얼마나 단정한지 좀 봐라.

넌 허수아비 꼴을 하고 다니잖니!"

베라가 하는 것은 무엇이든 나도 했다. 부활절 기간의 성체 축일에 그녀가 흰 드레스를 입고 작은 장미꽃 바구니를 들면, 그녀의 어머니는 나에게도 흰 드레스와 꽃잎 바구니를 찾아주곤 했고, 그래서 나는 소외감을 느끼지 않고 베라와 함께 행렬에 참여할 수 있었다. 나는 내 어머니가 이 기독교 명절에 나를 볼까봐 걱정하지 않아도 되었는데, 어머니는 그런 행사에 결코 참석하지 않았기 때문이다.

나는 아주 중요한 사람이라도 된 기분으로 베라와 나란히 걸으면서 길을 따라 내 주위에 꽃잎을 둥글게 뿌리며 골고다 언덕까지 갔고, 우리는 그곳의 성가족 조각상 앞의 모든 갈림길이 만나는 곳에서 걸음을 멈추었다. 행진이 끝나면 나는 베라의 집으로 돌아와 옷을 갈아입고서는 마치 아무 일도 없었다는 듯이 천연덕스럽게 집으로 돌아갔다.

우리는 둘 다 건강증진협회에 가입해 운동에 열중했다. 우리는 함께 알레예(Åleje) 운동센터에 가곤 했는데, 그곳에는 육상 종목 운동장과 잡초가 웃자란 테니스장이 있었다. 우리는 줄이 세 개 이상은 끊어진 라켓 한 쌍과 닳아 해어진 공 몇 개를 구했다. 공을 담기 위해 코바늘을 이용하여 털실로 작고 빨간 그물망을 떴다. 우리는 우리에게 소중한 것은 무엇이든 걸고 경기를 했고, 비록 그 말들이 무슨 뜻인지 몰랐지만 영어로 점수를 외쳐댔고, 세계 챔피언 흉내를 냈다.

알레예 운동센터 부근에 수영장이 있었다. 벽의 매듭이 삐져

나온 나무 탈의실 몇 개와 작은 개울 옆 둑에서 물을 끌어들인 작은 물웅덩이인 그레이트 풀(Great Pool)이 있었다. 먼저, 노란 날개 모양의 공기주머니들을 부풀린 다음 그것들을 착용하고서 미끈거리는 나무 계단 아래 개울물 속으로 몸을 낮추었다.

바닥은 진흙투성이고 둑은 버드나무와 분홍바늘꽃이 무성했다. 그곳에서 우리는 한쪽 다리를 접었다가 쭉 뻗으면서 물을 양팔로 밀어내는, 그러니까 평영 비슷한 수영을 익혔다. 그레이트 풀에 들어갈 용기를 낸 뒤에야 비로소 우리는 어른이 되는 큰 시험을 통과한 기분이 들었다. 다만 수영복이 짜증스러웠는데, 당시에 수영복은 모두 모직으로 만들어져 잘 마르지도 않았고 미칠 듯이 간지러웠다.

겨울에는 무거운 나무 스키를 신고 근처의 낮은 언덕을 탐험하면서 알프스 산을 오르는 상상을 했다. 때로는 이 스키를 신고 비탈을 제멋대로 달려 내려가기도 했고, 때로는 썰매를 타기도 했다.

그중에 재미있기로는 양어장에서 스케이트를 타는 것이 최고였다. 우리의 스케이트는 신발 위에 달고서 열쇠로 조이는 그저 그런 것이었고, 열쇠는 반드시 주머니에 넣어두어야 했다. 먼저, 얼음이 우리를 지탱할 수 있을 정도로 두꺼운지 얼음 위를 꼼꼼히 살펴보았다. 그런 다음, 통나무에 앉아 스케이트를 신고, 바이올린 머리의 스크롤처럼 생긴 나선형 포인트에 열쇠를 꽂고 단단히 조였다. 그것으로 준비는 끝났다. 우리는 앞으로, 뒤로 회전하는 것을 배웠고, 심지어 영화관 뉴스에 나오는 소냐 헤니

(Sonia Henie)처럼 한쪽 발에서 다른 쪽 발로 뛰어오르는 것까지 배웠다.

겨울도 멋지고 여름도 멋졌다. 봄과 가을도 그랬다. 우리의 삶은 야외에서, 숲에서, 주변의 풀밭에서, 강과 연못에서 소비되었다. 우리는 집 안보다 집 밖에서 더 많이 지냈다.

그렇지만 초등학교가 끝나고 문법학교가 시작되었다. 학기가 끝나갈 즈음에 아버지가 가죽 장정의 스크랩북을 사주시면서, 그 안에 지혜의 말들 중에서 한 구절을 적어주셨다.

시기하지 말며, 비방하지 말며, 절망하지 말며,
모두의 행복을 빌고, 성실하고, 희망을 잃지 마라.

아버지는 늘 자신의 조언대로 살았다.

나는 안나 세들라츠코바에게 그녀도 스크랩북에 무언가를 써줄 수 있는지 물었다. 그녀는 그러면 기쁠 것이라고 말했다. 그녀가 스크랩북을 집으로 가져가 글을 적은 후에 우리 집에 가져다주어도 되는지 물었다. 나는 흔쾌히 승낙했고, 영광스러워 어찌할 바를 몰랐다.

그녀가 우리 집 초인종을 눌렀을 때 내 심장은 흥분해서 쿵쾅거렸고, 마치 하느님이 직접 문 앞에 오신 것 같았다.

그녀는 아버지의 의자에 앉아 나에게 스크랩북을 건네었다. 나는 그녀에게 거듭해서 감사했다. 스크랩북에는 서예체로 이런 시가 적혀 있었다.

인생은 서둘러 가고, 우리는 이유도 모른 채
인생이 가는 대로 우리도 서둘러 간다네.
오늘도 내일도 모두 증발해버린다네.
여름이 가고 겨울이 오고, 봄이 가고 가을이 오듯이.

우리를 둘러싼 세계가 순간순간 변해가고,
우리는 이상한 순환을 안다네.
오늘 우리는 웃지만 내일 우리는 눈물을 흘린다는 것을,
아침에 꽃이 만발한 곳에 밤에 눈이 내린다는 것을.

또 한 해가 흐르면 우리는 잊을 거라네.
비석처럼 우리 뒤에 남는 무심함이 얼어붙은 이슬방울처럼
땅 위에 떨어지는 것을 느낄 거라네.

우리가 배운 동화들 – 오직 그것들만을,
우리를 사랑해준 사랑하는 사람들-오직 그들만을,
언제나 기꺼이 우리는 기억할 거라네.

그 직후에 안나 세들라츠코바는 다른 근무지로 전근을 갔고,
다시는 그녀를 만나지 못했다. 나는 그녀가 몹시 그리웠고, 앞으
로도 그녀를 잊지 못할 터이다.

6

유대 명절

우리 마을과 주변 지역에는 소수의 유대인 가족들이 다른 사람들과 똑같은 삶을 살았다. 그들은 모두 자신의 직장과 사무실과 상점과 농장을 소유했다. 그들의 자식들은 모두 똑같은 학교에 다니고, 체코어로 말하고, 건강증진협회의 체조에 참여하고, 아득한 옛날부터 체코 땅에서 살아왔다. 그들은 다른 사람들보다 우월하다거나 열등하다고 느끼지 않았다. 그들은 유대의 음식 규정을 따르지 않았고, 똑같은 음식을 먹고 똑같은 맥주를 마셨다.

다만 종교적 명절이 달랐다. 그들은 크리스마스트리를 세우지 않았고, 자정미사를 하러 교회에 가지 않았고, 성체 축일 행렬에 참여하지 않았지만-나를 제외하고⋯⋯. 나는 그것을 한 편의 연극처럼 즐겼기 때문에 몰래 참여하고는 했다-고유한 유대 명절을 쇠었다.

부활절 기간 즈음의 유월절과 가을의 유대 새해와 욤 키푸르 (Yom Kippur), 즉 속죄의 날이 그것이었다. 명절은 저마다 음식과 관련이 있었고, 그 당시의 나에게는 그런 의미밖에 없었다. 큰 잔칫상이 차려지거나, 아니면 아무것도 없었다. 금식하는 날인 욤 키푸르에는 24시간 동안 물이든 뭐든 어떤 것도 먹어서는 안 됐다. 나는 정확한 이유를 몰랐던 터라 주전부리를 찾아 집 안으로 몰래 숨어들고는 했다.

나로서는 그것이 다른 종류의 명절이었다. 그날 카티와 안차는 화덕에 빨갛고 바삭바삭한 감자 프리터를 구웠고, 다른 때는 결코 맛보지 못할 그런 맛이었다. 나는 1년 내내 속죄의 날을 기다렸다. 우리 읍에는 유대교회당은 없고 작은 기도실만 있었는데, 1층 방 하나에 가구를 치우고서 기도를 위한 가구를 갖춘 곳이었다. 높이 고인 탁자 위에는 양쪽으로 말린 두루마리 사이에 히브리어로 쓰인 토라(torah, 율법)를 펼쳐 놓았다. 내방 랍비가 손 모양의 긴 은제 지시봉으로 단어들을 가리키곤 했다. 읽는 중간 중간에 그는 내가 전에 들어본 적이 없는 슬픈 곡조의, 내가 모르는, 학교에서 우연히 들어본 것과는 상당히 다른 언어의 노래를 부르곤 했다. 탁자 뒤편에는 금실과 은실로 수놓인 두꺼운 커튼이 달린 손궤가 놓여 있었다. 단상 앞의 양쪽에는 한 줄로 놓인 벤치가 있었는데 왼쪽에는 남자가, 오른쪽에는 여자가 앉았다.

할아버지는 노인 세대의 한 사람으로서 이 명절들을 철저히 지키셨다. 그는 검은색 줄들이 쳐진 하얀 숄을 어깨에 두르고 기도실로 가셨다. 그러고는 정말 기도를 하셨다.

아버지도 이 명절들을 지키셨지만, 그것은 할아버지가 하는 대로 전통을 지키기 위해서라기보다는 그를 존중하기 위한 측면이 더 많았다. 어쩌면 그것들이 아버지에게 어떤 의미가 있었을지도 모르지만, 나는 모른다.

어머니에게 유대 명절은 절기를 가르는 두 개의 이정표나 마찬가지였다. 하나는 봄이고 또 하나는 가을이었다. 그것은 대청소와 큰 빨래를 하는 때였고, 중요한 잔칫상을 준비하는 때였다. 어머니는 잔칫날에 기도실에 갔지만, 그것은 독실해서라기보다는 사교적 행사로서의 성격이 더 강했다. 그녀는 나머지 사람들 앞에서 기도서를 펼쳤다. 그것은 히브리어 방식대로 오른쪽에서 왼쪽으로 읽게 되어 있었다. 그러나 짐작건대 아낙네들은 그저 자식과 가정 문제에 대한 수다만 떨었을 것이다.

모든 사람이 금식을 하도록 정해진 때인 욤 기푸르에 어머니들은 각자 정향을 꽂아 맛있는 향내가 나는 신선한 사과를 하나씩 기도실로 가져오는 것이 전통이었다. 그 착상은 냄새를 맡음으로써 배고파 기절하는 것을 방지하기 위한 것이었다. 그것은 해마다 내가 이날을 기다리는 다른 이유이기도 했다. 나는 정향으로 예쁜 무늬를 만들 수 있었다.

다만 이 유대 명절들에 단점이 하나 있다면, 그날에는 학교에 가서는 안 되었고, 가장 좋은 옷을, 설령 그것이 주중이라고 하더라도 일요일 나들이옷을 입어야 했다. 덕분에 나는 소외감을 느꼈고, 아무 이유도 없이 지목되어 서 있으라는 지적을 듣는 것 같았다. 학교 친구들이 지나가면서 마치 나를 처음 보는 사람처럼 물끄러미 쳐다보았고, 내가 전날의 나와 똑같은 사람인데도 불구하고 나는 그들에게 속하지 않았다. 나와 다른 사람들을 구분하는 눈에 보이지 않는 간극이 나는 싫었다.

어느 날 아버지가 우리에게 자동차가 생길 것이라고 말하셨다. 그것은 아직 귀한 물건이었다. 사람들은 기차나 자전거로 이동하거나 걸어 다녔다. 그런데 아버지는 정말 자동차를 샀다. 신형 푸조! 안이 잘 들여다보이지 않는 운모 창과 큼직한 흙받기가 달린 녹색 자동차가 집 앞에 조용히 세워져 있었다. 아버지는 그 목적에 맞게 구입한, 운전기사 옷과 고무 밴드가 달린 커다란 고글과 소맷동이 팔뚝까지 닿는 긴 운전 장갑을 착용하셨다.

자동차 시동을 걸기 위해서는 크랭크(crank)를 돌려야 했다.

온 가족이 거창한 일요일 나들이를 떠났다. 우리는 먼 지방으로 자가용을 타고 간다는 것이 얼마나 기쁜 일인지 생각하고 있었다. 그러나 우리는 멀리 가지 못했다. 비가 내리기 시작했고, 갑자기 자동차가 통째로 한쪽으로 기우뚱하며 요동쳤다. 바퀴가 빠져 감자밭으로 굴러갔다.

우리는 모두 차에서 내려야 했다. 이르카와 나는 감자들 사이로 바퀴를 찾으러 갔고, 아버지는 버섯 따는 사람처럼 허리를 굽히고는 도로에서 볼트와 너트를 찾아다녔다. 그래야 이르카와 내가 바퀴를 찾아 왔을 때 바퀴를 다시 끼울 수 있었기 때문이다. 도로에는 아무도 없었다. 아버지는 마침내 가까스로 자동차를 대충 조립할 수 있었다. 우리는 더럽혀지고 흠뻑 젖은 채 차에 올라탔고, 다시 집으로 돌아왔다.

어머니는 굳이 멀리까지 차를 몰고 갈 필요는 없었다고 불평

했다. 어머니의 불평 때문에 새 차에 대한 아버지의 즐거움은 심하게 손상되었다. 그 이후로 나는 자동차를 신뢰하지 않아 어디든지 걸어 다니거나 먼 곳은 기차를 타고 다니기를 좋아한다.

❧

삶은 평온하고 순조로이, 급작스런 굽이나 경사 없이 야트막한 구릉지를 흐르는 강물처럼 계속되었다. 때로는 숲을 통과하고, 때로는 꽃이 만발한 초원을 가로질러 지나기도 했다. 우리의 일상적 삶은 일종의 규칙적인 리듬을 닮았다. 아버지에게 그것은 주로 사업과 출장이었고, 우리 자식들에게 그것은 학교와 휴일과 자연 속에서 뛰어노는 것이었고, 어머니에게 그것은 집안일과 쇼핑과 요리와 1년에 두 번 하는 대청소와 한 달에 한 번 하는 큰 빨래였다.

마지막의 빨래는 일주일이 통째로 걸리고 특별한 절차에 따라 진행되는 큰일이었다. 그것은 먼저 세탁부를 고용하는 일로부터 시작되었고, 그녀는 지하 세탁실에 자리를 잡았고, 온종일 마당으로 수증기가 뿜어져 나왔다. 그녀는 전문가답게 일의 절차를 잘 알고 있었다.

수많은 빨랫감들이 바구니마다 수북이 쌓여 있었다. 먼저 모든 빨랫감을 물에 푹 적신 다음, 전날 물이 새지 않도록 단단히 동여맨 나무 대야에 놓인 빨래판에 대고 문질렀다. 한쪽에선 솥단지에 물이 끓고 있었다. 그 다음 단계는 헹구고, 표백하고, 마지막에 풀을 먹이는 것이었다.

가장 큰 문제는 바싹 마를 때까지 빨래를 널어놓을 장소를 찾는 것이었다. 이것은 날씨가 좌우했다. 날씨가 맑으면 빨랫줄을 마당에 매고 빨래를 빨래집게로 걸면 그만이었다. 그러나 큰 빨래를 하는 날이 쉬지 않고 비가 내리는 날에 걸리지 말라는 법은 없었다. 그러면 모든 빨래를 한 번에 한 바구니씩 3층으로 올려 고미다락의 서까래들 사이에 널어야 했다. 그곳에서 마르기까지는 며칠이 걸리고는 했다. 겨울에는 모든 것이 꽁꽁 얼어붙고는 했다.

어쩌다가 한 번씩 햇볕이 내리쪼이며 날이 괜찮을 듯싶다가도 하늘이 어두워지면서 금세 소나기가 퍼붓기도 했다. 그러면 집 안사람들이 우르르 뛰쳐나가 줄에서 빨래를 걷어 한 짐씩 고미다락으로 올려야 했다.

빨래를 세탁하고 건조하는 것은 이 군대식 작업의 첫 단계에 불과했다. 마른 옷은 걷어 바구니들에 담아 부엌으로 가져다 생산 라인의 부품들처럼 분류되었다. 홑이불과 베갯잇과 홑청 등속의 침구류가 한쪽에 쌓였다. 수건과 손수건 등속의 욕실용품과 행주는 다른 곳에 놓였다. 그 다음으로 남자 셔츠, 식탁보, 냅킨, 도일리[1] 순서로 진행되었다. 어머니는 그녀만의 체계가 있었고, 모든 집안일이 흐트러짐 없이 체계적으로 진행되었다. 다림질을 하기 전에는 빨래에 물을 뿌려두어야 했다. 홑이불과 식탁보 등속의 큰 품목은 모서리와 가장자리가 정밀한 도형처럼

---

1) 도일리(doily): 식탁의 꽃병, 컵이나 커피 잔 밑에 까는 레이스 장식의 작은 깔개.

딱딱 들어맞게 당긴 다음 그것들을 맹글(mangle)이라고 하는, 큰 손잡이를 수동으로 돌리는 두 개의 롤러 사이로 통과시켰다. 다리미판 두 개와 큰 탁자 하나에서 다림질이 시작되었다. 어머니와 카티와 안차가 모두 모여 다림질을 했다. 가끔 어머니가 다른 일은 그만두고 '연습을 해두라'고 말하면 나도 다림질을 거들었다.

속이 빈 다리미는 윗면에 고리로 잠그는 덮개가 있었다. 다리미는 포금(砲金) 덩어리로 데웠다. 먼저 포금을 이글거리는 불화로 위에 얹어 벌겋게 구운 다음에 부젓가락으로 집어 다리미 속에 넣었다. 빨래가 눋지 않게 하려면 신문지에 먼저 다리미를 시험해보아야 했다. 모든 의류 등속은 마분지 패턴을 끼워 정확한 형태로 갠 다음에 연보라색 새틴 리본으로 묶었다. 이 모든 과정이 끝나면 백설같이 흰 빨래에서 라일락 향기와 시원한 산들바람 냄새가 났다. 그것은 줄 맞춰 포개진 후에 옷장의 서랍 속으로 들어갔다. 다림질을 하는 날의 부엌은 연병장의 모습을 닮았었다.

7

유고슬라비아

열한 살 때 나는 문법학교에 입학했고 새로운 걱정거리들이-
과목은 늘고, 집 밖에서 놀 시간은 줄고, 새로운 방해거리가-생
겼다. 처음으로 우리는 소년들과 함께 수업을 들었다. 그것이 우
리의 평정심을 흔들어 놓았다. 우리는 각자 그들 중 하나에게 열
중했다. 그렇지 않으면 늘 이런 식이었다.

"쟤 탐에게 홀딱 반했대. 쟤 딕에게 홀딱 반했대." 등.

우리는 교실 의자에 앉아 시시덕거리거나 서로서로 비밀 쪽지
를 주고받았다. 그것은 사뭇 흥분되는 일이었고, 따라서 공부는
뒷전으로 밀려났다. 선택한 멋쟁이의 호위를 받으며 집에 가는
길은 황홀하기 그지없었다. 우리는 일요일 아침마다 한껏 멋을
부리고는 멋진 청년이 나타나기를 기대하며 중앙광장 주변을
행진했다. 마을에는 수비대가 주둔해 있었고, 하급이든 상급이
든 장교라도 나타나면 산책로는 요염한 눈짓을 주고받느라 다
채롭고 흥미진진해졌다.

이윽고 나는 처음으로 깊은 사랑에 빠졌다. 나는 단지 열두 살이었다. 아버지는 여름방학에 이르카를 스카우트 캠프에 보내는 한편, 어머니와 여동생과 나를 유고슬라비아 해안의 노비(Novi)에 보내주셨다. 한낱 시골 마을의 양어장이 아니라 아드리아 해였다! 나는 그곳을 본다는 것이 자못 기대되었다. 어머니는 마을의 재봉사 쿠흘레로바(Kuchlerová) 부인에게 해변에서 입을 옷을 짓게 하셨고, 우리는 그것이 일상적인 파자마와 너무 흡사해서 '해변 파자마'라고 불렀다. 우리에게 각자 두 벌씩, 하나는 연한 하늘색 또 하나는 분홍색 파자마가 주어졌다. 그것이 유행이었다.

옷을 짓는 과정은 고문이었다. 나는 아주 오랫동안 가만히 서 있어야 했고, 쿠흘레로바 부인이 천천히 내 옷소매에 핀을 꽂고, 분필로 길이를 표시하고, 수습선원 깃을 붙일 때는 졸도할 지경이었다. 그래서 그 집에 갈 때마다 휴가고 해변이고 가고픈 마음이 싹 달아났다.

우리는 기차를 타고 아주 긴 여정을 갔다. 나는 창가 자리에 앉았다. 불쑥 멀리서 파란 바다가 어렴풋이 나타났다. 그러더니 신비로운 신세계가 내 앞에 펼쳐졌다. 우리는 바다가 내려다보이는 발코니가 딸린 근사하고 큰 호텔에 묵었다. 해변에는 전용 오두막도 있었다. 모래가 너무 뜨거워 줄곧 비치슈즈를 신고 있어야 했다. 물은 따뜻했고, 바다는 끝없이 뻗어 있었고, 그래서 나는 그것에서 눈을 뗄 수가 없었다.

호텔 앞에는 1킬로미터 남짓한 긴 해안 산책로가 있었다. 호텔 손님들이 매일 저녁 그곳을 거닐었다. 동생 리디아는 겨우 여섯 살이라 어머니하고 걸었지만 나는 열두 살이라 혼자서 걸었다. 내 마음은 다른 것에 가 있었다.

한 어린 소년이 갖가지 색의 물건이 담긴 커다란 나무 쟁반을 묶은 붉은색 스카프를 목에 두른 채 산책로를 따라 오르내렸다. 그는 물건을 손님에게 팔면서 체코어와 비슷했지만 체코어가 아닌 낯선 리듬의 말을 읊조렸다. 그것은 리듬이 있는 노래 비슷했지만 노래도 아니었다.

그 애 눈은 까맣고 얼굴색은 까무잡잡했다. 나는 그에게 홀딱 반했다. 그의 이름은 라이코(Rajko)였다.

한번은 어머니가 호텔에 계실 때, 나는 산책로로 살그머니 빠져나와 라이코의 물건 파는 일을 거들었다. 나는 그의 말을 외웠고, 그것이 많이 부자연스러웠는데도 내가 토박이가 아니라는 것을 아무도 알아채지 못했다.

우리는 나란히 걸으면서 노래를 부르곤 했다.

민돌리 만돌리(Mindolí mandolí)

카라멜리(karameli)

키셀리 베셀리(kysely vesely)

론돈 봄본(london bombon)

리스 파리스(ris paris)

아아아프리카 파아아프리카(aaafríka paaapríka)

추츠 나 비딜쿠(cuc na bidylku) ……

손님이 많아지면서 라이코의 판매량이 소용돌이치듯 올랐다.

어느 날 그가 내 손을 잡고 모래사장을 가로질러 바닷물 가까이 말없이 걸어갔다가 다시 돌아왔다. 수평선 위에 흰 배가 한 척 떠 있었고, 언젠가 우리가 그 배를 타고 미지의 세계를 항해하는 상상을 했다. 우리 단둘이.

내 행복한 꿈은 흰 배를 따라 수평선 아래로 침몰했고, 이튿날 어머니와 리디아와 나는 집으로 돌아가는 중이었다. 새 학년이 막 시작되려는 참이었다. 그러나 유고슬라비아는 영원한 낙원이었다.

8

피아노

  휴가에서 돌아왔을 무렵 내 심정은 매우 복잡 미묘했다. 베라와 나는 바야흐로 우리가 담배를 피우며 어른스럽게 행동할 때가 무르익었다고 생각했다.

  "한번 해보자!" 우리는 동의했다.

  첫 번째 기회가 왔다. 우리 부모님이 이틀 동안 프라하에 가신 동안 행동을 개시하기로 결정했다. 우리는 근처의 키오스크(kiosk)[1]에서 블라스타(Vlasta) 한 갑을 샀다. 한 갑에 고작 10개비가 들어 있었지만, 우리에게는 차고도 넘쳤다. 우리는 아늑한 분위기를 위해 우리 집의 작은 방에서 커튼을 모두 내리고, 나이트클럽처럼 불빛을 낮추고, 축음기에 라모나(Ramona) 왈츠 판을 올려놓았다. 그러고는 축음기를 감고서 바늘을 내렸다.

  감미로운 음악이 방 안을 채웠다. 우리는 책상다리를 하고 앉아 첫 담배에 엄숙하게 불을 붙이자 영화배우라도 된 기분이었다. 비록 콜록거리는 영화배우였지만 말이다. 첫 담배를 다 피웠을 즈음 베라는 멀미를 했다. 아무튼 우리는 첫 번째 성인식을

---

1) 키오스크(kiosk): 역이나 광장, 버스정류장 등에서 창문을 통해 신문, 담배, 음료 등을 파는 간이매점.

무사히 치렀다.

❧❧

새 학년부터 나는 피아노 교습을 받기 시작했다. 우리 집에
는 어머니가 혼수로 가져온 낡은 하이에크(Hayek) 그랜드 피아
노가 있었다. 아무도 피아노를 치지 않았다. 그것은 음정이 맞
지 않는 데다 건반 몇 개는 오래된 이빨처럼 누렇게 변색되었다.
다행히도 우리 마을에는 독일인 피아노 교사가 살았고, 쿠조바
(Kuzová) 교수는 일주일에 두 번 프라하를 오가며 음악학교에
서 수업을 했다. 그녀는 마을 의사의 부인이었다.

쿠조바 교수는 소수의 제자만을 두었지만 나를 제자로 받아주
었다. 그녀의 집에는 푀르스터(Förster) 피아노 두 대가 있었는
데, 하나는 학생을 위한 업라이트 피아노(upright piano)[2]이고
또 하나는 그녀 자신을 위한 그랜드 피아노였다. 그녀는 전통 있
는 독일 고전음악 학교의 문하생이자 교수였다. 기법은 전부이
자 궁극의 것이었다. 모든 음의 위치와 선법에서-위로 아래로-
음계는 장음과 단음과 반음이었다. 그녀는 무척 엄격했지만, 나
는 교습이 재밌어 몇 시간이고 연습을 했다. 실력이 제법 향상되
었는데도 불구하고 어머니는 내 음악적 열정을 높이 평가하지
않았다. 내가 피아노 앞에 앉아 연습을 하고 있을라치면, 언제나

---

2) 업라이트 피아노(upright piano): 피아노 줄을 세로로 하여 크기를 작게 만든 피아
노. 일반 가정이나 학교에서 보급형으로 사용된다.

고함을 질러 나를 쫓아내곤 하셨다.

"또 피아노를 치고 앉았구나. 양말을 꿰매거나 속바지를 마저 끝내는 게 어떻겠니? 차라리 그편이 더 나을 거 같구나."

그러나 나는 그 말을 따르지 않았다. 나는 연습을 멈추기 싫어 양모 장갑을 끼고 어머니가 내 소리를 듣지 않기를 바라며 연습을 계속했다.

그러나 아버지는 나를 응원해주셨다. 아버지는 음악에 소질이 많았고 절대음감을 지녔다. 그는 악보 없이 귀로만 듣고도 능숙하게 바이올린을 연주했다. 종종 피아노에 앉아 있는 내 뒤로 바이올린을 들고 다가와 나와 이중주로 연주하곤 했다. 그것은 크나큰 기쁨이었다.

때때로 나도 이해하지 못하는 이런저런 것을 아버지에게 말하고는 했다. 그러면 아버지는 내 말을 자르며 말했다.

"그렇게 어려운 말은 하지 말려무나. 서커스단의 코끼리도 단지 위를 걷는 법을 배우는데 하물며 네가 못 배울 게 무엇이 있겠니. 진정으로 원하면 이루어진단다."

아버지는 항상 사물의 밝은 면을 보셨고, 여행이나 제1차세계대전 참전 경험을 이야기하기 좋아하셨다.

하루 중에서 우리 모두 반드시 한자리에 모여야 하는 때가 있었다. 그것은 정각 7시의 저녁식사 시간이었다. 아무도 식사 자리에 빠져서는 안 되었고, 시간 엄수는 철칙이었다. 이것은 아버지가 자신의 이야기를 하기 위한 기회였다. 그의 이야기에는 지혜의 조언만이 아니라 농담도 많았고, 나를 겨누어 말할 때도 많았다. 물론 아버지가 나를 제일 좋아하기 때문이기도 했지만, 부분적으론 내가 사랑하는 베티를 기억나게 하기 때문이기도 했다. 사람들은 종종 나를 바라보며, "엄마하고 똑 닮았네!"라고 말하고는 했다.

"인생에서 무언가를 너무 많이 가지려고 하지 마라!"

한번은 아버지가 말씀하셨다.

"필요한 게 있는지 확인하고 조금 더 가지면 돼. 그거면 족하지. 죽을 때는 살면서 타인에게 준 것만 가져갈 수 있단다."

한번은 이런 말씀도 하셨다.

"앞으로 별의별 사람들을 다 만나게 될 거야. 그들을 평가하는 너만의 기준이 있어야 해. 그들이 돈을 어떻게 버는지 말고, 그 돈을 어떻게 쓰는지 이런 거 말이야."

그것은 옥토에 떨어진 씨앗과 같았다. 아버지의 말을 다 이해하지는 못했지만, 그것은 모종처럼 싹을 틔우고 꽃을 피웠다.

"주위로 눈길을 돌려 지켜보고, 스스로 익히고 배워라. 우리는 힘껏 우리 자신을 발전시키고 완성하기 위해 이 세상에 있는 거지. 사회적 사다리를 오르기 위해 있는 게 아니야. 그런 건 헛수고일 뿐이야. 난쟁이가 아무리 높은 산봉우리에 올라도 난쟁이란 사실을 잊지 마라."

✢✦✢

아버지는 사업적인 면에서도 용감하고 진취적인 기상이 넘쳤다. 이따금 그는 시대를 앞서가는 구상을 하고는 했다. 가령 석탄에서 석유를 추출할 가능성에 관심이 많았다. 아버지는 생각하면 할수록 우리나라가 그것을 성취할 이상적인 조건을 갖추었다는 확신이 강해졌다.

폴란드 접경지인 모라비아 지방의 오스트라바에는 엄청난 양의 석탄이 매장되어 있는데 왜 시도하지 않는 것일까? 그는 조사하고 또 조사했다. 구하는 자가 얻을 것이다. 다른 전문가들이 필요했고, 그들은 곧바로 나타났다. 한 사람은 베를린 최고의 화학자였고, 다른 한 사람은 프라하의 저명한 변호사였다. 세 사람은 구상의 가치를 굳게 믿었고, 혁명적이고 새로운 석유 자원의 탄생을 확신했다.

그들은 회사를 차렸고, 아버지가 주요한 물주였다. 어머니가 반대하셨다. 그 일이 헛수고로 끝날 것이고, 아버지는 그런 일은 잊고 강철을 거래하는 일이나 열심히 해야 한다고 말했다.

구상은 이론적으로 흠잡을 데가 없었지만 실현 불가능했고, 결국 회사는 파산했다. 독일인 화학자는 베를린으로 달아났다. 프라하의 변호사는 자살했고, 아버지는 많은 돈을 잃었다.

"헛수고라고 말했잖아요." 어머니가 말씀하셨다.

그러나 아버지는 실망은커녕 후회도 하지 않았다.

"인생이란 원래 그런 거야. 위험을 감수하려면 손해 볼 각오를 해야지."

아버지는 평소대로 다시 사업에 매진해서 곧바로 손실을 만회했다.

9

댄스 강좌

10대 시절, 우리는 이끼와 곰팡이 냄새가 나는 인근의 숲 속과 햇볕이 따스한 빈터에 있는 블루베리 밭과 딸기밭을 돌아다니기를 좋아했다. 부드러운 풀밭에 누워 우듬지에서 새들이 대화하는 소리를 듣곤 했다. 세상은 근사했고, 삶은 안전하고 즐겁게 제 길을 갔다. 그 외에도 우리는 성장해 숙녀가 되었을 때 뒤처지지 않도록 댄스 강좌를 시작했다. 만사가 흥분과 준비였다.

준비물은 각자 구입해야 했다. 리본. 드레스는 맞춰야 했다. 새 신발은 신어보아야 했다. 새 헤어스타일! 그것이야말로 최악이었다. 어머니는 나를 읍내 광장의 미용사 헤이로브스카(Heirovská) 부인에게 데려가 머리 웨이브를 맡기셨다. 그녀는 먼저 등유난로에 얹어놓아 달구어진 작은 집게들로 내 머리카락을 말았다. 그에 앞서 미용사는 신문지에 집게의 온도를 확인했다.

그것은 언제나 너무 뜨거워 종이를 그슬렀다. 그녀는 머리 전체에 타이트한 컬을 만든 다음 큰 집게를 가져다가 웨이브가 고정되도록 머리카락을 눌렀다. 왼쪽에 한 번, 오른쪽에 한 번, 다시 왼쪽에, 이런 식으로 반복했다. 이 과정에서 그녀는 큰 빗으로 머리카락을 잡아 올렸고, 집게들로 웨이브가 생기도록 눌렀고, 빗을 빼내면 웨이브가 풍성한 머리 모양이 완성되었다.

내 머리카락이 곧고 두꺼웠기 때문에 웨이브는 오래가지 못했다. 어머니는 파마를 시키는 것이 낫겠다고 생각하셨다. 이 과정은 길고도 좀 무서웠다.

그들은 먼저 머리카락을 작은 롤러들로 말았다. 천장에 중세시대의 고문도구처럼 생긴 것이 매달려 사용되기를 기다렸다. 끝에 클립이 달린 검은 뱀 같은 고무 전선들이 여러 갈래로 갈라진 촛대 모양의 고리에 매달려 있었다. 클립이 내 머리카락을 말은 롤러들에 연결되었고 전기가 켜졌다. 나는 천장에 접속된 채의자에 마비된 듯 앉아 운명을 맡기고 있었다.

불이라도 난다면 도망가지도 못하고 숯덩이로 변해버릴 것이라고 생각했다. 변형된 형태의 온갖 상상들이 내 머릿속을 종횡무진 날아다녔다. 오랜 기다림 끝에 그들은 나를 고문도구에서 풀어주었고, 클립과 롤러를 떼어냈다. 보라! 나는 머리에 곱슬곱슬한 양털 가죽을 뒤집어쓴 새 사람이 되었다. 그것이 어머니가 의도한 대로 나왔는지 나는 정확히 모르지만, 하여간 그것은 그런 모양이었다.

그 후로 저녁마다 나는 건강증진협회 대강당에서 열리는 댄스 강좌에 나갔다. 한쪽 구석에 소년들이 몸에 달라붙은 옷에 광낸 장화를 신고 머리는 포마드를 발라 붙이고 서 있었다. 다른쪽 구석에 소녀들이 서 있었다. 우리는 모두 누가 가장 예쁜 드레스를 입었는지, 누가 나비 리본을 하고 있는지 보기 위해 서로를 흘끔거렸다. 어머니들과 샤프롱[1]들이 벽에 일렬로 놓인 의자에 앉아 우리를 비평하듯이 훑어보면서 어떤 소년이 자기 보물을 훔치러 오는지 보기 위해 기다렸다.

댄스 교사인 칼리보다(Kalivoda) 씨가 우리의 짝을 맞추었고, 음악이 흘러나왔다. 그는 우리에게 다양한 조합의 스텝과 리듬을 소개했다. 폭스트롯, 슬로 왈츠, 탱고 등. 우리는 광낸 쪽모이 마룻바닥 위를 미끄러져 나갔고, 소년들은 우리의 새 신발을 밟았다. 그 저녁 시간이 끝나갈 즈음 우리의 새 드레스 등에는 소년들의 땀에 젖은 손자국이 선명했다. 댄스 강좌는 공들인-새 드레스가 한 벌 더 필요하다는 의미에서-무도회로 막을 내렸고, 그 시절은 그렇게 끝이 났다.

---

1) 샤프롱(chaperon): 젊은 여자가 사교장에 나갈 때 따라가서 보살펴주는 사람. 대개 나이 많은 부인이다.

10

프라하 여행

어머니의 가족은 자매인 이르마를 제외하고 모두 프라하에 살았다. 우리는 1년에 두 번 할머니를 만나러 수도를 방문하고는 했다.

흥분되고 분주하기 그지없었다. 출발하기 전날은 우리가 도중에 굶어 죽지 않도록 가져갈 음식을 장만하느라 온종일 분주했다. 바구니는 커틀릿과 작은 오이 피클과 찐 달걀과 버터 롤과 과일과 레모네이드로 채워졌다. 프라하까지는 70킬로미터가 넘는 굉장히 먼 거리여서 우리는 동트기 전에 일어나야만 했다. 오빠와 동생과 내가 제일 좋은 나들이옷을 차려입고 플랫폼에 차렷 자세로 서 있는 동안 어머니는 매표소에서 표를 사셨다.

땅딸막한 몸매에 잡초처럼 무성한 콧수염의 역장이 큰 종을 들고서 플랫폼을 오르락내리락 걸어 다니며 프라하 행 열차가 들어오는 첫 징후를 기다렸다. 그는 나무들 위로 솟아오르는 수증기를 보자마자 종을 움켜잡고서는 프라하까지 역의 이름을 모조리 술술 풀어놓았다.

열차가 도착하자 우리는 가파른 계단을 올라갔다. 어머니가 빈 객실을 발견했고, 곧바로 우리에게 먹으라고 말했다. 기차에선 특유의 그을음과 담배연기 냄새가 났고, 눈에 재가 들어 갈지도 몰라 창문을 열어서는 안 되었다. 30분 후에는 베로운 (Beroun) 역에 도착했고, 플랫폼의 행상들이 "핫 프랑크소시지, 레모네이드, 신문 있어요!"를 외쳐댔고, 어머니는 우리에게 프랑크소시지 롤빵을 하나씩 사주셨다. 베로운 이후로 나는 항상 멀미를 했다.

스미호프(Smíchov) 터널이 다가오면 우리는 내릴 준비를 해야 해서, 재킷을 입고 최악의 장갑을 껴야 했다. 흰 장갑은 니들포인트[1] 기법으로 뜬 면 레이스로 만들어 손가락이 답답하게 조였다. 나는 스미호프를 싫어했다. 다음 역은 윌슨 중앙역[2]이었고, 소음과 인파와 짐과 짐꾼과 신문 행상들이 북새통을 이루었다. 프라하는 외부 세계에 속했다.

할머니의 식탁에는 이미 커피세트가 차려지고, 한가운데는 설탕을 뿌리고 아몬드를 올린 바보프카(bábovka) 케이크[3]가 우리를 기다리고 있었다.

어머니의 친척들이 모두 그 자리에 모여 있었는데, 그들은 틴스카(Týnská) 거리에 있는 커다란 4층 건물 각층에 한 가족씩 살았다.

내 또래의 남자 사촌이 셋 있었다. 할리(Harry), 페타(Péta), 베드리흐(Bedrich). 그들은 자기 장난감을 가져왔고, 우리는 어른

---

1) 니들포인트(needlepoint): 캔버스 천에 바늘로 수놓는 자수법.
2) 윌슨 중앙역: 지금의 프라하 중앙역.
3) 바보프카(bábovka) 케이크: 빗살무늬가 있는 둥근 원추형 모양에 가운데 구멍이 뚫린 케이크.

들이 가정 문제와 그 밖의 다른 어른들의 화제를 이야기하는 동안 다 같이 온갖 놀이를 하며 놀았다.

이튿날 우리는 어머니를 따라 바츨라프 광장을 이루는 대로에 있는 커피하우스에 가야 했고, 그곳에는 나머지 친척 아주머니들이 전부 모였다. 그들 중 다섯은 1층 창문 뒤쪽의 원형 탁자에 앉아 있어, 마치 재현된 그림 같았다. 그들은 언제나 똑같은 말로 나를 맞이했다.

"어머나! 많이 컸구나! 그래 학교에서 새로 뭘 배웠니?"

나는 언제나 그 질문에 대답할 말을 찾지 못했다. 그보다는 내 주위에서 벌어지는 일들에 더 관심이 많았다. 커피하우스는 오고가고 떠들고 웃은 사람들의 소음과 움직임으로 웅성거렸다. 프록코트 차림의 웨이터가 커피와 케이크와 카나페와 다른 별미들을 올린 쟁반을 반듯하게 들고서는 시가와 담배가 뿜어내는 연기 구름 사이를 누비고 다녔다. 금단추가 달린 붉은 제복을 입고 머리에 쓴 조그만 빵떡모자(fez)의 고무 밴드를 턱에 맨 작은 시동이 이름카드가 붙은 막대를 위로 들고는 전화가 왔다고 외치며 늘어선 탁자들 사이를 돌아다녔다.

노이만 박사님, 전화 왔어요! 노이만 박사님, 전화 왔어요!"

그 시동은 잠시 후에 다른 사람의 이름을 외쳐 부르곤 했다.

만약 돌아가는 도중에 비가 내리면 우리는 석간신문《베체르니 체스케 슬로포(Vecerni Ceské Slovo)》[4]의 제호를 알리는 번

---

4) 베체르니 체스케 슬로포(Vecerni Ceské Slovo): '저녁의 체코슬로바키아'라는 뜻.

쩍이는 네온 불빛이, 신문사 건물의 정면에 가로로 적힌 철자들이 바츨라프 광장 아스팔트 위에 끊임없이 사라졌다가 나타나는 것을 볼 수 있었다. 자동차, 불빛, 사람들, 움직임, 쇼윈도, 전차, 화려한 건물, 블타바(Vltava) 강과 그 위로 어렴풋이 보이는 흐라드차니(Hradcany) 궁. 프라하는 한바탕의 꿈이었다. 그것은 그 자체로 하나의 세계이자 우리가 집에서 알고 있던 세계와는 사뭇 달랐다.

11

정치적 먹구름이 몰려들다

마치 다른 행성에 존재하는 것처럼 우리에게 멀고먼 나라인 독일에서 총통 아돌프 히틀러라는 사람이 세운 새로운 정치 질서에 대한 소식이 들려오기 시작했다. 라디오는 그의 선동적인 연설을 방송했다. 그의 연설은 고래고래 소리를 지르며 위협하는 다른 미치광이의 말처럼 들렸다. 그의 추종자들과 갈색 군복을 입은 돌격대는 나날이 늘어갔지만, 우리가 아는 사람들 중에 어느 누구도 그를 심각하게 받아들이지 않았다. 어머니는 방송을 듣는 것을 싫어했고, 아버지는 그를 완전히 무시했다.

"우린 신경 쓸 필요 없어." 아버지가 말했다.

"우린 오스트리아·헝가리제국[1] 소속이 아니라고. 우리가 독일어를 이해하고 말하지만 여긴 독일이 아니야. 히틀러는 독일에 있고 이 나라는 체코슬로바키아 공화국이야. 여기는 마사리크 대통령이 다스리는 나라야. 세계 어떤 나라에도 그렇게 훌륭

---

1) 오스트리아·헝가리제국: 오스트리아와 헝가리의 '대타협'을 통하여 형성된 제국 (1867~1918). 독일인을 주로 하여 슬라브인, 마자르인 등을 포함한 복합 민족 국가였던 오스트리아가 프로이센-오스트리아 전쟁에서 완패한 다음 국가 조직을 재편하여 구성하였다. 제1차세계대전에서 패배하고 1919년 생제르맹조약에 의해 오스트리아, 헝가리, 체코슬로바키아로 나누어 독립하면서 소멸되었다.

한 통치자는 없을 거야."

일상은 늘 그러하듯 변함이 없었고, 사람들은 다시 독일을 잊었다.

부활절 주간의 어느 토요일, 나는 프라하 국회의사당 앞에 운집한 군중들 속에서 국부 마사리크가 나타나기를 긴장해서 기다리고 있었다. 그때까지도 초등학교와 문법학교에 걸려 있거나 전국의 공공건물을 장식하고 있는 초상화 외에는 정작 그를 본 적이 없었다. 한낮이 되어갈 무렵, 군중들 속에서 웅성거리는 소리가 들리더니 "오신다!" 하고 함성이 터져 나왔다.

진짜 T. G. 마사리크 대통령이 낯익은 흰색 양복을 입고는 말을 타고 나타났다. 그가 말에서 뛰어내려 의사당의 정면 계단을 청년만큼 민첩하게 달려 올라갔다. 나는 숨을 죽이고 살아 있는 조각상처럼 잘생겨서 다소 비현실적이고 환영 같은 우리의 유일무이한 건국의 아버지 마사리크를 바라보았다.

기쁘고 흥분한 나머지 나는 눈물을 흘렸고, 그것은 아무도 빼앗아갈 수 없는 경험으로 남았다. 내가 마사리크가 통치하는 공화국의 어린이라는 사실이 다른 모든 나라의 시민이라는 사실에 버금가는 특권처럼 여겨졌다.

✦✦✦

그 직후, 우리는 마사리크의 초상화와 나란히 걸린-연로한 대통령이 퇴임한 후에 새로 공화국의 대통령에 취임한-에드바르트 베네시(Edvard Beneš)의 초상화를 보는 것에 익숙해졌다. 그렇다고 해서 아무것도 손상되지 않았고 오히려 그 반대였다. 이제 두 명의 강력한 파수꾼이-전방에 하나, 후방에 하나-생긴 것이었다. 그러나 1937년 9월 14일, 국부 마사리크가 세상을 떠났다. 온 나라가 대통령이자 독립 운동가인 위대한 지도자를 잃고 슬피 울었다. 우리는 그런 지도자를 다시 만나지 못할 것이라고 생각했다.

우리는 윌슨 중앙역 근처의 한 아파트 창문 앞에 서서 무개화물차의 낮은 받침대 위에 관을 싣고는 프라하에서 영원한 안식처인 라니(Lány)로 가는 열차를 지켜보았다. 열차가 우리 앞을 지나가자 사람들이 무릎을 꿇고 그의 영면과 조국, 아울러 조국의 운명을 위해 기도했다. 관이 멀어져가자 마치 자유 체코슬로바키아의 지난날도 떠나고 있는 것 같았다.

12

프레드 애스테어[1]의 노래 - 넌 내 행운의 별

내 삶은 조금씩 외적으로 억지스럽고 상당히 무관해 보이는 사건들의 영향을 받기 시작했다.

할리우드의 새 뮤지컬 영화 〈브로드웨이 멜로디〉가 개봉되었다. 영화에는 〈넌 내 행운의 별〉 등 수많은 외우기 쉬운 노래와 선율이 삽입되었고, 금세 선풍적 인기를 끌었다.

그 영화와 나는 아무런 상관이 없었고, 있을 것 같지도 않았다. 그러나 인생은 불가사의한 것이다. 우리는 해마다 방문하는 프라하의 할머니 댁에 있었다. 사촌 베드리흐가 최신 영화음악이 담긴 새 축음기판이 있다고 자랑했다. 그 영화는 물론 〈브로드웨이 멜로디〉이다.

"들어보자!" 우리는 다 같이 소리쳤다.

그가 축음기에 판을 올려놓고는 바늘을 내렸다. 프레드 애스테어(Fred Astaire)의 울림이 좋은 노랫소리가 방을 채웠다.

"넌 내 행운의 별……."

영어 단어는 몰라도 그 노래가 매혹적이라는 것은 알았다. 베

---

1) 프레드 애스테어(Fred Astaire): 미국의 무용가이자 가수 겸 배우. 브로드웨이에서 뮤지컬코미디로 명성을 얻었으며 많은 뮤지컬 영화에 주연을 하여 품위 있는 춤과 독특한 분위기로 영화 무용에 새 경지를 개척하였다.

드리흐는 내가 노래를 외울 때까지 처음부터 끝까지 곡을 연거푸 틀어야 했다. 나는 언어적 소질이 있었고 내가 유고슬라비아에서 익힌 것처럼 똑같은 방식으로 영어를 익힐 수 있었다. 나는 뜻은 모르지만 노래를 들으며 발음 되는 대로 노래를 따라 불렀다. 내 귀에 들리는 노래의 첫 소절은 가상의 체코어 발음과 비슷했다. 유(ju) …… 아흐(ar) …… 마이라키스타(majlakista). 하키선수를 뜻하는 체코어 호케이스타(hokejista)가 문법적 모형이었지만 그런들 어떤가? 영어에 그런 단어가 있든 말든 나는 그것이 그런 식으로 소리 나야 한다고 결정했다. 바로 그것이었다. 그 노래를 듣고 있을 때 불현듯 어떤 예감처럼, 무슨 일이 있어도 영어를 배워야 한다는 생각이 머릿속을 스쳤다.

그때에는 그런 생각이 실용적 가치가 없었다. 우리는 집과 학교에서 체코어로 말하고 영국에 아는 사람도 없는데, 그 언어가 나에게 무슨 소용이 있을까? 그러나 내 안의 목소리가 언젠가 그것이 나에게 필요할 것이라고 계속 속삭였다.

집으로 돌아와 다시 문법학교에 다니기 시작하면서 영어에 대한 생각은 까맣게 잊어버렸다. 한편, 독일에서 들려오는 방송이 대기를 가득 채웠다. 히틀러의 연설은 전보다 더욱 광적이며 위협적이었고, 이제 그의 동포의 절반 이상이 그를 지지했다. 그 지도자의 방송 끝에는 언제나 끝없이 반복되면서 질질 끌리는 "승리 만세! 승리 만세! 승리 만세!" 하는 외침이 뒤따랐다.

어머니는 그런 분위기를 몹시 불안해했지만 아버지는 항상 그녀를 진정시켰다.

"히틀러는 우리한테 아무 짓도 못 해." 그가 말하고는 했다.

"만약 건방지게 도발해 온다면 뜨거운 맛을 보게 될 거야. 우리한테는 막강한 정예부대와 요새화된 국경이 있잖아. 게다가 수많은 우방국과 구속력 있는 상호 지원 조약도 맺고 있다고. 그러니 진정하고 두려워하지 마."

13

1938년의 휴일과 만델리크 박사

그해에는 장거리 여행 계획이 없었고, 여름방학은 숲에서 딸기와 버섯을 따고, 강에서 수영을 하고, 알레예에서 테니스를 치면서 보냈다.

날은 숨 막힐 듯이 더웠고, 도로는 먼지투성이였다.

어머니는 2주 동안 프라하 동쪽의 콜린(Kolín)에 사는 자매 이르마에게 나를 보내기로 하셨다. 그것은 정말 기대되는 여행이었다. 사촌 파벨(Pavel)과 베라(Vera)는 나를 데리고 엘바 강으로 수영을 하러 갔다. 수영이 끝나면 우리는 오후의 나머지 시간을 클럽에서 테니스를 치면서 보냈다.

한번은 내가 마지막까지 남아 이모 집으로 돌아갈 방법을 몰라 머뭇거리고 있었다. 한 낯선 사내가 게임을 끝내고는 나에게로 다가왔다. 그는 내가 보기에 꽤나 나이가 들어 보였는데, 대충 스물여덟 살가량 되어 보였고, 적갈색 곱슬머리에 안경을 끼고 있었다. 문 앞에 속수무책으로 서 있는 나를 보고는 그가 나를 집까지 태워다주어도 되는지 물었다. 나는 고맙다고 말했고, 당연히 마음속으론 그가 태워다주기를 간절히 바랐다. 자동차는 큰 검정색 허드슨이었고, 나는 눈 깜짝할 새에 집에 도착했다. 나는 다음 날 댄스음악이 흐르는 스파 포데브라디(Spa Podebrady)로 '오후의 홍차(Five O'clock Tea)'를 마시러 가기로 약속하지 않을 수 없었다. 그 모든 말들이 정말 매력적이고 낭만적으로 들렸기 때문이다. 이르마 이모가 자동차에서 내리는 우리를 보았고, 내가 집 안으로 들어서자마자 흥분해서 제정신이 아니었다.

"너를 집으로 태워다준 사람이 누군지 알아?"

"여기 어디 사는 사람이겠죠." 내가 대답했다.

"자기 이름도 말해주지 않았는걸요."

"저 사람이 바로 만델리크(Mandelík) 박사야." 그녀는 숨도 안 쉬고 버럭 소리를 질렀다.

이모의 목소리는 마치 내가 황태자의 호위라도 받은 것처럼 경외감과 존경심으로 떨렸고, 그녀는 그것이 얼마나 영광스런 일인지조차 모르는 신데렐라를 질책하는 눈으로 바라보았다.

만델리크 가문은 콜린 인근의 라트보르(Ratbor)에 사는 지역 상류층으로 유명하고 존경받는 부유한 집안이었다. 그 가문의 설탕공장은 체코 공화국 전역과 외국의 고객들에게 설탕을 공급했다. 본래 만델리크 가문에는 아들이 셋 있었다. 한 아들은 라트보르에서 가족과 살면서 생산을 관리했고, 다른 아들은 프라하에서 판매를 담당했고, 막내아들은 파리에 있었다.

삼형제 중 라트보르에 사는 오토(Otto)와 아내 올가(Olga)는 슬하에 딸 하나(Hana)와 아들 베르나르트(Bernard)를 두었다. 베르나르트가 바로 내 새 운전기사였다. 그는 이미 화학 박사 학

83

위를 받았고, 언젠가는 생산 공정과 설탕공장을 물려받기로 되어 있었다. 그들은 대저택에서 살았다.

그날 저녁, 새 지인 덕분에 이르마 이모의 집은 긴장감이 감돌았다. 이모는 지체 없이 어머니에게 전화를 걸어, 그녀의 딸에게 좋은 신랑감이 생겼다고 말했다. 내가 신사의 이름조차 모른다는 사실에도 불구하고 그것은 마치 다 성사된 성싶었다.

"그래. 그렇다 치고 누가 그런 애가 그렇게 될 거라고 생각하겠니?" 어머니는 약간 빈정대며 대꾸했다.

그래도 그녀는 즉시 다른 친척들에게 가족의 소식을 전하며 장차 신부의 어머니가 누릴 작은 영광을 즐기기를 거절하지 않았다.

호기심을 자극하는 소식은 적잖은 소란을 불러일으켰다. 사람들은 그것을 다소 윤색했고, 하루도 지나지 않아 그것은 기정사실처럼 되풀이되고 있었다.

"소식 들었니? 즈덴카가 만델리크 가문 사람하고 결혼한대!"

이튿날 만델리크 씨는 그가 말한 대로 포데브라디로 나를 데려가기 위해 검정색 자가용을 몰고 왔다. 차에 앉자마자 그가 나에게 커다란 초콜릿 상자를 정중하게 내밀었다. 나는 그가 답례로 호감의 표시를 기대할지도 모른다고 생각해 조금 긴장했다. 나는 열여섯 살이었고, 연상의 남자하고는 사귄 경험이 없었다. 그러나 그는 아무런 요구도 하지 않았다. 우리는 포데브라디에 도착했고, 그는 내게 홍차와 케이크를 대접하고는 다시 집에 태워다 주었다.

내가 이르마 이모 집에 머무를 날이 닷새밖에 남지 않았다. 그는 두 번 더 와서 나를 태우고는 그 지역을 돌아다녔다. 그는 자기 가족과 일에 대해 말했다. 집으로 돌아오는 길에 그가 내 무릎에 손을 얹었다. 내 안에서 무언가가 떨렸고, 나는 내가 그 초콜릿을 받지 말았어야 했다는 것을 알았다. 내 집에 돌아왔을 때 아버지가 나에게 다가와 엄하게 충고하셨다.

"앞으로 살면서 네가 원하는 건 무엇이든 다 가질 수 있다." 아버지가 말했다.

"탁자에 놓인 물건들처럼 무엇이든 네 앞에 펼쳐져 있어. 넌 원하는 걸 그냥 집어 들기만 하면 돼. 하지만 이것 하나는 꼭 명심해 둬라. 네가 그걸 고르는 순간, 그게 무엇이건 그 아래쪽에 가격표가 붙어 있다는 걸 말이야. 그건 네가 반드시 지불해야 하는 거란다."

아버지가 내 눈을 똑바로 바라보았다.

"그러니 애야, 항상 네가 무언가를 간절히 원할 때 그것이 과연 그런 대가를 치를 만한 가치가 있는 건지 신중하게 판단하기 바란다."

꽃

새 학기가 시작되었고, 나는 고등학교 2학년이 되었다.

만델리크 박사는 학교로 장문의 편지를 계속해서 보내왔고, 나는 주로 편지 뒷면의 붉은 봉인 밀랍과 그 위에 찍힌 가문의 인장과 모노그램[1] 때문에 편지를 다른 여자 친구들에게 자랑했다. 그는 나를 체코 문헌의 미인들에 비유했고, 프라나 슈라메크(Frána Šrámek)의 《은빛 바람》과 비테즈슬라프 네즈발(Vitězslav Nezval)의 《작별과 스카프》 등의 시집을 보냈다. 내가 중요한 사람이 된 듯 느껴지기 시작했지만 사랑에 빠지지는 않았다. 객관적으론 그것이 우쭐한 기분이 들 만한 사건이었지만 나는 그 이상을 꿈꾸지 않았다.

꽃무늬

이제 독일 쪽의 하늘에서 섬광이 번쩍였다. 히틀러는 1938년 3월 오스트리아를 병합했고, 독일 접경의 군사 요충지 수데테란트 산악 지방을 원하는 것 같았다. 그곳은 역사적인 시대마다 독일과 체코슬로바키아 양쪽의 통치하에 놓였었다. 그는 그 지방이 본래 그의 영토였으므로 체코 공화국이 자진해서 할양하지 않는다면 무력으로 차지하겠다고 말했다. 우리는 순순히 응하지 않았다. 전국에 동원령이 내려졌고, 온 국민이 히틀러와 그의 군대에 맞서 싸울 것을 결의했다. 다른 수많은 애국자들이 그러하듯 아버지도 자진해서 입대하셨다.

1938년 9월 말경에 뮌헨협정이 체결되었고, 프랑스와 이탈리아, 영국의 네빌 체임벌린(Neville Chamberlain)[2]은 히틀러에게

---

1) 모노그램(monogram): 두 개 이상의 글자를 합쳐 한 글자 모양으로 도안한 것. 미술품의 서명 대신에 쓰기도 하고, 인감으로 쓰기도 한다.

수데테란트를 할양함으로써 전쟁을 피할 수 있을 것이라고 생각했다. 체코슬로바키아의 의견은 무시되었다. 영국과 다른 동맹국들이 우리를 배신하고 굶주린 히틀러에게 우리를 미리 마련해둔 먹잇감으로 내어주었다는 사실이 믿기지 않았다.

우리는 올가미에 걸렸다. 국경 방어는 무방비 상태로 방치되었고, 독일인들이 수데테란트 지방을 장악했다. 아버지를 포함한 우리의 병사들은 의기소침해서 집으로 돌아왔다. 올가미는 우리를 조여왔고, 라디오에서는 항상 "승리 만세! 승리 만세!"가 우렁차게 울려 퍼졌다.

❧❦❧

그러나 일상의 삶은 여전히 닳고 닳은 길을 따라 진행되었다.

어느 가을날 공교롭게도 부모님이 프라하에 가시고 안 계실 때 만델리크 박사가 문의 초인종을 눌렀다. 검정색 허드슨이 우리 집 앞에 세워져 있었다. 나는 그런 식의 방문을 예상하지 못했던 터라 너무 놀라 어찌할 바를 몰랐다. 그를 어떻게 맞이해야 하는가? 그에게 무엇을 대접해야 하는가? 신사가 방문했을 때 대체로 사람들은 그런 신사에게 어떻게 행동하는가?

그는 당황한 나를 보고는 프라하로 점심을 먹으러 가자고 제

---

2) 네빌 체임벌린(Neville Chamberlain): 영국의 정치가. 1937년부터 1940년까지 영국 총리를 지냈다. 수데텐 귀속 문제가 불거지자 1938년 뮌헨회담에서 히틀러의 요구를 받아들여 비난을 받았다.

안했다.

　점심을 먹으러 그 먼 프라하로 간다고? 세계의 수도로? 그곳은 1년에 두 번 만반의 준비를 하고는 며칠 동안 머무는 그런 곳이었다. 그런데 고작 점심을 먹기 위해 그곳으로 차를 몰고 간다고? 그는 이상한 의도는 없다고 나를 안심시켰다. 그래서 우리는 출발해 곧장 프라하의 상류층이 애용하는 최고급 생선 요리 식당인 반하 그릴(Vanha Grill)로 갔다. 그런 곳은 난생 처음이었다. 오금이 저렸고, 웨이터가 내 식탁 앞에 마치 외과의사의 수술도구처럼 온갖 포크와 다양한 모양의 칼을 늘어놓았을 때는 두 손이 더더욱 심하게 저렸다.

　나는 안전을 위해 생선을 먹지 않겠다고 말했다. 그러나 베라(Béra)는-그는 내가 그의 가족이 부르는 이름을 부르기를 원했다-그 식당은 최상품만을 내놓는다며 나를 안심시키고는 나를 위해 송어와 마요네즈 소스를 주문했다. 나는 그럭저럭 불상사 없이 대처할 수 있었다. 식당은 말쑥한 신사와 우아한 여인들로 북적였다. 내가 그들의 일원으로 보일까? 아니면 그런 곳에는 전혀 어울리지 않는 사람으로 보일까? 나는 불안했다.

　점심식사 후에 베라가 영화를 보러 가자고 했다. 바츨라프 광장 맞은편 극장에서 디즈니의 만화영화, 그림들이 전부 살아 있는 인물들처럼 움직이고 춤추는 최초의 무삭제 만화영화 〈백설공주와 일곱 난쟁이〉가 상영되고 있었다. 그전까지는 그런 것을 본 적이 없었다.

　영화가 끝나자 우리는 차를 탔고, 그는 고작 길모퉁이 하나를 돌듯 나를 집으로 데려다주었다. 베라로서는 그것이 대수롭지 않은 일이겠지만, 나로서는 잊지 못할 꿈과 같은 날이었다.

⁂

겨울이 시작되고 그해도 얼마 남지 않았을 즈음이었다. 느닷없이 날벼락이 떨어졌다.

베라로부터 라트보르의 가족 영지에서 크리스마스이브를 함께 보내자는 내용이 인쇄된 초대장 한 장이 날아들었다. 그것은 영광스런 일이었지만 내가 무엇을 어떻게 한단 말인가? 나는 조금 두려웠다. 내가 어떤 준비를 할 수 있지? 난 어떤 옷을 입어야하지? 그런 집안의 사람들은 대체 어떤 옷을 입지?

어머니는 여자가 만델리크 가족에게 기죽지 않으면서 소녀다운 인상을 주기 위해서는 모피코트를 입어야 한다고 결정하셨다. 어머니는 나를 가장 가까운 큰 읍의 모피상에게 데려갔다. 그는 다양한 견본품을 내놓았고, 그중에는 검정색 페르시아 양털도 있었다. 내 의견을 묻지는 않았지만 내가 장례식에 참석하는 것이 아니라는 이유를 들어 이것을 거절했다.

드디어 어머니와 모피상은 붉은색과 베이지색이 섞인 사향쥐 털로 결정했다. 인정하건대 이 모피는 대개 안감으로 사용되지만, 그들은 그것으로 만든 코트가 젊어 보일 것이라는 데 의견의 일치를 보았다. 몇 차례의 가봉을 거친 후에 7부 길이의 모피코트가 완성되었다. 모피상은 남은 모피 자투리로 당시에 유행하던 앞쪽으로 기울어진 작은 모자를 만들어주었다. 나는 새 코트를 입고 갈 수 있기를 기대했지만 어머니는 내 요구를 들어주지 않았다.

"이 모피코트는 거리에 입고 나갈 게 아니라 라트보르를 방문할 때 입을 옷이야."

그래서 나는 그것을 상자에 담아 집으로 가져왔고, 착한 아이처럼 그것을 장롱에 고이 모셔두었다. 또한 쿠흘레로바 부인이 맵시 나는 드레스를 몇 벌 만들었다. 마침내 나는 패션쇼 행진에 나가는 사람처럼 차려입었다.

이제 콜린의 이르마 이모 집의 분위기는 유별났다. 별안간 그들은 나를 귀빈처럼 대하면서 내 새 옷에 대한 칭찬을 아끼지 않았다. 그들은 베라의 집에 도착하자마자 그의 어머니에게 선물할 커다란 꽃다발을 사주었다.

베라가 약속된 시간에 나를 태우러 왔다. 이모의 가족들은 내가 호주만큼 먼 곳으로 떠나기라도 하는 것처럼 엄숙한 작별인사를 했다. 나는 꽃다발을 들고 자동차에 앉아 그날 저녁에 부닥칠 일들에 대해 생각했다.

라트보르에 도착한 우리는 먼저 저택의 작은 정원 가운데 놓인 모래가 뿌려진 길을 지나 저택 앞에 멈춰 섰다. 현관 로비에는 중앙에 분수가 있고, 그 가장자리에 가죽 벤치 하나가 놓여 있었다. 갑자기 베라가 사라져 보이지 않았다. 나는 고개 숙여 인사하는 집사와 마주했고, 그가 내 꽃다발과 모피코트를 받아들고는 그것을 어딘가에 두기 위해 사라졌다. 문득 생각이 머릿속을 번개처럼 스쳐갔다. 나는 그의 가족들 중 어느 누구도 코트를 입은 모습을 보지 못했다는 사실을 어머니에게 말해서는 안 된다! 보았다시피 내가 그것을 입고 마을을 돌아다니거나 학교에 갔더라도 괜찮았을 것이라고 생각했다.

집사가 돌아와 나를 응접실로 안내했다. 그곳은 넓고 아름다운 가구를 갖춘 방이었고, 오른쪽 뒤편 구석에는 천장까지 닿고 온통 장식이 달린 크리스마스트리가 서 있었다.

거실은 이미 우아하고 세련된 사람들로 북적였고, 내 기준에서 보면 나이 지긋한 사람들이 다양한 안락의자에 앉거나 둘러서서 담소를 나누었다. 그들 중 일부는 작은 잔의 음료를 홀짝거렸고, 대체로 스스럼없이 행동했다. 상당히 수다스런 사람들이었다.

베라의 모습은 여전히 어디에도 보이지 않았다. 집사가 꽃병에 내 꽃다발을 꽂아 들고 나타나서는 눈에 잘 띄는 곳에 내려놓았다.

나에게 관심을 보이거나 무언가를 물어보는 사람은 아무도 없었다. 크리스마스트리 아래에 꼬마 여자아이가 혼자 놀고 있었다. 이 아이가 베라의 누나인 하나의 딸 니나(Nina)였다.

갑자기 웅성거리는 소리가 들리더니 그 집의 안주인인 만델리코바(Mandelíkova) 부인이 나타났다. 그녀는 목이 깊게 파인 검정 드레스를 입고, 검은 머리를 위로 높이 틀어 올렸다. 그녀가 나선형 계단을 천천히 내려오며 손님들에게 인사했다.

내가 무엇을 하기로 되어 있었지? 꽃들은 물에 잠겨 있었다.

꽃병에 담긴 꽃을 어떻게 그녀에게 주지? 그렇더라도 나는 어떻게든 그것을 해야 했다. 나는 한걸음에 꽃다발이 놓인 탁자로 다가가 꽃병을 집어 들고는 안주인에게로 달려갔다. 내 이름인지 무언지를 중얼거리며 그녀에게 꽃병째 꽃을 건네었다. 그녀는 살짝 뒤로 물러섰지만 고맙다고 말하고는 그것을 가까운 탁자 위에 다시 내려놓았다.

모든 것이 내가 준비한 것과는 정반대로 진행되었다.

인접한 방에는 크고 흰 뵈젠도르퍼(Bösendorfer)[3] 피아노가 뚜껑이 열린 채 놓여 있었다. 손님들 중 하나가 다른 사람들을 뒤로하고는 피아노에 앉아 쇼팽의 〈발라드 G단조〉를 연주했고, 재청으로는 〈서곡 A장조〉를 연주했다.

연주가 끝나자 모든 사람이 정중하게 박수를 쳤지만, 나는 신예 피아니스트로서 그것이 최고의 연주였다는 것을 인정하지 않을 수 없었다. 그가 그 곡들을 그토록 멋지게 연주하는 것으로 보아 기량이 뛰어난 연주자가 분명했다.

작은 연주회가 끝난 후 막간을 경유해 집사가 검은색 제복 위에 티끌 하나 없이 희고 작은 앞치마를 두르고 흰 레이스 모자를 쓴 하녀 둘을 데리고 거실로 들어와서는 2막의 장면을 설정했다. 응접실의 칸막이벽을 완전히 뒤로 밀자 식당이 나타났는데, 그것은 식탁이라기보다는 긴 직사각형 탁자를 연상시키는, 스물네 명의 자리가 마련된 식탁에 크리스마스 장식이 눈부시게

---

3) 뵈젠도르퍼(Bösendorfer): 세계적인 수제 피아노 회사 이름.

빛나는 놀라운 장면이었다.

식탁 중앙에 끝에서 끝까지 하얀 다마스크 천이 펼쳐져 있었고, 그 위에 길게 놓인 크리스마스 잔가지 더미 안에는 색색의 조그만 양초 조각상들이, 사람들 자리마다 다른 양초 조각상이 세워져 있었다. 한 손님 앞에는 난쟁이 모양의 양초가, 다른 손님 앞에는 독버섯 모양의 양초 등이 놓였다. 식탁에 놓인 육중한 촛대들에는 양초가 꽂혀 있었다. 수없이 많은 세공유리 술잔과 날붙이들이 촛불에 반짝였다.

나는 내 앞에 쌓인 접시들 양옆에 늘어놓은 수많은 다양한 크기와 모양의 온갖 포크와 나이프를 보고는 기가 질렸다. 도저히 음식을 먹을 엄두가 나지 않았다. 저녁식사를 하는 과정에서 지독한 결례를 저질러 이 낯선 사람들 앞에서 끔찍한 실패자가 될지도 모른다는 두려움에 떨었고, 베라는 내 무지와 불안감은 전혀 모른 채 맞은편 자리에 앉았다.

식사가 시작되기 전 응접실에서 전화벨이 울렸다. 그것은 그들 모두에게 행복한 크리스마스를 기원하고자 파리에서 가족의 친구로부터 걸려온 전화였다. 파리처럼 먼 곳에서 걸려온 전화는 나에게 굉장히 고상한 인상을 주었다. 하여간 우리는 식사를 하기 위해 자리에 앉았다.

식탁 상석에 만델리코바 부인이 앉았고, 맞은편 상석에 설탕 재벌인 만델리크 어른이 앉았다. 우리가 각자의 자리에 앉자 하인들이 음식을 내오기 시작했다. 긴 은제 접시들에 마요네즈 소스를 곁들인 윤기 나는 흰 강꼬치고기가 담겨 나왔다. 음식을 나뉘주기 시작했는데, 집사가 먼저 안주인에게 은제 칼로 음식을 잘라 맨 위의 접시에 놓았다. 그러고는 개인적인 가문의 서열을 지켜 엄격한 순서에 따라 다른 부인들에게 차례차례 음식을 나눠주고, 그런 후에야 신사들에게 음식을 주기 시작했다. 예절은 매우 엄격했다.

한 요리 뒤에는 다음 요리가 이어졌다. 생선, 수프, 구이, 녹색 채소를 곁들인 가금류, 금방 튀겨낸 감자. 마지막으로 휘핑크림을 올린 밤 퓌레와 크리스마스 페이스트리가 나왔다. 요리에 따라 다양한 포도주가 나왔다. 내 몰락을 초래한 화근이 바로 이것이었다. 나는 술에 익숙하지 않았고, 거절하는 것은 결례라고 생각했다.

나에게 주의를 주는 사람이 아무도 없었다. 식사가 끝난 후에 손님들 중 일부가 갈색의 나무 널빤지를 두르고 작은 붉은색 가죽 의자가 놓인 아늑하고 작은 흡연실로 물러났다. 베라가 나에게 그곳으로 따라오라고 권했다. 흡연실로 갈 때 이미 내 머리는 핑핑 돌고 있었다. 그곳에서 더 많은 술이 건네졌다. 내가 듣기로는 내가 아주 수다스럽고 모든 신사들과 이야기를 했다고 한다. 나는 기억이 나지 않는다. 단지 기억나는 것은 누군가 나에게 브랜디 잔을 주었다는 것뿐이다. 그것이 마지막 화근이었다. 만델리크 가를 방문했을 당시의 마지막 순간은 기억이 흐릿하다. 듣기로는 손님들 중 하나가 나를 자동차로 집에 데려다주었다고 하지만 나는 기억도 나질 않는다. 나는 만취해 있었다.

이르마 이모의 가족들은 전부 라트보르에서 저녁식사에 대한 이야기를 듣기 위해 일어나 있었지만 나에게는 한마디도 듣지 못했다. 나는 곧장 침대에 눕혀졌다.

아침이 돼서야 술이 깨면서 현실이 분명해지기 시작했다. 만델리크 가족에게 나를 소개하는 것은 대실패로 끝났다. 칭찬은 고사하고 오명만 얻었다. 모든 것을 비밀로 묻어두기로 하고는 그것을 경험으로 삼아 다시는 술을 마시지 않으리라고 내 자신에게 말했다.

그렇게 나는 만델리크 박사와의 모든 교제를 내 마음에서 말끔히 지워버렸다. 물론 그것은 나에게 상처로 남지 않았다. 곧 나는 집으로 돌아가 학교에 다닐 것이다. 나는 어머니에게 그 일에 대해 한마디도 하지 않을 것이다. 나를 위해 모피코트를 지은 일을 헛수고로 만들었다며 짜증만 낼 것이기 때문이다.

이튿날 베라가 전화를 하지 않아도 놀라지 않았다. 오히려 다행이었다. 나는 어떻게 사과해야 할지 알지 못했다. 속이 보이는 변명 따위는 지어내고 싶지 않았다. 그런 짓은 안 하니만 못했다. 그것으로 끝이었다. 종지부를 찍었다.

14

독일의 점령

그러나 내가 이르마 이모 집을 떠나기 전날 결국 베라로부터 전화가 걸려왔고, 그가 나를 데리러 왔다. 나는 그가 크리스마스 이브나 내 방문에 대해 전혀 언급하지 않아 고마웠다. 그는 단지 새해에 파리로 가서 3개월 동안 삼촌과 일하게 될 것이라는 말만 했다. 그가 나를 안고 작별의 키스를 했다. 우리는 그렇게 헤어져 각자의 길로 갔다. 우리는 깨닫지 못했지만 새로운 삶의 무대가 우리를 기다리고 있었다. 그는 파리에서, 나는 뜻밖의 다른 면에서 그러했다.

아버지가 큰 소리로 우리를 깨웠다.

"빨리, 얘들아, 창가로 와라, 모두 다! 당장!"

아침 6시밖에 되지 않았다. 나는 졸음을 참으며 대체 무엇이 그렇게 중요하기에 아버지가 그렇게 이른 시간에 우리를 깨웠는지 궁금했다.

거리를 행진하는 취주악대는 없었다. 취주악대가 행진할 때면 언제든지 아버지는 마치 군악대 지휘자처럼 빗자루를 지휘봉처럼 들어 올리고 방 안을 돌며 행진했다. 누가 〈라데츠키 행진곡〉이라도 연주하면 그는 행진을 하고 싶어 참지 못했다.

그러나 이번에는 음악소리도 전혀 들리지 않았다. 밖은 우중충한 겨울날이었고 진눈깨비가 내리고 있었다. 여느 날과 다름 없는 날이었다.

1939년 3월 15일 수요일.

재차 부르는 아버지의 목소리가 떨리고 있었다.

"얼른 와서 창밖 좀 봐라."

우리는 식당 창문의 커튼을 젖히고 2층 창문을 통해 놀라운 광경을 목격했다. 독일군! 그것은 거리로 흘러내리는 홍수와도 같았다. 낯선 군복에 철모를 쓰고 오토바이를 탄 남자들이 열과 행을 맞추어 서쪽에서 프라하를 향해 진격하고 있었다. 그 소리는 지진의 으르렁거림처럼 들렸다. 어느 누구도 아무 말도 하지 않았다. 미지의 악이 우리를 기다리고 있다는 예감으로 나는 오싹함을 느꼈다.

유화정책과 수데테란트는 아무 소용이 없었다. 히틀러는 체코슬로바키아를 통째로 원했고 이제 그것을 차지하고 있었다.

거리에 침략자들을 제외하고 사람은 그림자도 보이지 않았다. 사람들은 단지 여기저기 창가에서 국가에 닥친 재난을 공포에 질려 가만히 지켜보고 있을 따름이었다. 오토바이 대열은 끝도 없어 보였다. 그들은 수백, 아니 수천은 되어 보였다. 우리는 라디오로 몰려가서 아나운서의 말에 귀를 기울였고, 그는 떨리는 목소리로 청취자들에게 진정하라고 촉구하며 어떤 형태의 저항도 하지 말라고 경고했다. 모든 사람들은 가급적 집 안에 머물러야 했고, 학교는 그날 휴교할 것이라고 전했다.

그날 단 하나 기쁜 소식이라면 학교가 쉰다는 것이었다. 우리는 사하라에 관한 지리시험을 치를 예정이었다. 나는 숙제를 하지 않았기 때문에 만약 내 이름이 불린다면 무척 난감했을 것이다. 덕분에 기분이 조금 나아졌다.

라디오 방송은 계속되었다.

"새로운 소식이 들어오는 대로 전해드리겠습니다."

우리는 라디오 주위에 옹기종기 모여 앉아 기다렸다. 한 시간쯤 뒤에 프라하에 도착한 독일군이 흐라드차니 대통령궁을 장악했다는 긴박한 소식이 전해졌다. 상상하기 어려운 일이었지만 사람들은 모두 이것이 우리가 알고 있던 자유의 종말을 의미한다는 것을 깨달았다.

어머니가 추위로 몸을 떨어대 어깨에 따뜻한 담요를 덮어주어야 했다. 아버지는 얼굴이 창백해 보였다. 그는 결코 이런 결과를 예상치 못했던지 어떤 변화들이 일어날지, 얼마나 빨리 닥칠지, 그것이 우리에게 어떤 영향을 줄지 궁금해하셨다. 아무런 해답도 없이 단지 짐작만이 가능했다. 우리가 찾은 해답은 한 가족으로 되도록 오래 헤어지지 않는다는 것이었다. 이튿날 우리 아이들은 학교에 갔고, 조만간 치를 예정인 기말시험 준비를 시작했다.

표면적으로, 우리의 생활에는 아무런 영향도 없어 보였다. 그러나 우리가 전에는 알지 못했던 새로운 요소들이 안으로 숨어들고 있었다. 두려움과 불확실성. 다음에는 무슨 일이 벌어질까? 우리는 어떻게 되는 것일까?

1939년 9월 1일, 새 학년이 시작되는 날은 공교롭게도 독일이 폴란드를 점령하는 동시에 제2차세계대전이 선언된 날이었다. 한편, 우리 공화국은 제3제국의 보호령이 되면서 신정부가 들어섰다. 곧이어 신정부는 히틀러가 수년 동안 무자비하게 적용해 온 종류의 인종법들을 도입했지만, 우리는 우리 조국에서 그런 것이 시행되리라고는 결코 믿지 않았다. 그러나 그것은 시행되었다.

하룻밤 새에 전 주민이 엄격하게 고립된 두 진영으로―유대인과 유대인이 아닌 사람으로―갈라졌다. 마치 요술지팡이를 한 번 휘두르자 우리가 감금 이상의 중죄를 지어 모든 사람들이 꺼리는 인간 망종이나 괴물로 변한 듯싶었다.

이어서 모든 소도시와 부락과 마을과 독립 농장에서 등록법이 시행되었다. '유대인'이라는 소인이 찍힌 새 신분증이 지급되었다. 재킷에 노란 별(유대인 별, 다윗의 별)을 달아야 했고, 따라서 유대인은 국민의 적으로 멀리서도 알아볼 수 있고 인식할 수 있었다.

그 직후 독일인들은 사업체와 사무실과 상점과 은행계좌를 비롯한 유대인의 재산을 등록하기 시작했다. 모든 유대인 소유주는 사업을 자발적으로 포기한다는 동의 서명과 함께, 독일 대리인과 후임자에게 그것을 양도해야 했다. 아버지는 오랜 세월 일한 사람까지 직원들을 전부 해고해야 했다. 그러고는 가정의 애완동물을 수집센터에 맡겨야 했다. 이별은 고통스러웠다.

문이 전부 닫히기 시작했다. 카페와 음식점과 영화관에는 '유대인 사절'이라고 적힌 게시판이 등장했다. 한 유명 상점은 '개와 유대인 출입금지'라는 공고를 게시했다. 배급카드가 도입되었고, 더는 얻을 것이 없는 시간인 오후 3시에서 4시 사이에만 유대인들에게 음식을 판매한다는 공고문이 붙었다.

수많은 변화들이 잇따라 대거 쏟아졌고 그것은 퇴학으로 시작되었다. 어느 화창한 날 아버지는 내 문법학교로부터 이런 편지를 받았다.

1940년 8월 7일에 제정된 법령 제99761/40-1/1에 의거하여 제국보호관(Reichsprotektor)과의 협약이 신학기부터 효력을 발휘함에 따라, 국민계몽과 교육부는 1940/41년 신학기부터 유대인 학생은 모든 종류의 체코 학교에 입학하지 못하며 또한 학교에서 교육받고 있는 유대인 학생은 교육에서 배제될 것임을 선포했다.
따라서 댁의 딸 즈덴카 판틀로바가 이 교육시설의 학생이 아니라는 사실을 알려드립니다.
교장 얀 호라(Jan Hora) [서명]

내 경우는 그렇게 끝이 났다. 나는 2학년이 끝났을 때 내가 내 마지막 학년을 끝내고 졸업할 수 없다는 것이 부끄러웠다. 내 학급 친구들은 당황스러워했다.

"이건 말도 안 돼. 뭔가 착오가 있었을 거야. 곧 알게 될 거야. 그가 착오를 고쳐서 넌 다시 학교로 돌아올 거야."

그것은 분명코 말이 되지 않았지만 착오는 아니었다. 나는 돌아오라는 허락을 받지 못했다. 이제 어떻게 하지? 누구에게 도움을 청해야 하지?

나는 밤낮으로 어떤 선택을 해야 하는지 고민했다. 문득 섬광처럼 머릿속을 스치는 생각이 있었다. 영어를 배우자! 프레드 애스테어의 〈넌 내 행운의 별〉을 기억하는가? 나는 늘 영어를 배우고 싶었고, 지금이 그것을 해야 할 때라는 것을 알았다. 프라하에는 인종법이 적용되지 않는 영어 어학원이 있었다. 그들은 영어를 배우고자 하는 사람은 누구나 받아들였다. 그러니 무슨 수를 써서든지 그곳에 다니기로 마음먹었다.

첫 번째 난관은 어머니였다. 1년 동안 공부를 하고 싶다고, 프라하의 어학원에서 영어를 배우고 싶다고, 할머니 댁에서 살고 싶다고 말하자마자, 어머니는 딱 잘라 반대했다.

"프라하는 안 돼. 계집애들이 그런 곳에 있어봐야 타락만 할 뿐이야."

그것으로 끝이었다. 어머니하고는 상의를 해봐야 소용이 없었다. 나는 다른 식으로, 아버지를 통해 해결해야 한다는 것을 알았다. 그러려면 치밀한 작전이 필요했고, 그래야 아버지가 반대하지 못하실 것이었다. 물론 프라하에는 1년 정도만 있으면 적당할 것이다.

아버지가 의견을 존중하는 사람을 찾아야 한다. 나는 곰곰이 생각했다. 교사면 좋은데, 누가 있지? 아, 그래! 아버지의 절친한 친구이자 전에 고등학교에서 라틴어를 가르친 교수가 있었다.

사실을 밝힐 순간이 다가왔다.

나는 그를 만나러 갔다. 그는 나를 보고는 다소 놀라기는 했지만 자리에 앉아 찾아온 용건을 말하라고 했다. 나는 하고 싶은 말을 신중하게 준비했던 터라 전혀 시간을 낭비하지 않았다.

"선생님께서 이해해주실 거라고 믿어요. 전 새 인종법 때문에 학교에서 퇴교처분 되었어요. 이제 열일곱 살인데. 학업을 끝내고 다른 교육을 받고 싶은 마음이 간절해요. 프라하의 영어 어학원은 분명 절 학생으로 받아줄 거예요. 1년 동안 지불하는 수업료는 아버지께 재정적으로 큰 부담이 되지 않을 거예요. 또 제가 묵을 곳도 있어요. 구시가 광장 뒤편에 할아버지가 사세요. 절 대신해 아버지께 말씀 좀 해주세요. 부탁드려요. 정말이지 꼭 어학원에 다니고 싶어요."

눈에 눈물이 맺혔었는지는 분명하지 않지만 내가 아주 간절해 보였던 것은 분명하다.

그가 감동해서 말했다.

"네 말이 맞아. 네 나이 또래는 되도록 많은 시간을 자신을 개발하고 배우면서 보내야지. 너에게 약속하마. 기회가 닿는 대로 네 아버지를 만나 말해주마. 널 꼭 어학원에 보내라고 충고해줄게."

"아! 고맙습니다."

나는 한숨을 내쉬었고, 가벼운 발걸음으로 집에 돌아왔다.

이튿날, 아버지가 집에 돌아오셔서 안락의자에 자리를 잡고는 나를 불러 진지하게 제안하셨다.

"1년 동안 널 프라하의 영어 어학원에 보내," 그가 말하기 시작했다.

"다른 언어를 배우게 할까 하는데. 그래, 네 생각은 어떠니? 네가 언어에 소질이 많은데 고등학교는 다닐 수도 없고 말이다."

나는 되도록 뜻밖인 척하려고 애쓰며 대답했다.

"글쎄요. 나쁠 거 없죠. 아주 좋은 생각 같아요. 지금 무엇이든 잡아야 하는 상황인데요. 게다가 그것은 내가 잘하는 외국어를 배우는 거잖아요."

작전은 성공적이었고, 나는 다시 한 번 마음속으로 노교수에게 감사했다. 어머니는 아버지의 제안에 어떤 문제 제기도 하지 못했고, 그래서 나는 짐을 꾸리러 갔다. 이틀 뒤 아버지와 나는 프라하로 향했다.

나는 행복하고 의기양양했다. 그것은 단지 영어 어학원으로 간다는 사실만이 아니라 그것 이상의 무언가, 신비롭고 운명적인 무언가가 있었다. 나는 어느 날 내 목숨을 구해주는 이 언어를 배워야 한다는 것을 본능적으로 알았던 것이다. 그러나 정확히 5년 후에 그날이 올 줄은 모르고 있었다.

15

프라하와 영어 어학원

할머니는 여전히 틴스카 거리에 자리한 본가에서 살고 계셨고, 학원은 근처의 나로드니(Národní) 거리에 있었다.

나는 매일 프라하의 좁은 거리들을 걸어가기를 한없이 좋아했고, 다채로운 건물 외관과 건물의 오랜 가문의 문장을 구경하고, 사람들이 수세기 동안 거기에서 어떻게 살았는지, 그 고대도시에서 무슨 일이 벌어지고 있는지를 상상하려고 했다. 비록 나는 재킷에 노란 유대인 별을 달고 있었지만 어느 누구도 나에게 신경 쓰지 않았다. 나는 학원에서 돌아오는 길에 인적 드문 골목길을 혼자 걸으며 구경하는 것을 가장 좋아했다. 실은 그 도시와 사랑에 빠졌다. 수업은 오전 9시에 시작해 오후 1시에 끝났다. 강사들은 영국 출신의 원어민 남자와 여자들이었다. 이름이 헨치먼(Henchman), 힌클리(Hinckley)인 사람과 그 밖의 사람들이 있었다. 그 당시에는 외국인이 아주 드물었기 때문에 그들을 만난다는 것은 다른 세계를 접촉하는 것과 같았다.

우리는 영문법을 익히고, 영자 신문의 기사를 읽고, 발음을 연습하고, 받아쓰기를 하고, 숙제를 받았다.

그때까지 음악을 통해 들은 것을 제외하고는 영어는 한 단어도 모르고 들어본 적도 없었지만, 그 소리를 듣는 것이 정말 좋았고, 열심히 공부해서 가장 잘하는 학생이 되려고 노력했다. 나는 모든 수업이 기다려졌고, 나에게 지나침이란 없었다.

옆자리에 내 또래의 학생이 앉았다. 그녀는 나처럼 네포무크라는 지방의 소도시에서 온 데다, 나처럼 인종적 배경 탓에 학교에서 퇴학당했다. 그녀의 이름은 마르타(Marta)였다. 우리는 금세 친해졌고, 우리의 운명은 서로 긴밀히 얽혀 있어 이후의 예측불허 상황에서 서로의 목숨을 구해주게 될 것이다.

우리는 둘이서 프라하 밖으로 여행을 가고는 했다. 한 번은 즈브라슬라프(Zbraslav)로 배를 타러 갔고, 다른 한 번은 코코린(Kokorín) 성에 갔었다. 때로는 코트에서 노란별을 떼어내고는 금지구역을 조용히 활보하기도 했고, 금지된 전차를 타기도 했고, 저녁 8시 이후에 집에 가기도 했다. 프라하에서는 그 누구도 우리를 알아보지 못할 것이라고 자신했고, 다행히도 우리는 어떤 의심도 받지 않았다. 가엾은 할머니는 내가 통행금지 시간 전까지 돌아오지 않으면 언제나 두려움에 떨었다.

마르타하고 나는 기말시험에서 우수한 성적을 받았다. 나는 아버지가 나를 허투루 학원에 보냈다고 느끼지 않을 것이라고 생각하니 자랑스럽기 그지없었다.

나는 자랑하기 위해 노교수를 만나러 갔고, 내 성취의 공로자인 그에게 감사했다. 그는 기뻐하면서 나를 축하해주었다. 나는 6월에 어학원의 학기가 끝나 집으로 돌아와야 했다. 두 가지 사건이 나를 기다리고 있었다. 기쁜 일과 슬픈 일이!

16

아버지가 게슈타포에게 체포되다

프라하에서 돌아온 후 일상은 아주 지루하고, 제한적이고, 공허해 보였다. 오후 8시의 통행금지는 엄격히 준수해야 했고, 다윗의 별도 어김없이 달고 다녀야 했다. 가장자리나 모서리가 떨어지지 않도록 꼼꼼하게 꿰매야 했다. 나는 언제나 실과 바늘을 준비해서 다녔고, 모든 코트에 별이 완벽하게 붙어 있는지 확인해야 했다. 독일의 나사가 조여오기 시작했다. 사람들은 아무런 합당한 이유 없이도 거리에서 체포되었다. 우리는 누군가를 만나서도, 누군가의 집을 방문해서도, 거리에서 누군가에게 말을 걸어서도 안 되었다.

우리 마을 주민들은 순식간에 양극으로 갈라졌다. 한쪽의 사람은 독일의 포고령을 무시하고 은밀히 우리를-특히 지정된 시간 외에 식량을 구하는 것을 도와주었다. 다른 한쪽의 사람들은 그들이 결국 탄탄대로를 달려 그들의 시대가 오기를 바라며 독일인에게 협력하기 시작했다. 그들은 사람들을 염탐해 고발했고, 그 대가로 독일인들로부터 칭찬과 제 보상금을 받는 것을 자신의 의무라고 생각했다.

나는 내 오랜 친구들과 부모들에게 곤란한 문제가 생기는 것을 피하기 위해 친구들에게 연락하는 것을 그만두었다. 우리를 주시하고 엿듣는 새로운 눈과 귀가 너무 많았다. 우리는 사람을 불신한 적이 없었다. 우리는 언제나 아무도 두려워하지 않았고, 터놓고 대화했고, 정보를 교환했고, 생각을 나누었다. 그러나 이제 우리는 언제나 입을 굳게 다물었다. 흉측한 괴물 한 마리, 우리 동포에 대한 두려움이라는 괴물이 우리의 생활 속으로 파고들었다. 길모퉁이의 정육점 주인이나 맞은편의 담배 노점상이나-비록 그가 제1차세계대전 상이군인이었지만-우리의 예전 세탁부나, 또는 내가 아버지의 맥주를 받아 오고는 했던 주막 주인이 이제는 독일인과 일하고, 우리를 주시하고, 적당한 기관에 보고할 아주 사소한 실수를 가만히 기다리고 있지 않다고 누가 보장할 수 있겠는가?

우리는 오래 기다릴 필요가 없었다. 사람은 위기 상황에서 본색을 드러내기 마련이다.

반유대주의 법령들 아래서 우리는 라디오마저 내놓고 우연히 주워듣는 단편적인 정보들에 의지해야 했다. 어느 날 한 이웃이 아버지에게 그의 집에 와서 BBC 방송사의 체코 방송이 전하는 런던 소식을 들으라고 권했다. 외국 방송 청취는 엄격하게 금지되었고, 발각되었을 경우에 엄벌에 처해졌다. 아버지는 권유를 받아들여 그의 집으로 갔다. 그는 죽은 대통령의 아들인 얀 마사리크(Jan Masaryk)가 영국에서 체코인과 슬로바키아인들에게 한 연설을 듣고는 몹시 흥분했다. 아버지는 이웃의 집에 단지 두 번 갔다. 그 직후, 우리가 모두 식탁에 둘러앉아 저녁을 먹고 있을 때인 저녁 8시쯤 초인종이 한 번, 두 번, 세 번 울렸고, 뒤이어 문을 걷어차는 격렬한 발길질 소리가 몇 차례 들렸다.

"게슈타포다! 열어!"

밖에서 독일어로 명령하는 소리가 들렸다.

여동생이 자리에서 일어나 문을 열었다. 검은 제복을 입은 우람한 에스에스(SS)[1] 보안대원 셋이 불쑥 안으로 들어와선 거칠게 소리쳤다.

"차렷! 일어서!"

우리는 모두 식탁에서 일어났다. 그들은 아버지를 들짐승처럼 넘어뜨렸다. 그들 중 하나가 옷깃을 잡아 흔들며 고함쳤다.

"이름?"

아버지는 얼굴이 창백했지만 침착하게 독일어로 이름을 대답했다.

"에른스트 판틀(Ernst Fantl)."

"뭐라고?"

그 에스에스 대원이 "유대인 에른스트 판틀!"이라고 고함을 질러 아버지가 어떻게 대답했어야 하는지를 말하고는 다시 아버지를 때렸다.

혼잡스런 폭력과 비명의 장면이 뒤따랐다. 나는 벽에 등을 대

---

1) 에스에스(SS): 독일어로 슈츠스타펠(Schutzstaffel). 나치 친위대이자 나치의 준군사조직. 1925년 4월 아돌프 히틀러의 소규모 개인 경호대로 창설되었으며, 일반 친위대와 무장 친위대로 분류된다. 일반 친위대는 독일 국내뿐만 아니라 유럽 각국 점령지의 치안 유지, 경찰력, 유대인 대량 학살에 관여했으며, 무장 친위대는 정규군과 함께 전쟁에 직접 참가했다.

고 서서 그 잔혹한 쇼를 전부 지켜보아야 했다.

"넌 당장 우리와 함께 간다!"

책임지고 있는 장교가 협박조로 말했다. 그들 중 두 사람이 아버지의 양쪽 어깨 옆을 잡았고, 세 번째 사내가 재촉하면서 아버지를 걷어찼다. 아버지가 비틀거리다가 가까스로 몸을 세우고는 조용한 목소리로 물었다.

"코트를 가져와도 될까요?"

"빨리 해!"

그들 중 하나가 아버지와 함께 침실로 갔고, 아버지가 코트를 입고는 모자를 손에 든 채 나타났다. 또 다른 독일인이 양쪽 다리를 쫙 벌리고는 열린 문 앞에 버티고 서 있었다. 아버지는 얼굴이 잿빛이었지만 방을 나가기 전에 돌아서서 잠시 우리를 한 사람씩 차례로, 마치 우리의 모습을 기억 속에 새겨두려는 듯 유심히 바라보고는 낮지만 단호한 목소리로 말했다.

"괜찮으니 진정해라. 침착이 힘이라는 걸 잊지 말아."

그러고는 우리에게 모자를 들어 올리며 말없는 작별인사를 했다. 독일인들이 문을 거칠게 닫았고, 아버지는 우리의 시야에서 사라졌다.

어머니가 기절했다. 그녀가 정신이 들자 오빠와 동생이 부축해 침실로 데려가 눕혔다.

나는 미동도 못 하는 대리석 조각상처럼 내 의자에 앉아 꼼짝도 하지 않았다. 충격에서 정신이 들자 식탁에 먹다 만 반쯤 남은 음식이 눈에 들어왔다. 나는 음식에 몸을 숙이고는 그릇과 접시에 남은 음식들을 모조리 게걸스럽게 먹어치웠다. 나는 방금 겪은 공포와 혼란과 두려움과 상실감에 빠져 익사해가고 있는 내 자신을 구하기 위해 움켜쥘 무언가가 필요했다.

식당으로 나온 어머니가 내가 한 짓을 보고는 버럭 화를 냈다.

"음식이 어떻게 목구멍으로 넘어갈 수가 있니? 이것만 봐도 네가 아버지를 사랑하지 않는다는 거야."

나는 너무 떨려서 내 마음은 어머니가 생각하는 것과는 정반대라고 해명할 수가 없었다.

우리들 중에는 그들이 왜 아버지를 잡아갔는지, 정말 그들이 어떤 이유를 갖고 있는 것인지 아는 사람이 없었다. 그러나 우리는 곧 어떤 이웃이 BBC 방송을 청취했다는 이유로 아버지를 고발했다는 것을 알게 되었다.

우리는 그날 저녁 아버지가 어디로 끌려갔는지, 지금은 어디에 있는지 아버지의 소식을 알아내기 위해 부질없는 안간힘을 써댔다. 단지 심문만 받고 돌아오지 않을까? 아니면 다시는 아버지를 만나지 못하게 되는 것일까? 수없이 애원하고 뇌물을 바치고 나서야 아버지가 부헨발트(Buchenwald) 강제수용소로 끌려갔다는 사실을 알게 되기까지는 오랜 시간이 걸렸다. 우리는 아버지에게 음식 꾸러미를 보내도 된다는 허락을 받았지만 아버지가 그것을 받았는지는 확인되지 않았다. 전혀 연락이 되지 않았다.

몇 달 후에 우리는 아버지가 반국가활동죄로 12년형을 선고받고 바이에른(Bayern) 주 바이로이트(Bayreuth) 사상범 수용소에 수감되었다는 내용의 인쇄 엽서를 받았다. 그 후로 오랜 시간이 흐른 뒤에 아버지로부터 간단한 편지가 도착했다. 우리는 아버지가 종이봉투를 만드는 노동수용소에 있으며, 모범수로서 그가 속한 집단의 대표로 임명되었음을 알게 되었다. 나는 아버지가 평생 살아온 그대로 낙관주의자로서 상황에 적응하고, 어쩌면 부헨발트에 머물렀더라면 조금 더 잘 지냈을지 모른다는 마음이 들었다. 그러자 조금은 위로가 되었다.

집에서의 생활은 차츰 제약이 늘어갔다. 우리는 죄수나 다름없었고, 또 어떤 일이 생길지, 어떤 변화들이 기다리고 있을지 걱정스럽게 추정했다. 낙관적으로 보이는 것은 아무것도 없었고, 우리는 차츰 비관주의에 빠져들었다. 케 세라 세라(Que sera sera). 될 것은 되게 마련이다. 달리 선택의 여지가 없었다.

아버지가 잡혀가기 얼마 전에 영국이 보호령 국가의 난민을 자국의 가정부로 받아들이겠다고 제안했다. 저녁식사 자리에서 나는 난민 신청을 하겠다고, 영국으로 건너간 다음에 무엇을 할 수 있는지 알아보겠다고 말했다. 아버지가 나를 보며 퉁명스럽게 말했다.

"그런 생각은 머릿속에서 지워버려! 너 혼자선 아무 데도 못 간다. 우린 함께 있을 거다. 우리 전부 다, 이대로 말이야."

그래서 어떻게 되었는가? 우리 가족은 벌써 한 사람이 줄어들었다.

17

새로운 사랑

독일이 침략하기 전에도 수데텐 접경 지역에 거주하는 수많은 유대인 가족들이 내지로 이주하기 시작했었다. 일부는 프라하로, 일부는 지방의 소도시들로, 그들의 친척이나 친구들이 있는 곳이면 어디든지 옮겼다. 이들이야말로 독일이 두려워 자신의 재산과 생계수단을 남겨두고 고향을 등지는 최초의 난민이었다. 그들은 오갈 데 없는 망명자 신세였고, 그들에게 편의를 제공하거나 관대한 사람이라면 누구든지 의지했다. 그들은 대개 이등 시민으로 간주되었다. 이것은 명랑한 기분이나 낙관적 전망을 주지 못했다. 그들과 우리들 전부에 관한 한 그들은 훨씬 더 나쁜 일들이 닥치리라는 것을 깨닫지 못했다.

우리 마을에 타호프(Tachov) 출신의 한 레위인[1] 가족이, 나이가 지긋한 부모와 변호사인 큰아들 빌리(Willi)와 우리 아버지와 이름이 똑같은 작은아들 아르노슈트가 이주해왔다.

아르노슈트는 멋진 체격과 부드럽고 검은 머리카락과 똑바로 응시하는 눈을 지닌, 용기로 빛나는 매력적인 청년이었다. 그는

---

1) 레위인(Levities): 구약성서에 나오는 야곱의 셋째아들인 레위의 직계 자손들. 레위족, 레위부족이라고도 한다. 이스라엘 12지파의 하나이다.

스물세 살이었다. 우리는 그의 가족이 이주해온 직후 한 이웃집에 차를 마시러 갔다가 만났다.

서로의 눈길이 닿는 순간 번갯불이 번쩍였다. 그런 것을 첫눈에 반한 사랑이라고 했고, 피할 수 없는 운명이라고 했다. 그날부터 우리는 기회가 닿을 때마다 자주 만났고, 주로 단둘이 숲을 거닐었다. 아론은-나는 그를 그렇게 불렀다-우리 집 창가로 다가와 우리의 신호곡인 드보르자크(Dvořák)의 〈신세계 교향곡〉의 테마를 휘파람으로 불곤 했다.

나는 언제나 모든 것을 제쳐두고 곧바로 밖으로 달려 나갔다. 나는 휘파람을 불지 못했기 때문에 그의 집을 지나갈라치면 지나가는 사람들에게 그 곡을 휘파람으로 불러달라고 요청해야 했다. 그들은 가끔은 응해주지 않았고, 가끔은 마지못해 해주었다. 어쩌면 그들도 휘파람을 불지 못해서 요청을 받아주지 않았을지도 모른다.

아르노와 나는 이제껏 줄곧 서로를 기다렸다는 듯이 깊은 사랑에 빠져들었다. 우리로서는 세상이 에덴동산과 같았다. 독일의 점령 따위는 안중에도 없었다. 우리는 서로 외에는 아무것도 보이지 않았고, 앞에 도사리고 있는 위험도 느껴지지 않았다. 설령 그런들 그것이 무슨 상관인가? 사랑은 모든 장애를 극복할 것이다.

우리는 한 시골길을 산책하다가 우연히 마주친 내 친한 친구이자 예전 학교 친구가 한 제안을 생각해냈다.

"있잖아! 네가 8시 이후에는 밖에 나가선 안 된다는 게 생각났어. 그래서 말인데, 우리가 사는 방앗간으로 와. 그러면 밤새 우리와 함께 지낼 수 있잖아. 두려워할 건 전혀 없어. 게다가 우리 동네 사람들은 독일 법령 같은 건 신경도 안 써."

솔깃한 제안이었지만 우리에게도 친구에게도 완전히 안전하지는 않았다. 그러나 어디서든 함께 밤을 보내고픈 간절한 마음은 초래될 수 있는 결과에 대한 두려움보다도 강했다.

우리는 토요일 저녁으로 정해서 자전거를 타고 가곤 했다. 방앗간은 소읍에서 걸어서 한 시간가량 걸리는 숲 가장자리 시냇가에 위치했다.

그런데 집은 어떻게 빠져나가지? 어머니에게는 또 뭐라고 말하지?

나는 오빠에게 계획을 털어놓았다. 우리는 어머니에게 오빠하고 나 둘이서만 방앗간에 간다고 말했다. 내 친구가 오빠에게 잘 곳을 마련해줄 것이었다. 오빠가 계획의 요지를 이해하고는 승낙했다.

우리는 우리 자신을 어떤 곤란 속에 빠뜨리고 있는지 정확히 알고 있었다. 공식적인 허가 없이는 소읍의 경계 밖으로 한 발자국도 나가선 안 되었다. 허가 신청을 해도 소용이 없었을 것이다. "무슨 이유로 가는 거지?" 하고 그들은 물었을 것이다. 그래서 그것은 불가능했다. 우리는 허가 없이 나가는 위험을 감수해야 했고, 그것은 우리의 옷에서 다윗의 별을 제거해야 한다는 것을 의미했다. 두 죄는 모두 중벌에 처해졌지만 우리의 마음은 정해졌다.

햇살이 화사한 날이었다. 행운이 우리 위에서 웃고 있었다. 우리는 숨기려 해도 숨길 수 없는 별이 제거된 옷을 입고 있었다. 우리가 소읍 안에 있는 동안은 누군가가 우리를 알아보고, 별이 없는 것을 알아채고, 게슈타포에게 우리를 고발할지도 몰라 두려웠다. 그러나 아무도 우리를 알아보지 못했다. 이제 우리는 마을을 벗어나 있었고, 길에는 차가 거의 다니지 않았다. 우리가 고비를 넘겼다고 생각하고 있을 때 난데없이 에스에스 보안대원 넷을 태운 독일군의 무개차량이 모퉁이를 돌아서 다가왔다. 우리는 숨을 멈추었다. 저들이 우리를 불러 세울까? 저들이 우리가 누구고 어디에 가는 중인지 물을까? 저들이 우리 신분증을 보자고 요구할까?

다행히도 우리의 수호천사 덕분에 우리는 위기를 모면했다. 자동차는 우리 옆을 스쳐 쏜살같이 지나갔다. 우리는 오금이 저려 큰길을 벗어나 들판 사이의 좁은 흙길로 나아가기로 했다. 우리는 길을 잘 알고 있었다. 시간이 조금 오래 걸리기는 했지만 그것이 안전할 것이라고, 그래서 우리는 침착하게 자전거를 몰았다. 삶에서 시종일관 확실한 것은 없다는 사실을 우리는 깨닫지 못했다.

한 독일군 장교가 불쑥 나타났고, 자전거를 타고는 흙길을 따라 우리를 향해 다가왔다. 그가 돌연 멈춰서더니 팔을 올리며 소리쳤다.

"멈춰!"

도망갈 방법이 없었다. 다 끝났다고 우리는 생각했다. 우리는 멈추어서 자전거에서 내렸다. 나는 우리 셋에게 다 들리도록 말하기 위해 그에게 다가갔다. 나는 잃을 것이 없는 사람처럼 대담하게 그의 얼굴을 바라보았다.

"여기서 읍내까지 가려면 얼마나 걸리나?" 그가 보통의 어조로 물었다.

나는 목소리가 떨리지 않도록 심호흡을 하고는 말했다.

"이 길로 가면," 그러고는 가리켰다.

"대충 30분 정도 걸릴 거예요. 멀지 않아요." 나는 길 잃은 순례자에게 말하듯 상냥하게 덧붙였다.

"당케."

그가 경례를 하고는 자전거를 몰고 지나갔다. 이번에 우리는 정말 겁에 질렸고, 길가에 주저앉아 신경을 진정시켜야 했다.

마침내 우리는 목적지에 도착했다. 집과 방앗간은 숲가의 햇살이 비추는 초원에 자리했고, 냇물은 즐겁게 재잘거리며 물레방아 위로 흘러갔다. 사방에 사람 그림자 하나 보이지 않았다. 그곳은 동화책의 그림에 나오는 연인들을 위한 천국 같았다. 그들은 우리에게 조그만 창문이 달리고 바로 아래로 물레방아 바퀴가 돌아가는 작은 방을 주었다. 바닥에 깔린 밀짚 매트리스와 베개 하나, 질긴 담요 몇 장이 놓여 있었다. 달빛이 창문으로 들어와 비추었다.

바깥의 세상은 사라졌다.

우리는 오직 사랑만 했다. 격렬하고 열정적이고 도취하고 한없는 사랑을. 창문으로 물소리와 라임나무 향기가 들어왔다. 팔다리가 뒤엉켰다. 밤이 영원히 계속되기만 한다면 좋으련만! 우리는 서로에게 영원한 사랑을 약속했고, 전쟁이 끝나고 평화가 찾아오면 곧바로 우리가 함께 살아갈 미래의 삶을 상상했다.

다음 날 우리는 여전히 달콤한 꿈에 취해 자전거를 타고 집으로 향했다.

18

유대인 수송선

1941년 가을, 동부 지역 수송을 위해 배정된 유대인 가족들의 명단이 프라하에서 작성되고 있다는 소문이 돌기 시작했다. 동부 지역 어디로? 아무도 몰랐다. 프라하의 친척들이 전해오는 소식은 나날이 빈번해졌다. 폴란드의 소도시 로지(Lódz)라는 이름이 불쑥 튀어나왔다. 들리는 말로는, 그곳에 우리나라의 수송선으로 보내질 사람들을 위한 게토(ghetto)[1]가 건설되었다고 한다. 어느 누구도 이것이 사실인지 추측인지 분명하게 말하지 못했다. 우리는 모두 독일의 의도에 대한 불확실성에 휩싸였다.

그러나 아니 땐 굴뚝에서는 연기가 나지 않았고, 소문들은 사실로 드러났다.

한 번에 1000명씩 폴란드로 급송하기 위한 그 갑작스런 인간 화물 수송선들은 모두 프라하에서 준비되고 있었다. 우리는 매일 우리의 친구와 친척들 중 누군가가 소집되었다거나 이미 보내졌다는 소식을 접했다. 사람들은 모두 그것이 말로는 설명할 수 없는 무언가, 우리나라에서는 절대로 일어날 리가 없다고 언

---

1) 게토(ghetto): 중세 이후 유대인들을 강제 격리시킨 유대인 거주 지역에서 비롯된 말로, 주로 특정 인종이나 종족, 종교집단을 외부와 격리시켜 살도록 한 거주 지역을 지칭한다.

제나 믿으려고 애썼던 무언가의 시작이라는 것을 알았다. 유럽 전역에서 유대 인종을 청소하겠다는 히틀러의 되풀이되는 위협이 독일 방송에서 우위를 차지했다. 그러나 자기 집에서 살고 자기 침대에서 잠을 자는 한 자신은 안전하다고 느꼈고, '수송'은 고작 한마디 말에 불과했다. 그것은 어떤 장면도 생각나게 하지 않았다. 그때까지도 그것은 단지 프라하에 사는 사람들에게만 해당되었지, 지방에 사는 우리에게는 해당되지 않았다. 어쩌면 그것은 우리에게까지 미치지 않을지도 몰랐다. 물에 빠진 사람은 지푸라기라도 잡는 법이다.

어느 날 저녁 늦은 시간에 집의 초인종이 울렸다. 오빠가 문을 열었다. 아버지의 친한 친구이자 그 지역 태생의 교사였다. 그는 숲 근처에 살았다. 그가 온 사실을 아무도 모르도록 우리는 그를 안으로 맞아들이고는 얼른 문을 닫았다.

"너희 민족의 상황이 정말 안 좋아 보이는구나." 그가 말하기 시작했다.

"그들이 벌써 프라하에서 폴란드로 수송선을 보내고 있어. 다음은 너희 차례가 분명해. 다 남겨두고 떠나야 할 거야. 그렇지만 안전하게 보관하고 싶은 게 있으면 싸놓아라. 내가 내일 저녁에 가져다가 우리 집에 감춰놓으마. 전쟁이 끝나면 다시 와서 찾아갈 수 있게 말이야. 내가 너희 아버지를 정말 좋아했는데. 알지?"

언제나 착한 사람들은 있기 마련이었고, 이 시기에 상당히 많은 사람들이 나타났다. 우리는 서둘러 물건 몇 가지를, 주로 가족사진과 문서와 어머니가 여동생 리디아와 나를 위한 혼수로 하나씩 장만한 침대보와 모노그램이 찍힌 부엌수건과 식탁보와 냅킨 등속을 한데 꾸렸다.

우리는 식당 벽에서 아버지가 너무나 좋아하셔서 즐겨 보시던 '블라트나 성' 그림을 떼어냈다. 그는 그 그림을 보면서 젊은 시절과 사랑하는 아내 베티와의 행복했던 날들을 회상했다. 우리는 그림과 우리의 작은 수집품들을 한데 쌌다. 그런 것마저 버린다면 우리에게 소중한 것은 하나도 남지 않았다. 아버지의 사업체와 은행계좌는 오래전에 몰수되었다.

이튿날 그 교사가 약속한 대로 다시 와서는 어둠을 틈타 우리 물건들을 싣고 갔다. 우리를 기다리는 미래는 차츰 형체를 드러내기 시작했다.

19

AK1과 AK2

프라하 북서쪽에 있는 요새도시 테레진(Terezín)[1]이라는 독일인들은 테레지엔슈타트(Theresienstadt)라고 부른다 이름은 그 당시에 우리에게 거의 의미가 없었다. 그것은 보헤미아의 꽤 안쪽에 위치했지만 이 군사적 요충지가 언급되는 경우는 드물었다. 그곳은 1780년부터 1790년 사이에 황제 요제프(Joseph) 2세에 의해 건설되었고, 높은 성벽과 튼튼히 방비된 작은 출입문들로 둘러싸여 있었다.

그러나 갑자기 이 작은 도시가 세간의 이목을 끌면서 상당히 새로운 평판을 얻고 있었다. 그곳이 우리나라의 모든 유대인이 모이는 집결 수용소로 변하고 있다는 소식이 새어들었다. 우리는 지도를 꺼내놓고 테레진이 프라하의 어느 쪽에 있는지 찾아보았다. 그다지 무시무시한 곳처럼 보이지는 않았다. 그들이 우리를 그곳으로 철수시켜도 우리는 여전히 체코슬로바키아 땅에

---

1) 테레진(Terezín): 체코 프라하에서 북서쪽으로 약 60킬로미터 거리에 있다. 4킬로미터에 이르는 성벽과 외호로 둘러싸인 거대한 구조물이다. 1780년 황제 요제프 2세가 프루시아의 남하를 막기 위해 세운 요새였으나 이후 주로 정치범 수용소로 이용되었다. 제2차세계대전 중에 나치 독일은 15만 3000여 명의 유대인, 체코인, 슬로바키아인, 레지스탕스들을 이곳에 임시로 수용했는데, 그들 중 3만 6000명이 폴란드 아우슈비츠나 비르케나우 강제수용소로 보내져 학살되었다.

121

있는 것이고, 여전히 어느 정도는 고향집 근처의 단지 다른 장소, 다른 도시에 있는 것이라고 생각했다.

오래 기다릴 필요 없이 젊은 남자 2000명으로 구성된 첫 수송선 두 척이 프라하를 출발했다. 그 수송선들은 Ak1과 Ak2라고 불렸다. AK는 아르바이츠코만도(Arbeitskommando)[2], 즉 노동 파견대를 의미했다. 그들의 임무는 앞으로 테레진으로 보낼 수많은 유대인을 수용하기 위한 수용소를 그곳에 건설하는 것이었다. 그것이 1941년 11월의 일이었다.

이 새로운 상황의 전개는 우리 가족의 심장을 강타했다. 사촌 베드리흐가, 이후의 내 삶에 결정적 역할을 하는 프레드 애스테어의 노래 〈넌 내 행운의 별〉을 나에게 소개해준 장본인이 첫 수송선으로 떠나게 되었다. 그는 겨우 열여섯 살이었다. 그의 출발은 그의 부모의 머리를 쥐어뜯게 했다. 그는 할머니와 아버지를 닮아 그의 어머니가 애지중지하는 외아들이었다. 그는 항상 원하는 것은 무엇이든 가지면서 그것에 감사할 줄을 몰랐다.

모든 사람들이 그가 성공하지 못할 것이라고 속으로 생각했지만, 운명은 사람을 갖고 이상한 장난을 친다. 하룻밤 새에 그는 용사로 변했고, 강인하고 용감하고 대담무쌍해졌다. 부모들은 그를 다시는 만나지 못할 것이라고 생각했다. 그러나 비록 짧은 만남이었지만, 열 달 후에 그들은 테레진에서 재회했다.

속삭임과 풍문이 별안간 사실로 판명되면서 우리 눈앞에서 현

---

2) 아르바이츠코만도(Arbeitskommando): 일명 AK1. 프라하에서 첫 번째 수송선으로 출발한 노동파견대 1000명.

실로 변했다. 우리는 차츰 독일과 우리에 대한 그들의 계획에서 벗어날 방법이 없음을 인정하고 준비된 모든 것에 우리 자신을 맡겨야 했다. 아르노와 나는 단지 우리가 각자 다른 수송선에 실려 이송되지 않기를 기도할 뿐이었다. 만약 하느님이 우리를 사랑하신다면 우리가 어디로 보내지든지 우리가 함께 갈 수 있도록 해주셔야 했다. 우리가 함께 있는 한 우리에게 나쁜 일이란 아무것도 없었다.

20

우리의 출발

물론 우리가 예상했던 것보다도 빨리 우리의 차례가 돌아왔다. 1942년 1월 초, 우리는 인근의 큰 소도시로 등록을 위해 소집되었다. 이것은 관할 구역 사무소의 큰 강당에서 이루어졌다. 그곳은 전 지역에서, 소도시와 부락과 독립 농장에서 소집된 사람들로 만원이었다. 우리는 탁자 뒤의 제복을 입은 독일인들을 마주하고 줄지어 섰다. 우리는 저마다 앞으로 나아갔고, 이름과 주소를 댔고, 수송선 번호가 적힌 가늘고 긴 종이쪽지를 받았다.

내가 보내질 장소 때문이 아니라 아르노가 어딘가 다른 장소로 보내지지는 않을까 하는 두려움 때문에 심장이 두근거렸다. 아르노와 가족들은 내 앞줄에 있었고, 이미 등록 쪽지를 받았다. 그들의 수송선은 철자 R이었다. 내 쪽지에는 무엇이 쓰여 있을지 생각하자 몸이 떨렸다. 그것은 룰렛 게임과 같았다. 무엇이 튀어나올지 누구도 가늠하지 못했다.

우리는 운이 없었다. 우리 가족은 수송선 S에 배정되었다. 내 최악의 두려움은 현실이 되었다. 아르노와 나는 따로따로 보내질 것이다. 나는 절망한 나머지 에스에스 대원에게 우리를 함께 가도록 해달라고 무릎을 꿇고 애원하고픈 심정이었다. 그러나 나는 애원이 무익한 것보다 더 나쁜 결과를 초래하리라는 것을 알고 있었다. 사람들이 밀집하면서 소란스러워지자 독일인들이 고함을 지르기 시작했다.

"계속 이동해! 계속 이동해!"

그들은 일의 속도를 높이려고 했다.

"너희 끝장을 보자!"

이 장면에서도 난타가 쏟아졌다.

이런 혼란스런 상황 속에서 나는 문득 우리 중에서 제일 먼저 호명된 어머니는 S204, 오빠는 S205, 여동생은 S206이라 적힌 쪽지를 받았다는 것을 알아챘다. 내 것은 S716이었다! 나는 마치 싸늘한 운명의 손길이 내게 닿은 것처럼 느껴졌다. 이것은 무엇을 의미하는가? 나는 같은 수송선으로 출발할 테지만 어느 시점에서 운명이 우리를 갈라놓을 것이다. 이것은 좋은 징조인가, 나쁜 징조인가? 내 불행한 마음은 그것이 나쁜 징조가 분명하다고 결정했다. 나는 불안감에 휩싸였다. 그 방에서 단지 몇 시간 만에 그들은 우리를 번호로 바꾸었고 우리의 삶을 엉망으로 만들었다. 나는, 아르노와 함께라면 세상 끝까지, 지옥 끝까지라도 가겠다고 결심했던 나는 이제 여기에 혼자, 아르노와 내 가족들과도 떨어져 있었다.

수송선 R은 1942년 1월 16일 미지의 목적지로 출발할 예정이었다. 독일인들은 사전에 상황을 알려주지 않았다. 어쩌면 그것은 테레진으로 가거나 아니면 어딘가 다른 곳으로 갈 것이다. 마음이 심란했다. 아르노가 나를 떠날 것이었다. 우리의 사랑은 왜 이렇게 짧아야 하는가? 어쩌면 하늘에 계신 하느님께서 우리를 불쌍히 여기셔 우리를 같은 곳으로 보내줄지도 모른다. 나는 실낱같은 희망의 끈을 잡고 아직 모든 것이 끝나지 않았다고 나 자신을 설득했다. 나는 아르노의 가족이 떠나기 전까지 아르노의 양말들을 동그랗게 말아 가방에 넣는 것을 도와주며 그들과 함께 있었다. 나는 내 목에 걸고 있던 네 잎 클로버 장식과 줄을 풀어 아르노의 손에 쥐어주었다.

"저기, 이거 가져가요. 행운을 빌어요."

이튿날 아침 그들은 길을 떠났다.

꙰

우리 수송선 S는 나흘 뒤인 1월 20일에 출발할 예정이었다. 이제 한탄하고 있을 겨를이 없었다. 우리는 집을 떠날 것이고 만반의 준비를 해야 했다. 사람들은 각자 여행가방과 휴대용 침구-베개와 이불과 가능하다면 담요-하나씩만 가져갈 수 있었다. 침구들은 전부 둘둘 말아서 범포 가방에 넣고 그 위에 수송선 번호를 달아야 했다. 여행가방도 앞면에 수송선 번호가 지워지지 않도록 흰색 페인트로 큼직하게 그려야 했다.

다음 문제는 가방에 넣어 갈 물건들이었다. 옷가지? 식량? 며칠 분? 겨울용품? 여름용품? 사람들의 조언은 다 달랐다. 어떤 착한 이웃은 살그머니 문을 열고 들어와 우리에게 열심히 조언했다.

"무엇보다도 장화를 가져가야 해요. 따뜻하고 편안한 걸로. 만약 어딘가로 행군해야 할지도 모른다고 가정하면, 그럼 따뜻한 내복이 필요하겠죠? 장갑하고 털모자도 있어야 하고, 손과 발과 머리는 따뜻하게 해야 해요."

다른 사람은 빵과 비계 기름 깡통 등의 먹을 것을 가져가야 한다고 말했다. 우리 상점 조수였던 마티세크(Matýsek)도—그가 15년 동안 일한 이후로 아버지가 그를 부른 대로—우리에게 알음알음 들어서 아는 것을 말해주려고 왔다.

"음식과 옷은 소용이 없어. 비누하고 무엇보다도 담배를 꼭 가져가야 해. 그런 곳에서는 담배가 가장 귀중한 통화야. 그것만 있으면 필요한 건 무엇이든 구할 수 있대. 내가 아는 사람 중에 테레진 인근의 지방 경찰서에서 근무하는 사람이 있는데 그 사람한테 들은 거야. 그러니까 틀릴 리가 없어."

그는 이 충고를 고집했다.

사실 그의 조언은 꽤 일리가 있었다. 담배야말로 최고의 화폐 수단이었다. 비누는 벌써부터 제한적으로 공급되고 있어 구하기가 어려웠다. 가끔은 모래가 섞인 불량품이 공급되었고, 공급량은 늘 부족했다.

우리는 가방에 모든 물건을 조금씩 꾸렸다. 따뜻한 옷가지, 음식 깡통 조금, 비누, 그리곤 더 들어갈 공간이 남으면 최고의 전시 교환 물자라는 담배.

마지막으로 우리는 집 안을 말끔하게 치웠고, 마치 우리가 여름휴가를 떠났다가 돌아왔을 때 모든 것이 제자리에 있기를 바

라는 마음처럼 모든 것을 질서정연하게 정리했다. 나는 마지막
으로 피아노에 앉아 희망의 의미를 전하는 것처럼 여겨지는 두
곡, 드보르자크의 〈왈츠 D플랫장조〉와 신딩(Sinding)의 〈봄의
속삭임〉을 연주했다. 그러고는 건반을 쓰다듬으며 작별인사를
하고 뚜껑을 닫았다. 나는 다시 만날 때까지 피아노에게 뜻하지
않은 일이 생기지 않도록 잠그기까지 했다.

21

테레진 수용소

이튿날 아침 일찍 우리는 떠날 준비를 했다. 1941년 1월 20일 화요일은 하늘에 구름 한 점 없이 아름다운 겨울날이었다. 영하의 기온은 상쾌했고, 나무에는 서리가 내렸고, 추위가 코끝을 찔러댔고, 여느 때라면 살아 있다는 것이 기뻤을 그런 날이었다. 우리는 가방과 다른 짐들을 두 바퀴 손수레에 싣고는 기차역으로 출발했다. 오빠와 내가 손수레를 끌었고, 어머니와 동생이 장례식에서 망자의 친척들이 그러듯 고개를 숙인 채 뒤를 따라 걸었다.

우리와 마주친 사람들은 고개를 외면하거나 재빨리 출입구로 숨어들어 본심을 감추었다. 그들은 연민을 느꼈을까? 아니면 혐오감을 느꼈을까? 몇 사람은 격려하는 말을 외쳤다.

"걱정하지 마세요! 곧 돌아오게 될 거예요."

어떤 사람들은 우리에게 살며시 다가와 소곤거렸다.

"지금은 당신들 차례지만 다음은 우리 차례가 될 거예요."

도중에 절친한 친구 베라와 마주쳤다. 그녀는 밝은 색의 따뜻한 스웨터에 모직 스타킹을 신고 빨간색 뜨개실로 짠 모자와 장갑을 끼고 있었다. 한 손에는 조여 붙이는 스케이트를, 다른 손에는 잠금 열쇠를 들고 있었다. 그녀가 걸음을 멈추었다.

"어디로 가는 거야?" 그녀가 물었다.

"몰라. 우리에게 말해주지 않아. 어딘가 강제수용소겠지."

"말도 안 돼! 밤새 서리가 짙게 내렸어. 영하 15도는 될 거야. 오늘 얼음이 꽁꽁 얼 텐데. 넌 못 오겠구나. 아마 겨울이 끝나기 전에 돌아올 수 있을 거야. 분명 그때까지는 물이 얼어 있을 거야. 그럼 안녕!"

"안녕!"

그렇게 베라는 스케이트를 타러 갔고, 나도 출발했다. …… 누가 어디로 가는지 말해줄 수는 없을까?

❧

인근의 큰 소도시, 열차가 대기하고 있는 철로 측선(側線)[1] 주변에 운집한 사람들이 서성대고 있었다. 젊은 사람, 늙은 사람, 아이를 데리고 있는 어머니들. 그들의 주변 땅바닥에는 어김없이 흰색으로 수송선 번호와 이름이 적힌 짐들이 놓여 있었다. 사람들은 전부 제복을 입은 에스에스 대원들에게 둘러싸였다. 그들 중 일부는 가죽끈에 묶인 개를 잡고 있었고, 나머지는 큰소리로 명령하며 사람들을 안쪽으로 밀고 돌아다녔다.

"전원 탑승! 당장. 빨리! 빨리!"

사방이 혼란스러웠다. 아이들이 비명을 질러댔고, 어머니들은

---

1) 측선(側線): 열차의 운행에 늘 쓰는 선로 이외의 선로.

그들도 무섭기는 마찬가지였지만 아이들을 달래보려고 안간힘을 썼다. 일부 사람들은 빨리 탑승하기에는 너무 노쇠했고, 난타가 비처럼 쏟아졌다

아버지의 말이 내 귓가에 울렸다.

"괜찮으니 진정해라. 침착이 힘이라는 것을 명심해라."

아버지가 지금은 어디에 있는지, 나는 궁금했다. 문득 아버지가 편지를 보낸들, 우리가 그것을 받지 못할 것이라는 생각이 들었다. 우리가 어디로 갔는지, 그는 결코 알아내지 못할 터이다.

이제, 모든 사람이 혼자 힘으로 최선의 능력을 다해 살아내야 했다.

아르노는 어떻게 되었을까? 그것은 모두 어떤 결말이 났을까? 우리는 언젠가 다시 만나게 될까? 삶이 갑자기 하나의 거대한 물음표로 바뀌었다.

사람과 짐들을 억지로 밀어 넣어 가득 채우고는 마침내 열차가 출발했다. 출발하기에 앞서 모든 칸막이에 빈틈없이 자물쇠가 채워졌고, 술에 취한 갈색 제복의 보안경찰들이 우리를 감시하라는 명령을 받았다. 그들은 끝에 납공이 달린 짧은 채찍을 들고 객차에서 객차로 열차를 쉬지 않고 순찰했다. 그들은 굉장히 많았다. 그들이 객차 안으로 들어서자마자 "주목!" 하고 고함을 지르면, 사람들은 모두 벌떡 일어나 차렷 자세를 취해야 했다.

잠을 자고 있는 사람은 얼굴에 채찍질을 당했다. 깨끗이 면도하지 않은 자에게 화가 있을진저! 그들은 마른 면도날로 살갗에서 피가 나올 때까지 면도를 하고는 했다. 피를 보지 못하면 그들은 재미없어 했다. 나는 결코 화해할 수 없는 독일의 만행과 사디즘에 차츰 익숙해졌다.

차창 밖으로 전과 다름없는 완만한 언덕 풍경이 빠르게 지나갔다. 까마귀가 여기저기 쪼아 골을 파던 익숙한 들판과 눈 덮인 길섶에 늘어선 말없는 나무들. 풍경은 우리가 프라하의 할머니 댁을 방문하기 위해 기차를 타고 가던 바로 그 길과 다르지 않았다. 내가 창밖을 바라보는 것을 얼마나 좋아했던가? 모든 사람이 우리를 환영하곤 하던 윌슨 중앙역에 내리기를 얼마나 고대했던가?

이제 우리는 객차에 갇힌 죄수 신세가 되어 여기에 있었다. 이번에는 창밖의 풍경이 말없이 슬퍼하며 우리를 들여다보았다.

열차가 이따금 측선에 정지하고는 했다. 우리가 목적지인 테레진에 도착하는 데 이틀 낮과 이틀 밤이 걸렸다. 나는 내리고 싶어 조바심이 났다.

나에게 테레진은 아르노를 다시 만날 가능성을 의미했고, 내가 그를 열망하는 만큼 그도 나를 열망했기를 바랐다. 우리는 서로를 보자마자 서로에게 안겼을 것이다. 조금만 참자. 테레진은 내 기도에 대한 대답이자, 내가 가게 되기를 몹시 바라던 곳이었다. 하느님은 결국 우리에게 친절을 베푸셨다.

아르노는 내 삶의 중심이었다. 나는 단지 다시 그를 만나 함께 있기를 간절히 바랐다. 굶주림과 추위와 불편함과 독일인에 대한 공포 따위는 결코 두렵지 않았다. 다시 아르노를 만나 서로 손을 맞잡는 것보다 중요한 것은 없었다.

꧁✤꧂

마침내 테레진 성벽이 우리 눈앞에 아로새겨졌다. 도시의 출입문 한가운데 녹색 제복을 입은 체코 헌병이 혼자 서 있었다. 우리는 이국의 낯선 땅에서 우리 자신을 발견할 걱정은 하지 않아도 되었다. 우리는 아직 체코슬로바키아 공화국 영토 안에 있었고, 그것이 조금은 위로가 되었다. 헌병들은 체코어로 말했고, 그것은 좋은 징조처럼 보였다. 그들이 우리를 호송해서 안으로 데려갔고, 격자망처럼 놓인 직각의 거리 양 옆에는 낮은 집들이 있었다.

그러나 지배적인 풍경은 넓은 마당을 둘러싸고 있는 삼사층 높이의 거대한 병영들의 무리 10여 개였다. 제대별로, 마당의 네 면 모퉁이에서 모퉁이까지 긴 회랑이 있었다. 이제껏 테레진은 수비대는 병영에서 숙영하고 민간인은 주택에서 거주하는 소도시였다. 우리가 도착하기 직전에 군대는 철수했지만, 대략 5000여 명의 민간인이 남아 있었다.

모든 병영에는 저마다 독일식 이름이, 독일의 도시나 지역의 이름이 붙어 있었다. 그래서 드레스덴(Dresden) 막사(줄여서 드레스덴), 함부르크(Hamburg), 마그데부르크(Magdeburg), 하노버(Hannover), 수데텐카세르네(Sudetenkaserne), 호헤넬베(Hohenelbe, 우리 체코어로 브르흘라비Vrchlabí), 카발리에르(Kavalier, 체코어로 카발리르카Kavalírka) 등.

모든 건물들에는 저마다 그 수용자에 따라 새로운 특성이 부여되었다. 수데텐과 하노버는 남자 구역이었고, 드레스덴과 함부르크는 여자 구역이었다. 마그데부르크는 활동의 중심지가 되었다. 그곳에는 테레진 행정처와 유대인원로위원회가 입주했다. 소도시 광장의 한 건물에는 독일 코만단투라(Kommandantura), 즉 독일 최고지휘본부가 자리했다.

우리 수송선의 사람들은 신속하게 남자와 여자, 아이가 딸린 여자로 나뉘었다.

남자들은 전부 수데텐에 배정되었고, 우리 여자들은 함부르크로 갔다. 이제 우리 가족도 헤어지게 되었다. 오빠가 다른 남자들과 함께 떠나자 우리 여자 셋은 여자 막사로 이동할 준비를 했다. 잠시 우리는 마당에 짐을 들고 서서 우리에게 방 또는 숙소가 배정되기를 기다렸다. 이 숙소들은 마당을 에워싸고 있는 긴 회랑을 통해 들어갔다. 모든 숙소에는 첫 수송선으로 도착한 아르바이츠코만도의 소년들이 설치한 3층 침상이 놓여 있었다. 침상들은 우리의 새로운 주거 공간 할당량—대략 1인당 8제곱미터[2]—을 고려하여 설계되었다. 침상들은 좁은 통로에 의해 구획되었다. 모든 작은 숙소에는 각각 4개에서 5개 이상의 침상이 구비되어 12명에서 15명이 수용되었다.

우리는 열차의 독일인들이 우리에게 약속한 콘크리트 바닥이나 서리가 내리는 밖에서 잠을 잘 각오를 했지만, 대신에 우리는 머리 위에 비와 바람을 막아주는 지붕이 있는 방에서, 개인 침대에 누워 우리 각자의 이불을 덮고 팔다리를 쭉 펴고 잠을 잤다. 비록 공간은 27제곱피트[3]밖에 되지 않았지만, 그것마저 사치스러워 보였다.

우리의 숙소는 3층이었는데, 다행스럽게도 창문 옆 침상이 배정되었다. 우리는 가족의 구역을 위로 나누어 어머니는 바닥 층 침상에서 자고, 여동생은 중간층에서 자고, 내가 디딤대 두 개의 작은 사다리가 놓인 꼭대기 층에서 자기로 했다. 우리는 어머니 침상 밑에 여행가방들을 집어넣고, 벽에 옷걸이를 고정하고, 창턱에 요리도구와 접시들을 올려놓았다. 그렇게 우리는 우리의 새 '아파트'에 정착했다.

우리는 지시받은 대로 '방장'을 선출했고, 그녀는 침상의 정리정돈 상태를 점검하고 수용자들 사이의 화합과 정숙을 유도하는 역할을 수행해야 했다. 그녀의 가장 중요한 임무는 일주일에 두 번 배급되는 빵을 분배하는 것이었다. 우리에게 집에서 가져온 식료품이 남아 있는 동안은 매번 빵 한 덩어리를 셋이 나누어 먹으면서도 무척 행복했다. 그러나 그것이 바닥나자 우리는

---

2) 8제곱미터: 약 2.42평.
3) 27제곱피트: 약 2.51제곱미터, 0.76평.

공평한 몫과 크기라는 관점에서 각자의 할당량을 아주 비판적으로 주시했다.

우리는 그런 비좁은 장소에서–방 하나에서–타인들과 공동으로 거주하는 것에 아주 신속하게 우리 자신을 적응시켜야 했다. 우리는 똑같은 상황에 처했지만 사람들의 반응은 제각각 달랐다. 노인들은 우울하고 편협해져 쉴 새 없이 불평을 늘어놓았다. 우리 젊은이들은 마치 걸스카우트 여름 캠프의 텐트 속에서 잠을 자는 것처럼 스포츠 정신을 발휘해 상황을 받아들었다. 그러나 갑자기 우리가 만난 적이 없는 새로운 사람들을 접하고 있음을 깨닫고는 새로운 우정을 쌓아가기 시작했다.

22

지하창고에서 나눈 사랑

내 주요한 관심은 아르노를 언제 어디서 만나는가에 있었다. 새로 민간인이 배정되면서 막사들이 모두 봉쇄되었기 때문에 아무도 밖으로 나갈 수 없었다. 비록 아르노가 모퉁이 바로 뒤편 건물에서 숙영하고 있다는 것을 알게 되어도, 마치 그가 다른 행성에 살고 있는 것만큼 나에게는 한없이 멀었다. 나는 애가 타기 시작했다. 여기에 온 지 일주일이나 지났건만 아직 아무런 연락이 없었다. 만약 그들이 그를 다른 어딘가로, 말 그대로 '더욱 먼 동쪽'으로 보냈고, 그래서 우리가 결코 다시는 서로 만나지 못하게 된다면 어떡하지? 삶이 불합리해 보이기 시작했다. 그러나 그가 조금 떨어진 곳에서 잠자고 숨을 쉬며 살고 있다고 생각하니, 그리고 내가 그를 생각하듯 나를 생각하고 있다고 생각하니 마음이 따뜻해졌다. 나는 그가 자신의 막사 밖으로 나올 기회를 찾을 것이라고 확신했다. 나는 오래 기다리지 않아도 되었다.

어느 날, 새로운 감자 보급품이 공동취사구역으로 지정된 막사에 도착했다는 소문이 회랑을 통해 퍼졌다. 내가 우리 숙소 밖으로 달려 나갔을 때, 나는 크고도 분명하게 휘파람으로 불던 우리의 신호곡을 들었다.

그것은 분명코 아르노였다!

나는 낮은 회랑 벽 위로 넘겨다보았고, 급히 서두르다가 하마터면 3층에서 마당으로 떨어질 뻔했다. 바로 거기에 떡하니 그가 수레 한 대분의 감자 옆에 다른 남자 여섯과 함께 서 있었다. 그가 벨트가 달린 겨울옷을 입고서 나를 찾아 두리번거렸다. 나는 미끄럼틀이라도 되는 듯이 계단을 달려 내려갔고, 즉시 우리의 눈이 마주쳤다.

한편, 누군가가 여자 20명을 한 조로 감자껍질을 벗길 사람들을 모집하고 있었다. 나는 즉시 자원했고 다행히도 포함되었다. 나머지는 그들의 숙소로 돌아가야 했다. 아르노는 감자를 내리는 남자들 속에 섞여 있었다. 우리는 단지 몇 미터 거리에 떨어져 있었다. 우리는 미친 듯이 서로를 품에 안고 싶었다. 그러나 어떻게? 어디서?

마당에서 갑자기 소동이 벌어진 틈을 타 우리는 사람들로부터 벗어나는 데 성공했고, 복도를 달렸고, 그 끝에 아래로 내려가는 계단이 있었다. 이 계단을 내려가자 지하실의 창고 방들이 나왔다. 방마다 육중한 철문이 달려 있었다. 우리에게는 시간이 별로 없었고, 갈망은 위대했다.

우리는 첫 번째 문을 온몸으로 밀어보았지만 꿈쩍도 하지 않았다. 두 번째 문도 마찬가지였다. 우리는 열정에 눈이 멀어 위험을 망각한 채로 필사적으로 세 번째 문을 밀었다. 문이 조금

삐걱거리며 길을 내주었다.

문 옆의 어둔 구석에 쑤셔 박혀 우리는 격정에 달뜬 채로 키스를 하고 그 나머지를 했다. 독일인과 테레진과 시간 그 자체를 뒤따라 막사도 사라진 것 같았다. 우리와 이 순간 외에 아무것도 존재하지 않았다. 우주에 존재하는 오직 하나의 영혼과 하나의 육체가 이 자리에 함께 있었다. 나는 이 비현실적인 여정이 얼마나 오래 지속될지 말할 수 없다.

갑자기 바깥쪽 복도에서 발자국 소리가 들렸다. 둔중하고 규칙적인 군인의 발자국 소리. 의심할 여지없이 독일 순찰대였다. 발자국 소리로 미루어 세 사람이 분명했고, 이제 그들의 목소리도 들렸다. 우리는 게임이 끝났다는 것을 알았다. 그들이 우리를 발견하지 못할 리가 없었고, 형벌은 죽음이었다. 우리가 고문받지 않게 해달라는 기도밖에는 어찌해볼 도리가 없었다.

그들이 첫 번째 문을 열고 안을 보았다. 그러고는 우리 옆방인 두 번째 문을 열었다. 우리는 서로를 부둥켜안고 벽에 밀착해 섰다. 그런 방식으로 지하실을 확인해 간다면 우리의 방이 다음 차례일 것이다. 그들이 우리가 있는 문 앞에 걸음을 멈추고, 손잡이를 아래로 내려보고는 왜 다른 문들과 달리 문이 잠겨 있지 않은지 이상하게 생각했다.

"이거 어떻게 된 거야?"

독일인 중의 하나가 문을 홱 열어젖혔다. 문이 벽에 쾅 부딪히며, 우리가 서로를 안고 서 있는 작은 구석을 만들었다. 한 에스에스 대원이 들어와 문 앞에 버티고 섰다. 벽에 몸이 밀착된 나는 그의 군화 밑창을 볼 수 있었다. 우리는 숨을 멈추었다. 문짝의 두께만이 우리와 자명한 죽음을 가르고 있었다.

지휘관이 명령했다.

"불 켜!"

그들이 저장고 전체를 밝히고도 남을 강력한 손전등을 켜자 우리의 심장이 멎었다. 영겁의 시간 동안 원뿔 모양의 빛이 벽과 바닥의 여기저기를 여행했다. 먼지가 내 코를 간질이며 재채기가 나려 했다. 하느님 굽어 살피소서! 부디……. 그것은 우리의 사형선고가 될 것이다. 엄청난 의지력을 발휘하여 나는 가까스로 분명한 재앙을 피할 수 있었다.

"다음!"

진행되어온 순서대로 소리가 울려 퍼졌다. 그들은 아무것도 발견하지 못했고, 손전등을 껐고, 문을 쾅 닫고 나갔다.

이제 저들이 문을 잠글 텐데 어떡하지? 그럼 우리는 어떻게 되는 거지? 다행히도 그들이 문을 잠그지 않았다.

얼마간의 시간이 지나고서야 우리는 제정신으로 돌아왔다. 그들의 발자국 소리가 사라지자마자 우리는 계단을 달려 마당으로 나갔고, 마당에는 감자가 전부 내려져 있었다. 나는 재빨리 감자 까는 무리들 속의 내 자리로 돌아갔고, 아르노는 막 떠나려고 하는 자기 조에 합류했다. 우리는 재빨리 눈길을 교환하며 무언의 작별인사를 나누었다. 한동안 우리는 서로를 다시 보지 못하겠지만 이 우연한 만남의 기억이 오랫동안 우리의 마음에 온기로 남을 것을 알고 있었다.

한편, 프라하와 체코의 다른 도시들로부터 점점 많은 수송선들이 테레진에 도착하면서 사람들이 쏟아져 들어왔다. 새로 온 사람들 중에는 우리가 새 인종법 때문에 만나지 못했던 친구와 친척들이 속해 있었다. 이제 우리는 다 같이 여기에 모였다. 심지어 할머니도 나타났다. 우리는 용케 그녀를 우리 숙소로 모셔 올 수 있었다. 담배의 도움으로, 우리는 침상을 바꾸어 할머니를 바로 옆의 구석 자리 침상으로 옮길 수 있었다. 어머니는 할머니와 가까이 있게 되어서 너무나 기뻐했고, 할머니를 돌보기 위해 어머니가 할 수 있는 모든 것을 했다.

테레진의 인구가 매우 빠르게 늘어나면서 테레진 원주민 5000명을 단기간에 이주시켜야 했다. 테레진은 정말로 보헤미아와 모라비아 지방에 사는 모든 유대인들의 영구 거주지로 만들어진 것처럼 보였다. 여자 막사와 남자 막사 간의 이동규칙이 조금 완화되면서 이런저런 이유를 들어 외출 허가를 받는 것이 가능했다.

아르노는 항상 구실을 용케도 찾아냈다. 그의 소위 '전달파견대'는 어느 누구보다도 이동이 자유로웠다. 식자재를 가져다 모든 막사에 전달하는 이들이 바로 그들이라서 그는 자주 함부르크에 나타났다. 그가 휘파람만 불면, 아주 잠깐이었지만 우리는 서로 만나 소식을 교환할 수 있었다. 나는 감자 깎는 분대에 영구적인 자리를 얻었다. 감자껍질은 주변의 시골 지역 독일 농부에게 운반되어 그들 돼지의 먹이가 되었다. 그러나 나는 항상 껍질 조금을 우리 숙소로 몰래 챙겨 갔고, 어머니가 작은 화로에 뜨거운 수프를 끓이실 수 있었다.

과밀한 상태의 방과 침상에서 생활하는 우리의 몸은 벼룩과 빈대를 끌어들였다.

이것들은 빠른 속도로 번식하여 벽을 기어 다녔고, 맞아 죽은 뒤 벽에 붉은 핏자국을 남겼다. 때로는 우리가 음식을 먹고 있을 때 그것들이 수프 그릇 안으로 떨어지고는 했다. 그러면 우리는 되도록 수프를 적게 버리기 위해 수저 끝으로 조심조심 벌레를 떠내어 바닥에 털어낸 다음 짓눌러 죽이고는 먹기를 계속했다.

3월의 어느 날, 아르노가 뜻밖에도 생일선물을 들고 찾아왔다. 그가 여기저기서 모은 목재로 만든 작은 접이식 의자였다. 우리는 그 의자를 우리 가족구역 한쪽에 놓았고, 그제야 우리도 가구가 있다고 말할 수 있었다. 그것에 앉고 싶은 사람은 누구나 앉을 수 있었지만 가장 즐겨 앉고 그것에 그의 이름을 새긴 사람은 바로 나였다.

겨울이 천천히 봄에게 길을 내어주면서, 우리가 여름에 다시 집에 돌아가게 될지도 모른다는 희망도 피어올랐다. 그러나 현실은 매우 달랐다. 점점 더 많은 수송선이 도착했고, 점점 더 많은 사람들이 보내졌다.

'어디로 가는지'는 비밀이었다. '동부 지역으로'가 우리에게 들리는 전부였다. 그래서 그 다른 목적지에서 그들을 기다리는 것이 무엇인지도 모르면서, 사람들은 그것을 두려워했다. 동쪽에서 돌아왔다고 알려진 사람도 전혀 없었고, 우리에게 아무런 소식도 전해지지 않았다. 그래서 '동쪽'이라는 단어는 불길한 의미를 지녔다. 예측이 가능한 일정한 형식도 없었다. 어느 날은 수송선이 전체 가족들로 구성되고는 했다. 다른 날에는 65세 이상의 사람들로만 구성되거나, 아니면 고된 노동에 적합한 젊은 남자들로만 구성되고는 했다. 어느 누구도 믿을 수 있는 정보를 갖고 있지 않았다. 그것은 전부 공포와 짐작뿐이었다. 그러나 우리가 테레진에 머무는 동안은 비교적 안전해 보였다. 우리는 거의 집에 있는 기분이었다.

유대인원로위원회가 운영하는 마그데부르크의 중앙등록사무소는 24시간 내내 셔츠 바람으로 일했다. 사람들이 도착하고 떠날 때마다 모든 이름들이 연령 및 수송번호와 함께 기록되어야 했다. 만약 운이 나쁘면, 이름과 수송번호가 적힌 길쭉한 분홍색 종이쪽지를 받아들고 24시간 안에 측선에 대기 중인 열차에 모습을 드러내야 했다. 그곳에서 가축 운반용 화차에 올라타면 독일인들이 자물쇠를 채워 문을 잠갔고, 기차는 인간 화물을 싣고 미지의 곳으로 출발했다.

1942년 6월 어느 날, 이것이 아르노와 그의 가족들에게 닥친 운명이었다. 그는 그에게 허가된 작업시간 이외의 시간에, 붙잡힐 각오를 하고는 나에게 소식을 전하러 왔다. 그는 이제 더는 잃을 것이 없다고 느꼈다. 그가 한 말은 이것이 전부였다.

"우리 가족이 형벌 수송선을 타게 됐어. 하이드리히 피살에 대한 보복 조치야."

우리는 모두 프라하에서 독일의 상급 장교인 라인하르트 하이드리히(Reinhard Heydrich)[1] 제국보호관이 암살되었다는 사실을 알고 있었다.

나는 놀라 말문이 막혔다.

그를 포함한 2000명을 태운 수송선이 이튿날 출발할 예정이었다. 나는 그날 아침 새벽 4시에 잠에서 깼다. 회색 벨트를 묶는 코트를 입은 아르노가 떠날 준비를 갖추고 내 침상 옆 사다리의 디딤대에 서 있었다. 그가 어떻게 그 시간에 우리 막사에 들어올 수 있었는지는 모른다. 그가 흥분해서 헐떡였다. 그가 내 손을 끌어당겨 손가락에 작은 깡통 반지를 끼워주며 말했다.

"우리 약혼반지야. 널 지켜줄 거야. 전쟁이 끝나고 우리 둘 다 살아 있다면 내가 널 찾아갈게."

그가 나를 안고 키스를 한 다음에 뛰어내렸다. 그는 문을 살며시 닫고는 가버렸다. 새벽 5시. 그는 다른 사람들과 함께 수송선을 타고 떠났다.

그가 손으로 직접 만든 깡통 반지 안쪽에는 '1942.6.13. Arno'라고 새겨져 있었다.

---

1) 라인하르트 하이드리히(Reinhard Heydrich, 1904~1942): 게슈타포 및 SS 보안방첩부의 수장으로서 나치 독일 치하에서 제국보안본부의 수장 및 보헤미아·모라비아 보호령의 총독대리를 지낸 인물로, 1942년 6월 4일, 영국에서 훈련받은 체코슬로바키아 레지스탕스의 공격을 받고 사망했다. 생전에 하이드리히는 '프라하의 도살자', '피에 젖은 사형집행인' 등의 별명으로 불렸다. 유대인 대학살의 주요 계획자였으며 유대인 문제에 대한 '최종 해결 방안'을 모색한 1942년 반제 회의를 주도했다.

아르노가 떠난 테레진은 나에게 불모지였다. 이제 우리의 신호곡을 휘파람으로 불어 나를 놀라게 할 사람은 아무도 없었다. 기다려지는 것도, 기다려지는 사람도 없었다. 아르노와 그의 전체 수송선은 마치 땅이 그들을 삼켜버린 것처럼 사라졌다. 그들이 어디로 끌려갔는지 짐작하는 소문조차 없었다. 가장 사소한 정보 한 조각도 없었다. '동부로' 가는 보통의 수송선과 '형벌 수송선'의 차이는 무엇일까? 그 답을 아는 사람은 아무도 없었다. 아르노는 그의 용기와 재치를 이용하여 기다리고 있는 모든 시련과 야만을 이겨낼 힘을 찾아 적응할 수 있을 것이라고, 나는 확신했다. 전쟁은 곧 끝날 것이 분명했고, 그러면 우리는 어떻게 해서든 서로를 찾아갈 것이다. 내 손가락에는 반지가 있었고, 우리가 아무리 멀리 떨어져 있다고 해도 이것이 우리를 하나로 이어줄 것이다.

이제 눈물을 흘리며 개인적 비애에 빠져 있을 겨를이 없었다. 그것은 우리 모두에게 내려진 집단적 비극이었고, 사람들에게 똑같이 강요된 국가적 재난이나 마찬가지였다. 오직 생존에 대한 희망과 결의만이 남았을 뿐이다. 사람들은 계속해서 서로에게 작별인사를 했고, 서로의 안전한 여정과 행복한 귀향을 기원했다. 우리는 모두 언젠가 분노와 광기의 폭풍이 잦아들 테고, 그러면 다 같이 돌아와 우리의 집으로 돌아가고 새로운 생활을 시작할 것이라고 믿었다.

이제 봄이 자기의 길을 가고 있었지만 우리들 중에 어느 누구도 아직 집으로 돌아가지 못했고, 우리의 이웃들은 우리가 떠날 날을 예측하고 있었다. 문득 오래전에 스케이트 연못의 얼음이 풀리고, 베라는 스케이트를 다음 겨울을 위해 벽장에 넣어두었을 것이라는 생각이 떠올랐다. 버드나무와 덤불 속의 강아지풀이 지천일 것이다. 나는 그것들을 다시 볼 수 있을까? 그즈음 우리는 아무것도 자라지 않고, 아무것도 꽃피지 않는 다른 세상에 살고 있었다. 푸른 풀 한 포기 없고, 오직 육중하고 생기 없는 막사의 벽들만이 존재했다. 다만 우리가 도착한 직후, 창고 방에서 아르노와 내가 나눈 사랑의 순간에 대한 기억이 내 마음의 온기를 지켜주었다.

23

테레진 생활

이전의 테레진 주민들은 신속하게 철수해야만 했다. 이제는 보헤미아 지방은 물론이고, 아헨(Aachen)과 쾰른(Köln)과 베를린 등지의 독일 도시에서 새로 수송되어온 수천 명의 사람들이 홍수처럼 밀려들었다. 독일에서 새로 도착한 사람들은 주로 짐이 많은 노인들이었다. 그들은 의학적으로나 사교적으로 부족한 것이 없는 온천에 간다는 말을 듣고 따라왔던 탓에, 대부분이 당시에 유행하던 턱시도와 이브닝드레스와 긴 장갑과 가죽 모자를 챙겨 왔다.

도착하자마자 그들의 짐들은 긴 자루가 달린 검은 장례수레에 실렸다. 여느 때라면 그것은 말이 끌었을 테지만 테레진에서 그것은 전달파견대의 소년 10명이 끌었다. 이 바퀴 네 개짜리 수레는 이 도시에서 이용 가능한 유일한 운송수단이라서 모든 종류의 물건들, 가령 집기들과 빵 덩어리와 식료품과 때로는 새로 수송되어온 사람들 중에 고령이라서 걸을 수 없는 사람들을 운반하는 데 사용되었다. 어떤 경우에는 전통적 목적에 맞게 이용되어 화장터로 시체를 실어 날랐다. 테레진이 절멸수용소는 아니었지만 질병과 영양실조와 고령으로 화장터는 연일 붐볐다.

수송선들이 왔고, 수송선들이 갔다. 사람들은 환영인사를 나누자마자 작별인사를 나누며 다시 헤어졌다. 어느 곳이든지 눈코 뜰 사이 없이 바빴고, 소도시는 숨 돌릴 겨를도 없었다. 반대로, 원주민 5000명이 밖으로 이주하자 새로운 사람들이 안으로 들어왔다. 그래서 테레진의 인구는 모두 6만 명에 육박했다.

빈 공간이란 공간은 전부 거주구역으로 활용되어야 했다. 병영만이 아니라 주변의 주택과 심지어 상점의 쇼윈도까지, 어디든지 수용을 위해 이용되었고, 생활하고 잠을 자기 위한 3단 침상이 설치되었다. 이제 막사들의 출입문이 모두 활짝 열려 우리는 시 주변을 자유로이 돌아다니며 서로서로를 방문할 수 있었다. 그것은 정말이지 상황이 좋아지고 있는 것처럼 보였다.

다만 아르노가 없었다. 지금 이곳에 있다면 정말 행복할 텐데.

⚜

어느 날 〈넌 내 행운의 별〉로 내 넋을 빼놓았던 베드리흐의 부모와 할머니가 프라하 수송선 편으로 도착했다. 열여섯 살의 베드리흐가 첫 수송선을 타고 테레진으로 떠났을 때, 그의 부모는 그를 다시 만나지 못할 것이라고 생각했다. 그런데 바로 이곳에서 그들은 다시 만났다. 기쁨과 행복의 눈물이 흘렀다. 그들이 신선한 식품을 가져왔다. 우리는 프라하 집에서 하곤 하던 대로 큰 잔치를 열고 운 좋은 재회를 축하했다. 삶은 그다지 잔인해 보이지 않았다. 그러나 기쁨은 짧았다. 단지 열흘 만에 베드리흐의 아버지와 어머니와 할머니는 다음 동부 지역 수송선을 타라는 소집명령을 받았다. 재회의 기쁨은 이별의 슬픔과 눈물로 바뀌었다.

그 직후 베드리흐는 스스로 우리와 함께 머물렀다. 들리는 말로는, 행정당국이 건강한 청년들을 수송자 명단에 포함시키지 않는 것은 당장 시를 유지하고 모든 용역 기능을 수행하기 위한 일손이 필요했기 때문이라고 했다. 이제 몸이 건강한 사람은 모두 동원되었다. 테레진은 작은 자치국가로 변해 삼두정치 체제의 원로위원회에 의해 운영되었다.

원로위원회는 프라하와 베를린과 비엔나의 대학에서 온 학자 셋으로 구성되었다. 그들의 이름은 다 비슷비슷했다. 에델스테인(Edelstein) 박사, 엡스테인(Epstein) 박사, 무르멜스테인(Murmelstein) 박사. 이 이상한 원로 3인은 자치 업무의 원활하고 효율적인 운영을 보장하고, 아울러 그들의 의지나 양심에 어긋나는, 한 번에 1000명씩 동부 지역 수송선을 구성하도록 독일인들에 의해 임명되었다.

우리는 거리에서 독일인을 거의 보지 못했다. 그들은 코만단투라, 즉 최고지휘본부의 넓은 건물에 앉아 명령을 내리고, 위법한 자를 처벌하고, 어딘가로 사람들을 이송했다.

그 이후로 그들이 어떻게 되었는지 우리는 전혀 알지 못했다.

24

취사실

하루에 세 번 6만 명을 먹인다는 것은 그 양이 아무리 적다고 해도 결코 만만한 일이 아니었다. 6000명분의 음식을 조리할 거대한 취사실이 모든 병영의 지하 저장고에 들어섰다.

나는 감자껍질 깎기에서 하노버 막사의 취사실로 승진했다. 그것은 취사실이 아니라 중요한 산업 생산 시설과 흡사했다. 50리터들이 대형 가마솥들이 구역의 3면을 따라 빽빽이 설치되었고, 아래에서는 불을 지폈다. 취사실 화부는 인기가 많은 상급 자리였다.

모든 가마솥 앞에 목재 디딤대가 놓였고, 우리는 그 위에 올라서서 솥 안에서 익어가는 음식을 휘저었다. 애당초 재료 선정 따위는 없었다. 아침과 저녁으로 '커피'를, 아니 커피 대용품인 따뜻한 갈색 혼합물을 끓였다. 낮에는 '음식'을 조리했다. 일주일에 한 번 내지 두 번 음식에 특별히 고기가, 즉 작은 갈색 정육면체 그레이비[1]와 말고기 한 조각, 추가로 감자 한 개가 들어갔다. 때때로 그 똑같은 고기로 굴라시[2]를 만들기도 했다.

_____

1) 그레이비: 육류를 철판에 구울 때 생겨난 국물에 밀가루 등을 넣어 만든 소스. 일종의 조미료.

일주일에 한 번 초콜릿 소스, 인공감미료에 다른 합성 분말을 가미한 갈색 액체와 효모 만두가 나왔다. 때로는 파스닙[3] 한 조각과 감자 한 조각이 둥둥 뜬 멀건 수프만이 제공되었다. 저녁에 다시 '커피'가 제공되었다.

우리는 24시간 3교대로 일했다. 첫 번째 교대 조는 새벽 2시부터 오전 10시까지, 두 번째 교대 조는 오전 10시부터 오후 6시까지, 세 번째 교대 조는 오후 6시부터 새벽 2시까지 일했다. 이 교대는 매일 반복되었다. 각 조는 우리 체코인이 부르는 대로 파르타크(parták)라는 책임자의 지휘 아래 15인에서 20인의 남녀 혼성으로 구성되었다. 바닥이 항상 젖어 있고, 끊임없이 비질을 하고 호스로 씻어내야 했기에 우리는 고무장화를 지급받았다. 청결은 준수되어야 했지만 뜻밖의 사고를 피할 방법은 없었다. 지하실이 다 그렇듯이 벽을 따라 배관들이 놓여 있었다. 어느 날, 밤교대 조가 굴라시를 조리하고 있을 때 큼지막한 회색 쥐 한 마리가 배관을 따라 허둥지둥 기어가는 것이 보였다. 대소동이 벌어졌다. 소녀들은 비명을 질러댔지만 소년들은 인정사정이 없었다. 쥐가 멈춰 주위를 두리번거렸다. 소년들 중 하나가 옆의 친구를 부추겼다.

---

2) 굴라시: 헝가리의 대표적인 수프로 파프리카 고추로 진하게 양념하여 매콤한 맛이 특징인 전통 헝가리식 쇠고기와 야채 스튜.
3) 파스닙: 설탕당근이라고도 한다. 인삼처럼 생긴 곧은 뿌리가 있으며 향기가 있다. 뿌리는 당근처럼 굵어져서 길이 50cm 이상으로 자란다. 2년 만에 줄기가 자라서 여름에 녹색을 띤 노란색 꽃이 핀다. 꽃잎과 수술은 5개씩이고 산형꽃차례에 달린다. 열매는 넓은 타원형이며 뿌리를 식용한다.

"오토우시(Otouš), 저기 있는 삽으로 저놈을 솥 안에 처넣자!"

오토우시가 망설임 없이 삽을 휘둘러 그 짐승을 굴라시에 집어넣었다. 모두가 즐거워했다.

"잡았다!"

파르타크가 사태를 파악하고는 고함을 질렀다.

"당장 건져내. 그리고 아무한테도 발설하면 안 돼!"

그러나 오토우시는 쥐를 건져내어 칭찬을 받을 수 있었는데도 건져내지 않으려 했다.

"왜 그냥 두면 안 되죠? 고기가 더 많아지잖아요."

⚜

모든 취사실에는 WIPO(Wirtschaftspolizei) 감독관-내무경찰-이 한 명씩 배치되어 식량이 도난당하는지 감시했다. 배급품은 독일인이 설치한 저울로 정확히 계량하여 취사실에 도착했다. WIPO는 수용자들 중에서 선출한 자치 감독관이었고, 중벌에 처해지는 도난과 분실을 책임졌다. 그러나 우리는 모두 흠잡을 데 없이 행동했고, 모든 것이 되어야 하는 대로 되었다.

테레진에서는 8시 통행금지가 엄격하게 준수되었다. 그 시간 이후에 거리에서 붙잡힌 사람은 처벌을 받았다. 다만, 다양한 임무를 수행하기 위해 그 시간 이후에 이동해야 하는 사람들은 공식적인 통행증을 소지했다. 우리처럼 취사실에서 밤교대 작업을 하는 사람들은 순찰대에 걸릴 경우에 대비해 공식 통행증이 지급되었다.

밤거리는 텅 비고 불이 꺼져 암흑천지였다. 나는 언제나 주머니에 통행증과 다이너모(Dynamo)[4] 손전등을 넣고 다녔다. 손전등은 내 보물이었다. 집에서 가져온 발전기는 요긴했다. 작은 회색 쥐 모양의 그것은 내 손바닥에 딱 들어맞았다. 그것은 작은 금속 레버를 규칙적으로 눌러주기만 하면 자동으로 충전되었다. 손전등을 들고 걸어갈 때면 그것은 끊임없이 우우후-에에에, 우우흐-에에에 하는 휘파람 소리를 냈고, 그래서 혼자가 아니라는 기분이 들었다.

테레진의 밤거리를 걸어보면 평화롭고 안전한 피난처에 있다는 생각이 들지도 모른다. 어떤 소리도, 생명의 징후도 보이지 않는다. 그러나 이곳에 6만 명의 지치고 허기진 영혼들이 8제곱미터의 거주 공간에서 잠 못 드는 밤을 지새우며 자신의 운명을 기다리는 것은 알지 못할 것이다.

거리에서는 우연이라도 개 한 마리, 고양이 한 마리도 마주치지 못했다.

음식은 하루에 세 번 정기적으로 배급되었다. 정확한 배급량이 담긴 큼직한 수프 들통이 취사구역의 후미진 곳에 놓이면 우리는 손에 국자를 들고 수프 뒤에 섰다. 이 후미진 곳 앞쪽에 메나게-딘스트(Menage-dienst)'라는 당직사령, 곧 검표원이 작

---

4) 다이너모(Dynamo): 자가 발전기.

은 펀치를 들고 서서 사람들이 음식을 받으러 갈 때 꺼내 보여주
어야 하는 식권에 구멍을 뚫었다. 그것은 역무원이 기차표에 구
멍을 뚫는 것과 비슷했다.

그곳에는 음식이 나오기 오래전부터 사람들이 휴대용 양철 식
기통과 수저를 들고 길게 늘어서 참을성 있게 기다렸다. 그 대부
분이 노인들이었다. 그들은 가만히 서 있거나, 옹기종기 쪼그려
앉거나, 침묵 속에 허기져 있었다. 그들의 표정을 본다면 수프
한 국자가 하루 더 살아남을 가능성을 의미한다는 것을 알 수 있
었다. 그들에게 음식을 나눠주는 일은 슬픈 일이었다. 한 노인이
다가와 떨리는 손으로 양철 식기통을 내밀며 애원하듯 중얼거
렸다.

"아가씨, 제발, 바닥 좀 긁어주오."

바닥을 긁은 국자에 감자나 양배추 한 조각이 걸려 올라와 마
치 적은 액수의 복권에 당첨된 것처럼 그들을 행복하게 해줄 희
망은 항상 존재했다.

이런 곳에서 삶의 남은 날들을 보내야 한다는 것을 비관한 병
자와 노인들이 매일 200여 명씩 죽었다. 그리고 이제 순환하는
회전문을 통과해 도착하는 사람들이 점점 더 늘어갔다. 수송선
들이 떠나고, 수송선이 테레진에 도착하고, 다시 동쪽으로 수송
선이 떠났다.

어느 날 영어 어학원 친구인 마르타가 프라하 수송선을 타고 불쑥 나타났다. 우리는 상봉하는 자매처럼 서로의 목을 끌어안았다. 마르타는 멋진 의사 카렐 블로흐(Karel Bloch)와 결혼했는데, 그는 안타깝게도 폐결핵을 앓고 있었다. 그녀는 서둘러 반짝이는 눈과 수척해 보이는 얼굴의 남편을 소개했다. 그의 모습에서 비극적 기색은 전혀 없었고, 마르타도 행복해 보였다.

그 둘은 도착하자마자 의료진에 배속되었다. 카렐은 의사이고 마르타는 간호사라서 두 사람은 제복을 입을 수 있었다. 그들은 한 숙소에 머물지 못했다. 그러나 우리는 자주 교대시간에 만났고, 그녀의 방이나 내 침상에 앉아 끝없이 수다를 떨고는 했다. 함께 있다는 것은 정말 근사했다. 우리는 푹신한 안락의자가 놓인 화려한 아파트나 고상한 카페의 분위기가 그립지 않았다. 우리는 단지 함께 있다는 것, 그것만이 중요했다.

❧

숙박시설 부서에서 넓은 고미다락의 공간을 작게 쪼개어 특별한 수용자들에게 나눠주고는 그들에게 직접 '펜트하우스'로 만들게 한 것이 바로 이즈음이었다. 펜트하우스는 결혼한 부부를 위해 계획되었고, 그 특권을 누리기 위한 신청자들이 많았다. 운좋은 사람들은 고위직에 청탁을 넣었고, 아니면 암거래시장을 통해 펜트하우스 비용을 지불했다.

펜트하우스가 전체 건물로 확대되기 시작한 직후부터 건물 지

155

붕마다 돌출된 창문에 커튼이 달리기 시작했다. 일부 사람들은 그곳에 정착한 듯했고, 마치 그들이 영원히 그곳에서 머물 것이라고 예상하는 것처럼 보였다.

여기저기 긴 복도 끝에 목재 칸막이가 설치되어, 간신히 한 사람이 들어갈 쿰발(kumbál)이라는 작은 골방이 만들어졌다. 나는 작업시간이 불규칙하고 숙소에 사람이 너무 많아 낮에 잠을 잘 수 없다는 이유를 들어 이들 중 하나를 신청하려고 애썼다. 나는 적지만 고위직에 아는 친한 친구들이 있었다. 그들은 예전 개인주택 중 하나의 복도 끝에 창문이 달린 작은 방을 얻을 수 있도록 도와주었다. 목공 상점의 친구들이 내게 나무 칸막이와 자물쇠가 달린 문과 벽 선반과 접이식 탁자와 구석에 코트와 옷을 넣을 찬장을 만들어주었고, 나는 그 찬장 위에 녹색 이불을 얹었다. 그들은 침상과 매트리스를 고쳐주었고, 창문 아래 작은 난로가 있어 겨울에 그곳을 덥혀주었다. 내 방은 밤기차의 침대칸을 연상시켰지만 한 개인에게는 더없이 사치스런 공간이었다. 내방 맞은편의 또 다른 작은 골방에 프라하의 유명한 밤무대 가수인 볼피 레데레르(Wolfi Lederer)가 아내와 살았다. 나에게는 좋은 이웃들이 있었다.

그러나 그곳에 정착할 겨를도 없이 나는 갑자기 죽음을 면할 수 없는 상황에 직면했다.

25

마르타와 간호사복

어느 날 병자와 노인들로만 구성된 수송선이 이틀 후에 동부 지역으로 출발한다는 소식이 들렸다.

그 명단에 내가 아는 사람은 아무도 없었기에 나는 침착하게 내 일을 계속했다. 이튿날 저녁 10시쯤 나는 내 방 창문을 통해 소년 둘이 들것을 들고 내가 있는 건물로 들어오는 것을 보았다. 그들이 수송이 결정된 노인들 중 하나를 옮기려는 것이라 짐작 하고는 책을 들고 침대에 등을 기대었다.

잠시 후에 내 방문에서 노크 소리가 났다. 나는 문을 열었고, 소년 둘이 들것을 들고 서 있었다. 나는 그들이 사람을 잘못 찾 아왔고, 그녀가 사는 곳을 물을 것이 분명하다고 생각했다. 그들 이 내 이름 '즈덴카 판틀로바'가 적힌 길쭉한 종이쪽지를 보여 주었다.

"당신이 이 사람인가요?" 그들이 물었다.

나는 그야말로 터무니없는 상황이라는 생각이 들었다.

"그래요. 내 이름 맞아요." 나는 무시하듯 말했다.

"그렇지만 착오가 분명해요. 보다시피 난 아프지도 늙지도 않 았어요."

그들이 다시 쪽지를 바라보았다.

"이건 당신 이름이에요. 두말할 필요 없이. 그렇다면 우리는 명령을 따라서 당신을 포드모클리(Podmokly) 수문까지 데려가야 해요."

이곳은 수송될 사람들이 들것에 실려 모이는 수집 장소였다.

이런 순간에 인간의 뇌는 빠르게 작동한다. 그들이 이 들것으로 나를 실어 가면 끝장이라고, 나는 생각했다. 무슨 이유가 있어도 이 방을 나가서는 안 된다. 불현듯 친한 친구 파벨이 그날 밤 행정 건물의 중앙등록사무소에서 근무 중이어서 어떻게 된 상황인지 알 것이 분명하다는 생각이 떠올랐다. 그러면 어떤 식으로든 이 수송자 명단에서 나를 빼내줄 것이 분명했다.

머뭇거릴 시간이 없었다. 어린 짐꾼들이 들것을 벽에 기대어 놓고서 나를 쳐다보고 있었다. 나는 연필과 종이를 집어 들었다.

"내 이름이 수송자 명단에 들어 있어 나를 수문으로 데려가려고 왔어. 어떻게 해야 할지 빨리 알려줘."

나는 종이를 접어 그 위에 파벨의 이름을 적은 다음, 소년들 중 하나에게 나에게 남은 마지막 담배 세 개비를 주고는 마그데부르크로 파벨을 찾아가 답장을 받아오라고 쪽지를 건네었다. 그가 곧장 쪽지를 가져갔다. 머릿속에 별의별 생각이 다 들었다.

나는 결단코 어느 누구에게도 아무런 소식도 남기지 못한 채 혼자서 떠날 수는 없다고 스스로에게 말했다. 심지어 어머니조차 내가 별안간 사라졌다는 것을 모를 것이다. 나는 그것이 가능할 리 없다고 주장했다. 그러나 여기서는 무엇이든 가능하다는 것을 마음속으로는 알고 있었다. 30분 후에 그 소년이 대답을 갖고 돌아왔다. 그러나 그것은 내가 기대했던 대답이 아니었다.

"그들에게 당신을 실어 가라고 하래요. 여기 남은 것들은 내게 줘요."

달리 방법이 없었다. 나는 금세 돌아오게 될 것이라고 확신했고, 옷을 갖춰 입을 필요가 없었다. 그래서 그들은 내가 입은 옷 그대로, 잠옷 차림 그대로 내 위에 담요를 덮어 싣고 갔다. 포드 모클리 막사에 도착했을 때는 대략 11시쯤이었다. 이곳은 테레진 외곽에 위치했고, 뒤쪽 측선에 수송선이 대기하고 있었다.

우리는 양쪽에 군복을 입은 에스에스 보안대원이 늘어선 긴 도로를 내려가 새로운 도착을 확인했다. 그들 중 하나가 명단을 들고는 들것 환자의 이름에 줄을 그어 지웠다. 접수위원회에는 공식적으로 임명된 유대인 의사 둘이 배속되어 있었다. 상황이 불길해 보였다. 나는 이제껏 수집소에 들어온 사람들 중에 다시 나간 사람이 아무도 없다는 것을 아주 잘 알고 있었다. 어느 누구든지 수송선에서 도망치려 하면 붙잡혀 테레진 탑의 작은 요새에서 총살되거나 교수형에 처해졌다. 이미 여러 사람이 그곳에서 최후를 맞이했다.

짐꾼들이 나무계단을 올라가 1층으로 나를 실어 갔고, 그곳에 수집소가 있었다. 넓은 빈 방에는 들것 위에 나란히 누워 있는 사람들로 가득했다. 나는 눈을 감았다.

담당자가 끊임없이 이름을 외쳐댔고, 대답하는 사람은 누구나 재빨리 들려 나갔다. 나는 30분쯤 후에 내 이름을 부르는 소리를 들었다.

"즈덴카 판틀로바!"

나는 잠자코 한마디도 하지 않고 눈만 감고 있었다. 무슨 일이 있어도 대답을 해서는 안 된다. 어쩌면 친구가 기적을 일으켜 나를 구해줄 수 있을지도 모른다.

시간이 흘러갔다. 차츰 사람들이 더 많이 실려 왔다. 그러나 또한 많은 사람들이 들려 나갔다.

"즈덴카 판틀로바!"

다시 내 이름을 부르는 소리가 들렸다. 심장이 두근거렸다. 파벨이 세상 최고의 의지를 발휘해서 명단에서 나를 빼내지 못하면 어떡하지? 그렇다면 나는 이 병든 노인들하고 잠옷 위에 담요 한 장만 걸친 채 어딘지도 모를 곳으로 끌려가게 된다!

나는 사뭇 두려워지기 시작했다. 벽시계가 새벽 2시를 알렸다. 그때 파벨이 방으로 들어왔고, 나는 두 눈을 번쩍 뜨고 나를 구원하러 온 천사의 모습을 보았다. 그러나 그는 나를 구원하지 못했다.

"즈덴카." 그가 절망적으로 말했다.

"상황이 안 좋아. 이 시점에서는 널 명단에서 빼낼 방법이 없어. 하지만 한번 해볼 만한 방법이 없진 않아. 조금 뒤에 페픽 스칼스키(Pepík Skalský) 박사가 들어와 무슨 방법을 생각해낼 수 있을지도 몰라. 그동안에 저들이 이름을 부르더라도 절대 대답해서는 안 돼."

나는 상황이 얼마나 엄중한지 깨닫기 시작했다.

페픽 스칼스키 박사는 우리 지역 시골 농장에서 가축을 돌보던 금발의 젊은 남자였다. 그는 오빠의 친한 친구였다. 나는 초조하게 그를 기다렸고, 들것 환자의 줄이 줄어들기 시작했다.

"즈덴카 판틀로바!"

이제 담당자가 더 짧은 간격으로 내 이름을 불러대고 있었다. 침묵하고 있는 한 가능성이 있다고 나 자신에게 말하면서 두 눈으로는 계속 문을 주시했다. 페픽이 불쑥 문으로 들어오는 것이 보였다. 나는 그에게 내 위치를 알려주기 위한 몸짓을 했다. 그가 내 옆에 무릎을 꿇고 앉아 아주 심각하게 말했다.

"널 수송자 명단에서 빼낼 수 있는 방법은 네게 우유 주사를 놓는 수밖에 없어. 그럼 고열이 날 거야. 저들은 열나는 사람은 안 데려가. 아직 네 이름에 대답하지 마. 필요한 걸 준비해서 금방 올 테니까."

그가 서둘러 나갔다.

"즈덴카 판틀로바!"

다시 내 이름이 불렸다. 담당자는 이제 반쯤 빈 방을 여기저기 둘러보았다. 시간이 가차 없이 흘러갔다. 대답해서는 안 된다. 대답해서는 안 된다. 여기 있는 어느 누구도 내가 누군지 모른다. 설사 가야 한다고 해도 내가 마지막 사람이어야 한다.

30분 후에 페픽이 돌아왔다. 그는 의사라서 마음대로 오고갈 수 있었다. 테레진의 수많은 불확실성 속에서 확실한 것이 한 가지 있었다. 우리는 언제나 최고의 능력을 다해 한밤중일지라도 서로서로를 도와주었다. 누구나 친구를 위해 최선을 다했다.

그는 준비해 온 작은 상자와 주사기를 들고 내 옆에 쪼그려 앉았다. 그러나 그때 나는 운명의 손아귀에서 벗어날 수 없다고 느끼며 다른 결정을 내렸다.

나는 나조차 놀랄 차분한 목소리로 그에게 생각을 말했다.

"저기요, 이런 주사를 기꺼이 놓아주시다니 정말 친절한 분이세요. 하지만 저들이 수송을 하기에 적합하지 않은 사람도, 심지어 열이 나는 환자도 수송선에 태워 보낸다는 걸 알아요. 제 생각이 뭔지 아시겠죠? 이번 수송선으로 미지의 곳으로 떠나야 할 운명이라면 아픈 것보다는 건강하고 튼튼한 몸으로 떠나는 게 나아요. 그래야 어딘가에 도착해도, 그 후에 다른 어딘가로 가게 되더라도 건강하기만 하다면 더 좋은 기회를 얻을 거예요. 이제까지 애써주신 것 고마워요. 하실 수 있는 건 다 해주셨어요."

페픽은 아무 말도 하지 못했다. 일부는 내가 겪게 될 일에 대한 돌연한 절망감 때문이었고 일부는 내 말이 옳을지도 모른다고 느꼈기 때문이었다. 그가 잠시 더 내 옆에 있었다.

"네 생각대로 해. 네게 강요하고 싶은 마음은 없어. 결정적 순간에 사람들은 누구나 자신의 강점이 무엇인지 자신이 가장 잘 알아."

"즈덴카 판틀로바 !"

이번에 우리는 둘 다 그 소리를 들었다. 안으로 실려 오는 새 환자는 없었다. 갑자기 묘안이 떠올랐다. 그것은 마치 어떤 알 수 없는 힘이 내 안에서 솟구쳐 오르며 무엇을 해야 하는지 나에게 말해주는 것 같았다. 일종의 마지막 순간의 자기 보호 본능

같은 것이.

"페픽." 내가 벌컥 말했다.

"묘안이 있어요. 마르타, 지금 날 도와줄 수 있는 사람은 마르타밖에 없어요. 얼른 드레스덴 막사에 가서 마르타 좀 찾아주세요. 마르타는 오늘밤 비번이에요. 마르타한테 당장 간호사복을 입고 여기로 와달라고 전해주세요. 그리고 간호사복을 한 벌 더 가져오라고 하세요. 부탁해요, 페픽. 빨리요, 시간이 없어요."

그가 알았다고 말하고는 문으로 달려 나갔다.

시계는 이제 새벽 3시 45분을 가리켰다. 저들이 날 데려갈 거야. 안 데려갈 거야. 데려갈 거야. 안 데려갈 거야. 시곗바늘이 소곤소곤 구호를 외치는 것 같았다.

"즈덴카 판틀로바!"

절반쯤 빈 방에 메아리가 낮게 울려 퍼졌다. 이제 목숨이 벼랑 끝에 놓여 있었고, 심장이 너무 큰소리로 고동쳐 담당자에게 들릴지도 몰라 두려웠다. 시간이 바닥나고 있었다. 마르타가 오지 못한다면 내 운명도 끝이었다.

그 순간, 그녀가 데우스 엑스 마키나(deus ex machina)[1]처럼 문으로 등장했다. 간호사복을 입고는 그녀가 곧장 내게로 왔다. 우정을 나눌 시간 따위는 없었다.

"부축해서 화장실로 데려가줘." 내가 말했다.

---

1) 데우스 엑스 마키나(deus ex machina): 고대 그리스 연극에서 쓰인 무대 기법의 하나. 기중기 따위의 기계 장치를 통해 신이 공중에서 나타나 위급하고 복잡한 사건을 해결하는 수법이다.

"복도 끝에 있어."

그녀가 나를 병든 환자처럼 부축해 천천히 이끌었다. 우리 둘은 좁은 칸막이 안으로 들어가 빗장을 질렀다. 번개 같은 속도로 나는 잠옷 위에 여분의 간호사복을 입었다. 담요는 들것에 남겨 두고 왔다. 우리는 곧장 막사 밖으로 임무 수행 중인 간호사처럼 걸어 나가기로 결정했다. 행운은 용기와 담대함을 좋아한다.

우리는 계단을 내려가 아직 에스에스 대원들이 서 있는 복도로 갔다. 서로 팔짱을 끼고는 활기차게 대화했고, 심지어 얼마나 무심코 근무지를 이탈했는가를 보여주기 위해 웃기도 했다. 속으로는 떨렸지만 우리는 아주 침착하게 그들을 지나 막사 출입구를 통과하여 거리로 나갔다. 우리가 이겼다. 기적이 일어났다. 그 순간만큼은 나는 자유로웠다. 그러나 다음에는 어떻게 하지? 우리는 모퉁이를 돌자 걸음을 멈추고는 자신을 진정시키려고 애썼다.

그러나 그것으로 모든 것이 끝난 것이 아니었다. 수송자 총수와 명단의 이름과 번호가 정확히 일치해야 했고, 모든 것이 철저하게 확인되었다. 수송을 회피하려 시도하는 자와 보고에서 실수하는 자는 똑같이 사형이 적용되었다. 내 이름은 아직 명단에 남아 있었다. 마르타가 결정을 내렸다. 근무 중인 의사들 중 하나가 남편 카렐의 절친한 친구였다.

"여기서 잠시만 기다려." 그녀가 말했다.

"내가 다시 들어가서 그 사람한테 다급하게 할 말이 있다며 설명할게."

간호사인 그녀는 병영들을 자유로이 출입할 수 있었다. 그녀는 그 의사에게 재빨리 말할 기회를 찾아냈고, 그는 그녀에게 내 이름을 삭제하겠다고 약속했고, 위험을 감수하며 그렇게 하는 데 성공했다.

나는 명단에서, 또한 수송선에서 벗어났다.

오전 5시, 모든 객차를 자물쇠로 잠그고 열차가 출발했다. 전쟁이 끝난 후에야 비로소 우리는 그 열차가 어디로 갔는지 알게 되었다. 그것은 아우슈비츠(Auschwitz)로 갔고, 승객들은 전부 한 사람도 빠짐없이 곧장 가스실로 갔다.

26

크리보클라트 숲

크리스마스와 신년은 마치 지평선 아래로 지는 해처럼 달력에서 슬그머니 넘어갔다. 우리가 테레진에 도착한 지도 벌써 1년이 되었다. 아버지를 제외하고 우리는 아직 다 함께 있었다. 할머니와 어머니와 오빠와 동생과 나. 우리는 차츰 우리의 옛집을 잊어갔다. 이곳에서 삶은 상당히 달랐다. 우리는 수가 많았고, 전쟁이 끝날 때까지 이곳에서 살며 버틸 수 있기를 희망하고 간절히 소망하며 서로를 지탱해주었다. 우리는 아무리 비정상적인 조건일지라도 정상적으로 살려고 노력했다.

새로운 국면은 결코 부족하지 않았고, 새로운 규정들은 매일 발표되었다. 그 누구도 그것들이 이로운 발표일 것이라고 기대하지 않았다. 그러나 어느 날, 잠시 동안 먹장구름을 뚫고 비추는 한 줄기 햇살처럼 침울한 분위기를 환하게 밝혀주는 소식 하나가 돌았다.

내일까지 크리보클라트 숲에서 나무를 심는 일에 지원할 사람을 모집함. 대상은 젊은 여성. 인원은 1000명. 기간은 한 달. 이틀 후에 출발.

나는 뛸 듯이 기뻐하며 즉시 신청하기로 마음먹었다. 테레진에서 보헤미아 지방의 숲으로 가는 여정은 마치 완전한 자유 속에서 한 달간의 휴가라는 말처럼 들렸다. 내 결심과 분명한 기쁨 때문에 어머니는 거의 쓰러지기 직전이었다.

"제정신이 아닌 게로구나! 이런 시국에, 이런 곳에서는 아무도 어떤 일에 성급하게 덤벼들지 않아. 저자들이 어디로 데리고 갈지 어떻게 알고 그래? 저자들이 별의별 약속을 다 하지만 독일인이 하는 말을 믿어선 안 돼. 잠자코 있어. 난 네가 가는 것 반대다."

그러나 시간의 흐름은 우리의 게임규칙을 바꾸어놓았다. 우리는 더 이상 집에 있지 않았고, 여기는 어머니가 권력을 행사할 수 있는 집이 아니었다. 그런 것은 벌써 길가에 버려졌다. 이제 나는 스무 살이었고, 중요한 결정은 혼자서도 했다. 그럼에도 나는 그녀를 안심시키려 애를 썼다.

"걱정하지 마세요. 저들은 이번 나무 심기를 위해 우리가 절실하게 필요한 게 분명해요. 어머니도 아시게 될 거예요. 모든 게 잘되어 한 달 후에 돌아올 테니까요."

나는 푸른 나무를 보고 그 향기를 맡고 싶어 견딜 수가 없었다. 나는 등록을 했고, 이틀 후에 사람들과 기차를 타고 크리보클라트로 떠났다. 그들이 약속한 대로.

그들은 우리를 50명 단위로 나누었다. 내 분대는 깊은 숲 속의 긴 통나무집에 수용되었다. 그 앞에 우리를 감시하기 위해 차출된 경찰 둘이 지낼 작은 오두막이 있었다. 그들은 중년 남자들이었고, 내가 보기에는 제법 친절하고 쾌활했다. 그들은 심지어 우리에게 웃기도 했다. 우리는 모두 체코어로 말했고, 마치 우리가 학교 소풍을 온 것 같았다. 삼림 당국은 우리 분대에게 노련한 남자를 붙여주었고, 그는 상황을 설명했다.

"아가씨들, 우리가 할 일은 개벌(皆伐)된 숲의 넓은 지역에 나무를 심는 겁니다. 매일 신선한 묘목을 받을 거고요. 제가 7시에 여기로 와 여러분이 묘목을 심을 장소로 데려갈 겁니다. 그곳에 도착하면 어린 침엽수를 심는 방법을 알려주겠어요. 이 일이 마음에 들었기를 바랍니다. 오늘은 이만 끝내고 내일 아침에 데리러 오겠습니다."

이튿날, 우리는 경쾌한 걸음으로 식목할 장소로 출발했다. 모든 것이 현실이 아닌 것 같았다. 테레진은 잊혀졌다. 요새와 제복 차림의 에스에스 대원들 모두, 심지어 유럽 전역에 휘몰아친 전쟁마저도 내 머릿속에서 사라졌다. 오직 아름다운 초록빛 나무들만이 고요하고 평화롭고 신비롭게 남았다. 그들은 영원의 냄새를 실어 왔고, 주변에서 벌어지는 것은 아랑곳하지 않았다. 송진과 솔잎과 이끼 향기는 취하게 했다.

우리는 온종일 열심히 일했고, 매일 저녁 침상에서 건강한 잠에 빠져들었다. 우리는 거기서 자는 것을 정말 좋아했다. 이 적막한 천국에서 전쟁이 끝날 때까지 남은 날들을 보낼 수 없다는 것이 아쉬웠다. 어느 날, 일을 마치고 돌아온 후에 이상한 일이 있었다. 경찰 중 하나가 우리의 통나무집으로 들어와-그들은 보통 들어오지 않았다-지극히 사무적인 어조로 물었다.

"너희들 중에 즈덴카 판틀로바라는 이름 가진 사람 있어?"

나는 침을 삼켰다. 이런 곳에서 누가 날 찾는 것일까? 내가 수송자 무리에서 도망친 것과 관계가 있는 것일까? 뭔가 심상치 않아 보였다. 나는 잠시 머뭇거렸다. 내 이름을 아는 이웃이 나를 미심쩍게 쳐다보았다. 나는 도망갈 방법이 없다는 것을 깨달았다.

헌병이 우리를 모두 유심히 바라보며 기다렸다.

"그러니까," 그가 반복했다.

"그런 이름의 여자애가 있어? 없어?"

"네, 저예요." 나는 탄식하듯 말하고 손을 반쯤 들었다.

"날 따라와." 경찰이 나에게 말했다.

마치 다시는 돌아오지 못할 사람처럼 나는 비척거리며 나갔다. 경찰들의 오두막에 도착하자 그가 안으로 들어가라고 말했다. 그가 내 뒤를 따라 들어온 후에 문을 닫았다.

"이봐, 정오께 어떤 중년의 민간인 남자가 불쑥 찾아와 테레진에서 온 여자애들이 여기서 일하고 있다는 소문을 들었다고 하더군. 그러고는 혹시 그 애들 중에 판틀로바 즈덴카라는 아이가 있거든, 그땐 여기에 있는 줄 몰랐지만, 아무튼 자기가 그 아이에게 줄 것을 놔두고 가도 되겠냐고 묻더군. 그 사람이 자기 이름은 말해주지 않았어. 이름은 중요하지 않다면서 말이야. 여기 있다. 이틀 후 테레진에 돌아갈 때 가져가라."

그가 방구석 쪽으로 가서 나에게 무거운 상자를 건네었다.

"상자 가져가라." 그가 말했다.

그것은 정말이지 예상하지 못한 반전이었다. 두려움이 차츰 사라졌고, 나는 이제 인간애와 자기희생에 깊이 감동한 나머지 아무 말도 하지 못했다. 그것은 오직 한 사람 아버지의 오랜 조수 마티세크, 항상 우리를 정말 좋아했고, 우리가 정말 좋아했던 그만이 가능한 일이었다. 그는 나를 학교에 데려다주었고, 나를 숨발카(Sumbalka)라 부르곤 했다. 이런 최악의 시대에도 주위에 착한 사람들이 존재한다는 것을 알게 되는 것은 정말이지 기쁜 일이었다.

나는 상자를 들고 통나무집으로 돌아와 그것을 열어보았다. 그것은 보물들로 가득했다. 옷, 속옷, 스타킹, 비누, 빵, 기름 깡통 두 개, 비스킷, 각설탕.

그가 가까스로 손에 넣었을 것들이 모두 들어 있었다. 그리고 그것은 그에게 막대한 비용과 수고와 희생이었을 것이 분명했다. 여기 크리보클라트에서 우리는 굶주리지 않았지만 나는 소녀들에게 조금씩 나누어주었다.

이틀 후에 우리가 떠날 때 경찰과 삼림감독관이 작별인사를 하러 왔고, 우리의 안전한 여정을 기원했다. 나는 상자를 가지고 테레진으로 돌아왔고, 마치 외국에서 방금 도착한 사람처럼 보였다. 누구도 나에게 아무것도 묻지 않았다. 어머니와 오빠와 동생은 돌아온 나를 보고, 아울러 상자와 상자 안에 든 물건들을 보고 몹시 기뻐했다.

마티세크에게 고맙기 짝이 없었다.

27

아가씨, 울 수 있어?

테레진에 돌아온 즉시 나는 취사실의 내 자리로 복귀했고, 이내 오랜 일상과 규율에 다시 익숙해졌다. 내가 자리를 비운 사이에 우리 분임 중에 몇이 동부 지역으로 보내졌다. 취사실 인원 중에서 그들의 자리에 대체된 새로운 사람들이 음식을 덜어주고 식권에 구멍을 뚫었다. 그들 중에 벨트를 묶는 레인코트에 파란 베레모를 쓴 창백한 젊은 남자가 있었다. 서글서글한 눈매의 사내는 전통적인 이탈리아 연극에 등장하는 피에로를 닮았다. 당시에는 그의 이름이나, 그가 테레진에 오기 전까지 어떤 일을 했는지 알지 못했다. 어느 날, 수백 명의 사람들이 수프 행렬에 서서 배식을 초조하게 기다리고 있었다. 나는 국자를 들고 내 자리에 서서 파르타크가 지시를 내리기를 기다리고 있었다. 이 창백한 사내도 식권에 구멍을 뚫기 위해 펀치를 들고 그의 자리에 서 있었다.

갑자기 그가 나를 돌아보며 말했다.

"이봐, 아가씨. 울 수 있어?"

내게 왜 그런 이상한 질문을 하는지 궁금했지만 망설이지 않고 곧바로 대답했다.

"아, 그럼요. 울 수 있죠."

"좋아. 그렇다면 오늘 밤에 마그데부르크 막사로 연극 리허설을 보러 와. 우리가 새로운 걸 준비하고 있는데, 우리만의 카바레(cabaret)[1]라고 할 수 있지. 제목은 〈침대에 갇힌 왕자〉[2]야. 내가 친구와 함께 쓴 작품이지. 내 이름은 요세프 루스티크(Josef Lustig)야."

나는 곧 요세프 루스티크가 인정받는 배우이자 극작가이며, 그의 외모에도 불구하고 코미디와 풍자적 카바레로 굉장히 유명하다는 것을 알게 되었다.

그렇게 나는 테레진의 연극계에 입문하게 되었다.

---

1) 카바레(cabaret): 촌극과 노래와 음악과 춤과 낭독이 딸린 일종의 무대 연예. 공연 무대를 갖춘 식당과 술집과 나이트클럽 등의 공연 장소에 따라 주로 구분된다.
2) 침대에 갇힌 왕자: 0.76평의 비좁은 침대에 억류되어 생활하는 유대인의 현실을 풍자한 제목.

28

테레진의 연극

테레진에서 연극은 소박하고 잠정적으로, 말하자면 발끝으로 살금살금 걷듯이 시작되었다. 수감자들 중에는 체코의 유명한 배우, 감독, 무대 디자이너, 작가, 미술가, 직업적인 뮤지션, 지휘자, 작곡가들이 무수히 많았다. 그래서 예술적 인재는 부족하지 않았다.

많은 사람들이 글과 음악을 통해 자신을 예술적으로 표현할 수 있기를 깊이 갈망했고, 나머지 사람들은 자신들의 유폐 생활에 대한 보상으로 그 결과물을 감사히 환영했다. 모든 문화 행사는 그들의 희망과 사기를 북돋워주었고, 인간의 가치에 대한 믿음을 강화시켜주었다. 문화는 전쟁 이전의 문명 생활이 남긴 유물이 되었지만, 이 고달프고 불확실한 상황 속에서 그것은 지극히 새로운 의미를 얻었다.

애초에 그것은 모두 막사들의 꼭대기 층에서 1인극으로 시작했다. 가끔은 시를 낭송하기도 했고, 가끔은 사람들이 가방에 넣어 온 책들을 장르를 불문하고 낭독하기도 했다. 그로부터 여러 목소리가 들어간 단막극을 공연했다. 첫 시도는 마치 배우들이 빙판이 자신의 무게를 지탱할 수 있는지 확인하려고 얼음을 시험해보는 것처럼 조심스럽고 위태로웠다. 사람들의 마음속에는 오직 '독일인들이 어떻게 생각할 것인가?' 하는 생각뿐이었다.

놀랍게도 독일인들은 이런 순수한 실험들을 반대하지 않았다. 오히려 그들은 공식적으로 승인해주며 '우정의 저녁'이라고 불렀다.

그 뒤부터 테레진의 예술 활동은 급속도로 성장했다. 고미다 락들에 익면과 커튼을 갖춘 작은 무대들을 만들었고, 그 앞에 벤치를 놓아서 즉석 극장을 완성했다. 어떤 극은 외부에서 수입했고, 어떤 극은 수용자들이 직접 썼다. 극단을 구성했는데, 때로는 장르별로 전문화된 별도의 극단을 구성했다. 감독은 늘 준비되었고, 배경 막을 도색했고, 자루와 이불과 종이와 낡은 천 조각 등 이용할 수 있는 것이면 무엇으로든 무대의상을 만들었다.

음악도 마찬가지였다. 악기와 시트 뮤직(sheet music)[1]과 악보들이 불쑥 나타났다. 재즈 밴드, 현악 4중주단, 합창단, 심지어 온전한 교향악단을 구성하기에 충분한 인재들을 찾아냈다.

모든 사람들이 재능과 상관없이 아무런 대가도 바라지 않고 최선을 다했다.

네온등의 이름도, 명성도, 거금도 없었고, 단지 기뻐하는 청중들의 공감과 잘했다는 만족만이 있을 뿐이었다. 전문가와 아마추어가 시기하거나 자만하지 않고 손에 손을 잡고 일했다.

---

1) 시트 뮤직(sheet music): 한 장의 악보로 발행되는 음악. 녹음이 불가능했던 시대에 종이에 기록된 음악.

29

교수대 아래서 춤추기

  그날 저녁 나는 시간 맞춰 마그데부르크 막사로 찾아갔고, 예술계에서 활동할 것이라고 생각하니 중요하고 특별해진 기분이 들었다.

  요세프 루스티크는 무대 위에 서서 친구이자 동료인 이리 슈피츠(Jirí Spitz)에게 말을 하고 있었다. 카렐 코바니츠(Karel Kowanitz)도 그 자리에 있었다. 그는 쇼에 흐르는 노래의 가사를 썼다. 그들은 유명한 보스코베츠(Voskovec)[1]와 베리흐(Werich)[2] 2인조 양식에 기초해 카바레를 구성하기로 결정했고, 따라서 테레진 극장은 프라하의 급진적인 자유극장의 축소판이 될 것이다. 내용은 풍자적일 것이다. 루스티크와 슈피츠는 막간에 어릿광대 분장을 하고 커튼 앞에서 시사만평을 할 것이고, 극장 음악의 원곡에 새로운 가사를 붙인 노래들로 끝을 맺을 것이다.

  그들의 연극 〈침대에 갇힌 왕자〉는 굼보일(Gumboil) 7세의

---

1) 이리 보스코베츠(Jiri Voskovec, 1905~1981): 체코의 작가이자 배우.
2) 얀 베리흐(Jan Werich, 1905~1980): 체코의 작가이자 배우. 세계대전 사이의 연극 아방가르드와 전후 체코 연극계의 대표 인물이다.

치세를 배경으로 한 동화 같은 풍자극인데, 아들인 감금당한 침대 왕자와 딸인 비번(Off-duty) 공주가 주인공이다. 궁전 장면은 마치 요동치는 몸짓과 삐걱거리는 음성을 가진 인형극처럼 연기했고, 이것은 테레진 수용소를 운영하는 '꼭두각시 정부'를 풍자한 것이었다. 관객들은 풍자적인 장면이나 대사가 나올 때마다 격렬한 갈채를 보냈다.

연극의 줄거리는 꽤 단순했다. '침대에 갇힌' 왕자가 병에 걸리고, 의사는 그가 노동이나 수송에 적합하지 않다는 진단을 내린다. 그러나 사악한 마법사가 그를 침대에서 풀어주어 그는 수송선을 탈 수 있게 된다. 그 지점에서, 객석에 앉은 젊은 아가씨가 왕자의 곤궁한 처지를 동정하여 울음을 터뜨린다. 울음소리를 들은 광대들이 그녀를 무대 위로 데려와 왕자는 침대에 계속 누워 있을 것이며 모든 것이 잘될 것이라고 그녀를 달랜다.

내가 그 울음을 터뜨리는 아가씨 역할을 맡기로 했다. 나는 최선을 다하기로 약속했다.

리허설이 진행되었다. 신호를 하면, 나는 처음에 조용히 흐느끼다가 큰소리로 울음을 터뜨려야 했다. 개막일 밤에 그들은 나를 객석 세 번째 줄에 앉혔다. 아무도 나를 아는 척하지 않았고, 극이 시작되었다. 고미다락 객석은 빈자리가 없었다.

그러나 일은 잘되지 않았다. 내가 신호를 받고 조용히 훌쩍거리기 시작하자 내 주위 사람들이 내 입을 막으려고 했다.

"쉿!"

"방해되잖아!"

"아, 진짜, 조용히 좀 해!"

그러나 나는 계속 소리 높여 사실적으로 울었고, 광대들이 "잠깐만! 그 어린 아가씨가 왜 그렇게 울고 있는 거요?" 이렇게 말하며 나를 무대로 데려가 구원해주기를 간절히 기다렸다. 그러면 관객들은 안도의 한숨을 쉬면서 그것이 줄거리의 일부임을 깨달을 것이다.

그러나 그런 일은 일어나지 않았다. 광대들은 긴장감을 고조시키기로 결정한 듯했다. 그런데 문에 서 있던 화재 안내원이 행동을 취했다. 그가 부리나케 뛰어 들어와 극에 지장을 주는 요인인 나를 끌어내기 시작했다. 연극을 망치고 싶지 않았던 나는 계속 울어대는 한편, 그에게 목소리를 죽여 낮게 말했다.

"나는 극의 일부라고요!"

그러나 그에게 전혀 먹혀들지 않았다.

"그러셔? 그냥 조용히 따라오시지!"

바로 그때 무대에서 목소리가 들렸다.

"잠깐 기다려요! 그 어린 아가씨가 왜 울고 있는 거요?"

화재 안내원은 개의치 않았다. 그의 임무는 법과 명령을 준수하는 것이었고, 나는 이미 문으로 끌려가는 도중이었다. 도대체 이것이 무슨 상황인지 어리둥절한 관객들이 수런거렸다. 바로 그런 찰나에 광대들 중 하나가 무대를 뛰어 내려와 나를 다시 데려갔고, 관객들은 안도했다. 나도 마찬가지였다.

그것은 수월한 역할이 아니었다. 매일 밤마다 상황이 달랐다. 두 번째 연기에서 나는 신호에 따라 흐느끼기 시작하다가 큰소리로 울어댔다. 객석 통로 건너편에 한 노인이 무릎에 상자 하나를 올려놓고 앉아 있었는데, 의사가 분명해 보였다. 그가 자리에서 벌떡 일어나더니 도구를 꺼내어 바야흐로 히스테리를 진정시키는 주사를 놓으려던 참이었다. 바로 그때 무대 위의 배우들이 무슨 일인지 알아보러 내려와 나를 구해 갔다.

매일 밤마다 새로운 사건들이 벌어졌다. 그러나 금방 소문이 돌면서 며칠도 지나지 않아 테레진의 모든 사람들이 객석에서 우는 아가씨에 대해 알게 되었다. 결국에는 사람들이 내 장면이 시작되기 훨씬 전부터 주위를 두리번거리며 미리 웃어대기 시작했다.

"저기 봐봐. 세 번째 줄에 앉은 저 여자애가 어느 순간부터 울기 시작할 거야, 호-호-호."

⚜

우리 머리 위에 매달린 다모클레스의 검[3]처럼 불규칙적인 간격으로 지속되는 동부 지역 수송선들만 아니라면, 우리는 정상적인 삶을 살고 있다고 착각했을 것이다. 독일인들은 적극적으로 우리의 문화적 활동을 지원하는 동시에 그것을 선전 목적으로 활용했다. 그들은 히틀러가 '유대인에게 자치도시를 만들어

---

3) 다모클레스의 검: 왕좌의 머리 위에서 번뜩이는 숙명의 검, 즉 언제 닥칠지 모를 신변의 위험. 왕은 국왕의 영화를 질시하는 다모클레스를 왕좌에 앉히고 그의 머리 위에 머리카락 하나로 칼을 매달아 놓아 왕에게는 항상 위험이 따름을 가르쳤다는 고사에서 비롯되었다.

주었노라'고 주장했다. 우리는 테레진의 요새화된 성벽 밖보다는 안에서 이동이 더욱 자유로웠다. 그러나 그것은 모두 신기루에 불과했다.

그들에게는 우리의 미래에 대한 그들 자신의 계획이 확고했고, 그것은 철저히 비밀에 부쳐졌다. 그들은 우리에게 사형을 선고하고는 우리로 하여금 끝까지 노래하고 연기하도록 허락했다. 왜 우리가 그래야 하는가? 웃음은 곧 우리의 얼굴에서 지워질 텐데 말이다.

그렇게 우리는 모두 계속해서 교수대 아래서 춤을 추었다. 그래서 우리는 과밀한 테레진의 있을 법하지 않지만 더할 나위 없이 비옥한 토양에서, 지독한 굶주림과 두려움과 끊임없는 주검들의 한복판에서, 또한 고통과 굴종에 대한 거부와 희망의 한복판에서, 그런 곳에서 전례가 없는 최고 품질의 연극과 음악 문화를 부활시켰다.

이 수용소에서 체코 연극은 순전한 오락거리나 사회적 기분전환거리가 아니라 사람들이 나아갈 길을 밝혀주고 그들에게 정신적인 힘과 희망을 심어주는 살아 있는 인간 횃불이었다. 많은 사람들에게 이 같은 문화적 경험은 배급받는 빵 한 조각보다도 소중했다.

나는 그런 배우와 예술가들과 교류하면서 고향에 있는 기분이 들었다. 그들은 8시간 일과가 끝나면 곧바로 연기를 하고, 리허설을 하고, 글을 쓰는 일에 자신을 던졌다. 특출한 재주와 재능을 지닌 많은 남자와 여자들이 테레진에 도착하자마자 그 대열에 합류해 문화적 삶을 시작했고, 연극과 음악회에서 개인적 천재성을 보여주었고, 창의적 기준을 절정으로 끌어올렸다.

그런 사람들 중 하나가 카렐 슈벤크(Karel Švenk)[4]였다. 그는 작가, 작곡가, 안무가, 배우이자 광대였다. 체코의 찰리 채플린과 같은 존재라고 할까!

그는 나이가 25세가량 되어 보였고, 짙고 검은 눈썹 아래 반짝이는 눈은 광채를 내뿜었다. 그는 그만의 카바레를 창작하고, 연기하고, 사회를 맡았다. 루스티크와 슈피츠가 가정적인 화제를 주로 다루는 것과 달리, 슈벤크의 풍자는 현저히 정치적이었다. 마임과 발레로 구성된 그의 첫 레뷰(revue)[5] 〈기나긴 삶〉에서 슈벤크는 박해받는 광대를 연기했다.

그러나 하룻밤 사이에 그에게 명성을 안긴 것은 경쾌한 행진 율동을 곁들인 마무리 노래였다. 그것은 전체 수용자의 억압된 열망을 반영했고, 우리는 지체 없이 그 노래를 테레진 시가(市歌)로 정했다.

뜻이 있는 곳에 늘 길이 있나니
그러니 손에 손을 잡고 우리 떠나보세,
오늘 어떤 고난이 닥쳐도
우리의 마음속에는 웃음이 있네.

---

4) 카렐 슈벤크(Karel Švenk, 1917~1945): 체코의 배우이자 작가, 작곡가.
5) 레뷰(revue): 특정 주제를 가진 버라이어티 쇼. 춤과 노래와 시사풍자 등을 엮어 구성한 가벼운 촌극. 뮤지컬의 전 단계 또는 뮤지컬의 한 종류로 분류되며 뮤지컬과 달리 줄거리가 없다.

매일 매일, 이곳에서 저곳으로
우리는 길을 떠나야 하고,
우리에게는 서른 글자의 편지 한 통밖에 허락되지 않지만
하지만 이보게, 내일의 삶은 다시 시작되고
그것은 우리가 짐을 꾸려 등에 짊어지고
고향으로 떠날 날이 하루 더 가까워지는 거라네.
뜻이 있는 곳에 늘 길이 있나니
그러니 자 손을 잡게나, 얼른 손을 잡게나,
게토의 폐허 위로
마침내 우리의 웃음소리 울려 퍼질 거라네.

우리는 결국 노래처럼 그렇게 될 것이라고 굳게 믿었다.

슈벤크의 두 번째 작품 〈마지막 자전거 주자〉는 풍자적 플롯과 도발적인 반나치 메시지를 분명히 했다. 줄거리는 대략 이러했다. 어느 가상의 나라에서 미치광이와 정신병자들이 모두 정신병원에서 반란을 일으켜 탈출한다. 그들은 공공연한 대소동을 일으킨 후에 정권을 장악한다. 그들은 랫(Rat)[6]이라고 불리는 통치자의 지도를 받는다. 그들이 초래한 모든 실정과 기근의 희생양으로 삼기 위해 한 무리의 사람들-자전거 주자들을 지목해 무엇이든 그들의 잘못으로 돌린다.

그들은 자전거 주자들이 악의 근원이며 모든 문제에 대한 책

---

6) 랫(Rat): 시궁창 쥐라는 뜻.

임을 져야 한다고 주장한다. 아울러 자전거 주자들은 국제적 음모 집단의 지원을 받는 위험 요소이다, 그들은 나라에서 제거되어야 한다고 주장한다. 모든 자전거 주자들의 명단이 작성되고, 다만 6대조 이전의 조상까지 보행자라는 것을 증명할 수 있는 사람은 예외이다. 자전거 주자들이 붙잡혀 배에 실리고 공포섬으로 끌려간다. 이 추방당하는 사람들 중에 보로보이 아벨레스(Borovoj Abeles)라는 사람이 있다. 그는 난간 위로 몸을 숙이다가 균형을 잃어 바다에 빠진다. 그는 가장 가까운 해변으로 헤엄쳐 나가기 시작하며 이제 안전하다고 생각한다. 그러나 미치광이들이 그를 발견해 건져내고, 동물원 우리에 가두고는 그를 마지막 자전거 주자로 전시한다. 그러나 독재자 랫의 생각은 달랐다. 그는 이 마지막 자전거 주자마저 그 나라에서 제거하라고 명령한다. 그는 로켓에 실려 성층권으로 보내질 예정이다. 이륙 준비가 모두 끝나자 랫과 여자친구 레이디(Lady)는 로켓을 둘러보기 위해 레이디의 부하인 여자들을 데리고 로켓에 오른다. 그들은 보로보이 아벨레스의 마지막 소원을 들어주기로 한다. 그는 담배를 피우고 싶다고 한다.

그는 성냥을 그어 담배에 불을 붙이는 대신, 로켓의 도화선에 아무렇지 않게 성냥불을 던진다. 로켓은 랫과 레이디와 그녀의 부하들을 태운 채 돌진하고, 보로보이는 로켓이 우주 공간으로 사라지는 모습을 구경한다.

〈마지막 자전거 주자〉는 독일의 검열을 교묘히 피했고, 그것이 관객에게 미친 영향은 폭탄과 같았다. 그러나 그 공연은 오래가지 못했다. 원로위원회 위원들이 그것을 보고는 명확한 도발적인 풍자에 기겁해서 공연을 금지시켰다.

　많은 수용자들이 이미 연극을 즐겼지만, 다른 많은 사람들은 그 즐거움을 부정당했다. 이 이야기는 테레진 전설의 일부가 되었고, 용감한 카렐 슈벤크는 테레진의 영웅이 되었다.

30

벤 아키바는 거짓말쟁이인가, 아닌가

1943년 1년여 동안 동부 지역으로 수송되는 횟수가 현저히 줄어들어 중지된 듯이 보였다. 그것은 부분적으로 독일 정부가 전시 생산 부문의 하나를 테레진으로 이전하면서 동원 가능한 모든 인력이 필요했기 때문이었다. 그 부문은 군사적 목적에 쓰일 운모를 얇게 자르는 작업과 관계가 있었다. 목재 가옥이 신속하게 세워졌고, 수백 명의 노동자들이, 주로 여자들이 온종일 운모를 종잇장처럼 쪼개었다.

동부 지역 수송선에 대한 지속적인 두려움이 갑자기 약화되었고 테레진 전역이 눈에 띄게 고요해졌다. 소문이 돌기 시작했다. 해외 소식통에 따르면, 독일의 전선이 후퇴하고 있어 두 달 후면 전쟁이 끝난다는 것이었다. 우리가 얼마나 간절히 이것을 믿으려 했던가! 그러나 두 달이 지나도 전쟁은 끝나지 않았다. 그러자 희망은 다음 두 달로 바뀌었고, 그 후 다음 두 달로 바뀌었다. 그렇게 시간은 흘러갔고 그럭저럭 사람들은 항상 한 번에 두 달을 생존할 수 있었다.

그 시기는 연극적 실험을 하기에 적합해 보였다. 루스티크와 슈피츠는 〈벤 아키바(Ben Akiba)는 거짓말쟁이인가, 아닌가〉라는 제목의 새 연극에 출연할 배우들을 대규모로 모집했다.

연극은, 정확히 말해 카바레는 두 광대가 출연해 전설적인 랍비 벤 아키바의 명언인 "태양 아래 새로운 것은 없다. 모든 일은 전에 일어난 적이 있다."에 담긴 지혜를 놓고 논쟁을 한다.

첫 번째 광대가 모든 사건은 형태와 상황은 다르지만 이전 사건의 반복에 불과하고, 따라서 태양 아래 진정 새로운 것은 없다고 상대 광대를 설득하기 시작한다. 그는 이 주장을 증명하기 위해 시간을 거슬러, 기독교 죄수들이 사자에게 던져진 로마의 원형경기장으로 그를 수송한다. 희생자들 중에 모르데하이 핀카스(Mordechai Pinkas)가 있다. 그는 자신이 유대인이지 절대 기독교인이 아니기 때문에 그 모든 것이 실수로 벌어진 일이라고 굶주린 사자에게 설명하려고 애쓴다. 사자는 그의 냄새를 맡아보지만 어떤 차이도 발견하지 못한다. 모르데하이는 협상을 시작하며 사자에게 설교를 한다.

"레오(Leo) 씨, 나리, 레비(Levi)[1], 나리, 합리적으로 생각해보세요. 난 여기 있어서는 안 되는 사람이에요. 난 유대인이에요."

오랜 논쟁 끝에 그는 관리 기관의 착오가 있었다며 사자를 가까스로 설득하고, 그는 원형경기장을 떠나도 된다는 허락을 받는다.

"너도 알지?" 두 번째 광대가 불쑥 끼어든다.

---

1) 레비(Levi): 야곱의 첫째 아내인 레아가 낳은 셋째 아들(창세기 29:34, 35:23). 남편의 사랑을 받지 못하는 레아가 이 아들로 말미암아 남편과 연합되기를 원하는 소망이 담긴 이름이다.

"이제까지 그런 일은 한 번도 없었잖아."

그래서 벤 아키바는 거짓말쟁이가 되었다.

이 장면과 다음 장면 사이에 보스코베츠와 베리흐가 막간에 하듯, 광대들이 무대 앞에 등장해 옛 체코의 역사를 뒤지며 만담을 시작한다.

"그럼, 맨 처음부터 보자고. 모든 체코인들의 위대한 조상 체흐(Cech)가 리파(Rípa) 언덕에 서서 태양을 향해 팔을 뻗고는 말하잖아. 타토 제메 오블레바 플레켐 아 스트르딤(tato zeme opleva mlekem a strdim). 그러니까 이 땅은 젖과 벌꿀 술이 넘치는 곳이다."

"네 말을 가로막아 미안한데……, 정말 미안한데 말이야……, 그 벌꿀 술이란 게 도대체 뭔지 좀 말해주겠니? 부탁이야."

"뭐라고? 벌꿀 술에 대해 들어본 적이 없어?"

"정말 정말 미안한데……, 하지만 솔직히 말해…… 난 벌꿀 술이 뭔지 정말 모르겠거든."

"부끄러운 줄 알아야지. 벌꿀 술이 뭔지 모르는 사람이 있다니! 동네 꼬마들도 아는 걸 말이야."

"동네 꼬마 누구? 그래…… 그래……, 하지만 난 전혀 모르겠는걸."

"음식점 앞에 써놓은 걸 본 적도 없어? 오늘의 스페셜, 시큼한 벌꿀 술! 요렇게 말이야?"

"아니, 정말 없어."

"맙소사! 이보시게, 그게 뭐냐면 벌꿀 술은…… 음…… 그냥 벌꿀 술이지……. 알았나? 그러니 더 이상 시간 낭비하지 말고 체코 역사의 다음 단계로 넘어가자고. 고대 체코인들은 시대를 앞서가는 사람들이었어. 시체를 불에 태운 재를 '예술적으로 장식한 항아리-도 우렌 움네 즈도베니흐(do uren umne zdobenych)'에 담았어."

두 번째 광대가 그것을 발음이 똑같은 '내 집에 장식된 항아리-도 우렌 우 므네 즈도베니흐(do uren u mne zdobenych)'로 들은 척을 하며 말한다.

"그래? 설마? 자네가 기저귀에만 볼일을 보는 줄 알았더니 항아리에도 볼일을 보는 줄은 몰랐네!"

"예끼, 이 사람아! 자네가 내 말을 잘못 알아들었어. 내 말은 움네(umne), 예술적으로야."

"아, 그래. 만약에 그것이 자네 집에서 되었다면 분명코 아주 예술적이었을 거야."

만담은 끝없이 이어졌고, 관객들은 재미있어 어쩔 줄 몰라했다. '벌꿀 술' 에피소드가 특히 성공적이었고, 사람들은 마주칠 때마다 서로를 붙잡고 쉴 새 없이 만담 부분들을 반복했다. 심지어 복도에서 원로위원회의 두 덕망 높은 위원이 나누는 이야기를 엿들을 정도였다.

"여보게, 벤 아키바 연극에서 벌꿀 술 부분이 아주 재미있다고 하던데, 정말 그런가?"

"그렇다네."

"그런데 이보게, 교수, 벌꿀 술이 대체 뭔가?"

"정말 자네도 모른다는 건가?"

그렇게 그것은 계속되어 시 전체로 퍼졌다. 벌꿀 술이 무엇인지 아무도 몰랐다.

다음 장면은 올림포스가 배경이었다. 신들이 탁자에 둘러앉아 위원회를 열어 무언가를 열심히 토론했지만 합의점을 찾지 못했다. 제우스가 의장을 맡아 조정하려고 노력했다. 그들이 다투는 장면은 원로위원회와 독일 정치 지도부의 내부 분열을 보여주기 위한 의도였다. 내 역할은 아프로디테였다. 단지 미모로 신들을 은근히 유혹하는 역할이 아니라 그녀는 끊임없이 간섭하고, 다른 신들을 질책하고, 회의 진행을 방해했다.

세 번째 장면은 천국이 배경이었다. 여제 마리아 테레지아(Maria Theresia)와 아들 요세프(Joseph)가 구름 위에서 망원경으로 아래를 내려다보고 있다. 그들이 프러시아를 방어하기 위해 건설한 요새 테레진 이외의 곳에서 시야로 무언가가 헤엄쳐 와야 한다. 그들은 더 자세히 들여다보지만 그곳은 정말 생소해 보인다. 그들은 그곳에서 무슨 일이 벌어지고 있는 것이 분명하다고 짐작한다.

그때 갑자기 유대인 영혼 둘이 테레진에서 곧장 날아올라서 여제와 아들에게 아래에서 벌어지는 사건들을 자세히 설명해주겠다고 제안한다. 그러나 두 폐하는 즉시 그 제안을 거절한다. 두 번째 광대가 무언가를 이용하여 요새에서 지금 벌어지고 있는 일은 전례가 없었다는 것을 추론한다. 그렇게 벤 아키바는 거짓말쟁이가 되었다.

카바레를 채우고 있는 주제곡들 중 하나는 프란티셰크 코바니츠(František Kowanitz)가 야로슬라프 예제크(Jaroslav Jezek)의 유명한 풍자곡인 〈문명〉의 곡조에 가사를 붙였다.

우리가 역사책에서 읽은 대로
어떤 통치자가 칙령을 내렸다네,
멀리 떨어진 적의 침략이 두려워
별 모양의 요새 도시를 건설하라고.
그는 고리 모양의 튼튼한 보루를 쌓으라고 명령했다네.
감히 적들이 침략하지 못하도록
보루마다 시내와 만을 파고,
해자와 도랑을 두르고,
포탄을 쏘아 올리기 위한
군대를 성벽 안에 배치했다네.
요새의 시민들은 굉장히 호화롭게 살았다네.
그들은 최고급 돼지고기와 하기스(Haggis)[2]를 먹었고,
그들은 적들을 두려움에 떨게 만드는
선술집[3] 노래를 부르기를 좋아했다네.
하지만 세월이 흐르고 흘러

2) 하기스(Haggis): 양이나 송아지의 내장을 잘게 다져서 향신료로 양념하여 오트밀과 섞은 뒤 원래 동물의 위(胃)에 넣어 삶은 스코틀랜드 요리.
3) 선술집: 펍(pub). 대중적인 사교장을 말한다. 'Public House'의 약어로 아일랜드와 영국인들이 사람을 만나고 새 친구를 사귀던 전통적인 선술집이다.

세상도 얼굴이 달라졌다네.

도시는 아무런 두려움도 주지 못했고

어떤 인종의 사람들이 모두 가슴에 별을 달고

그 안에서 살아야 한다는 말을 들었다네.

수천 명의 사람들이 병영과 상점과 성벽과 주막과 카페마다

발 디딜 틈도 없이 가득했다네.

먹을 것이 없었다네. 그래서

사람들은 버려진 감자껍질을 먹고도 기뻐했다네.

위기 상황이기 때문에 배급량이 부족했다네.

술도 없었다네, 잔돈푼을 지불할 돈도 없었다네.

그때, 갑자기, 한 줄기 빛처럼

도시의 진정한 역할이 떠올랐다네.

신문과 영화에 홍보할

선전 수단으로 제격이었다네.

이 새로운 계시를 따라서

새로운 기관이, 새로운 통찰력이, 새로운 관점이,

새로운 부서가, 새로운 대장이

속속 생겨났다네.

훈데르트샤프트(Hundertschaft)는 모든 노동력을 배치했다네.

라움비르트샤프트(Raumwirtschaft)는 수감자를 위로했다네.

퍼타일룽슈텔른(Verteilungsstellen)은 그들에게 멋진 옷을 주었다네.

베튼바우(Bettenbau)는 그들에게 아늑한 잠자리를 마련해주었다네.

엔트비숭(Entwesung)은 그들의 신체적 위생을 걱정했다네.

프라이자이트게슈탈퉁(Freizeitgestaltung)은 그들의 영혼을 올바르게 했다네.

마지막 절에 언급된 독일식 명칭의 기관은 모두 실제로 존재했고, 테레진의 생활이 질서정연하게 진행되도록 조치했다.

훈데르트샤프트는 100인조의 노동 단위였다.

라움비르트샤프트는 숙소들의 거주 공간을 배정했다.

퍼타일룽슈텔른은 죽은 사람들의 옷을 수거해 분류했고, 그런 목적으로 만든 상점들에서 '판매'하게 했다.

베튼바우는 펜트하우스와 아늑한 방에서 거주하는 엘리트 계층을 위해 '가구'와 칸막이와 침상을 만드는 목공 상점이었다.

엔트비숭은 머릿니를 제거하고 소독하는 부서였다. 독일인들은 각종 전염병의 위험에 집착했다.

프라이자이트게슈탈퉁은-여가를 조직하는-위대한 문화적 고조기에 신설된 자치행정부의 내부 부서였고, 문화적 활동에 필요한 제반 요건을 관장했다. 그 부서는 연극과 음악회를 개최할 장소들-주로 고미다락-을 허가하고, 과학과 문학 강연을 개최하고, 수용소에 있는 피아노 두 대를 연습할 시간을 피아니스트에게 배정하고, 무대장치로 사용할 재료를 분배하고, 연극과 연주회의 프로그램과 표를 인쇄했다. 아울러 공연의 연극적 소재

선정에 관여했다.

프라이자이트게슈탈퉁은 여가 시간을 활용한 스포츠에 관여했고, 그중에서 단연 인기 있는 종목은 축구였다. 축구는 막사의 가장 비좁은 마당에서조차 행해졌다. 남자 막사들마다 소속 팀이 구성되었고, 그래서 수데텐 막사 팀이 하노버 막사 팀을 이기려고 안간힘을 쓰는 것을 누구나 볼 수 있었다. 시합은 국제적인 우승컵이 걸린 듯 열정적으로 치러졌고, 급조된 운동장 주변 회랑에는 층마다 팬들이 빼곡히 들어찼다.

우리의 문화생활에서 연극보다는 음악이 한층 더 넓은 장소를 차지했다. 테레진은 우수한 연주자와 지휘자와 작곡가로 넘쳐났다. 유명한 프라하의 지휘자인 카렐 안체를(Karel Ancerl)[4]은 작업시간 동안 취사실의 내 옆자리에서 수프를 휘젓곤 했는데, 자유 시간에 현악 4중주단을 구성했고 나중에는 완벽한 교향악단을 구성했다.

전쟁 전부터 이미 인정받은 작곡가 한스 크라사(Hans Krása)는 독창적인 아동 오페라 〈브룬디바르(Brundibár)〉로 테레진에서 명성을 얻었다. 이 오페라는 뮤지컬 동화로 8세에서 12세 사이의 수용소 어린들이 연기하고 노래했는데, 건강증진협회 강당에서 청년과 성인 관객을 위해 셀 수 없이 여러 번 리허설과

---

4) 카렐 안체를(Karel Ancerl): 체코의 지휘자. 체코필하모니관현악단의 악장으로 활동하며 체코 음악계와 교향악단 역사상 중요한 시대를 열었다. 수준 높은 음악 해석 방법으로 체코필하모니관현악단을 세계적인 명성을 지닌 악단으로 발전시켰다. 제2차세계대전 때 테레진에 수용되었다가 아우슈비츠 강제수용소로 이송되어 부모와 처자를 잃었지만 수용소에서 기적적으로 살아 돌아왔다.

공연이 이루어졌다. 줄거리는 단순하면서 시사적이었다.

페피체크(Pepicek)와 안나(Anna)라고 불리는 아이 둘은 엄마가 병이 난 것을 알게 된다. 그들은 엄마에게 우유를 먹이고 싶지만 돈이 한 푼도 없다. 그래서 우유를 살 수 있을 만큼의 돈을 벌기를 바라며 거리에서 노래를 부르기로 결심한다. 그들은 최선을 다해 노래를 부르고 행인들은 그들의 모자에 동전을 던진다. 그러나 그때 못된 거리의 악사 브룬디바르가 나타나서는 그들을 방해하며 돈이 든 모자를 훔쳐간다. 개와 고양이와 참새와 같은 동물들의 도움으로 그들은 브룬디바르를 제압해 쫓아낸다. 정의가 실현되고 오페라는 아이들의 합창으로 끝이 난다.

우리는 늙은 브룬디바르와 싸워 이겼네. 우리가 두려워하지 않았기 때문이라네.

어린 연기자와 관객들은 모두 감격했다. 나는 좌석과 통로에 관객들이 가득 들어차 안으로 사람들을 비집고 들어갔던 기억이 난다. 사랑스럽고 건강하고 재주 많은 아이들이었고, 그들 전부가 수용자들이었다. 못된 브룬디바르가 몰락하는 장면에서 그들의 눈은 흥분으로 빛났다.

그것이 1943년 9월의 일이었다.

그 직후부터 수송을 재개한다는 명령이 떨어졌다. 〈브룬디바르〉에서 정말 사랑스럽게 연기했던 아이들 대부분이 동부 지역으로 수송되어 최후를 맞았다. 그것이 동화의 결말이었다.

〈벤 아키바는 거짓말쟁이인가, 아닌가〉의 출연자들 중 여러 사람이 수송되는 바람에 우리는 카바레 공연을 중지해야 했다. 결국에는 우리의 보배 요세프 루스티크가 앓던 폐결핵이 갑자기 악화되면서 다시는 공연을 하지 못하게 되었다. 그는 카발리르카(Kavalírka) 막사 병실에 누워 있었다. 나는 되도록 자주 그를 찾아가려고 했고, 취사실에서 배급받는 내 몫의 일부를 작은 선물로 가져가고는 했다. 치료약 따위는 없었다. 그는 살아서는 고향을 다시 보지 못하리라는 것을 알고 있었다.

어느 날 내가 그의 침대에 앉자 요세프가 말했다.

"처음에 내가 했던 말 기억나? '아가씨, 울 수 있어?' 하고 물었지? 그래, 내가 죽더라도 울지 마. 만약 네가 살아남으면 테레진에서 우리의 쇼가 어떻게 계속되었는지 사람들에게 알려줘."

이틀 후에 그는 세상을 떠났다.

내가 그를 보러 갔을 때 사람들이 그를 이불에 싸서 방 밖으로 옮기고 있었다.

우리 그룹은 이제 해체되었고, 그 사명을 다했다. 풍자를 이용하여 진실을 전하는 한편, 관객들에게 정신적 지지와 희망을 주려고 노력한 그 사명을!

루스티크가 죽은 지 얼마 되지 않아 그의 뗄 수 없는 단짝이자 극작가이자 배우인 이리 슈피츠도 동부 지역 어딘가로 수송되었다. 나는 그가 가축용 트럭에 실리기 전에 새벽녘까지 그와 함

께 앉아 그가 가져갈 물건들을 분류하는 것을 도와주었다. 우리
는 어디로 가게 될지 곰곰이 생각했다. 우리에게는 고작 슈벤크
의 테레진 시가를 둘이서 부를 겨를밖에 없었다.

> 뜻이 있는 곳에 늘 길이 있나니
> 그러니 자 손을 잡게나, 얼른 손을 잡게나,
> 게토의 폐허 위로
> 마침내 우리의 웃음소리 울려 퍼질 거라네.

그러곤 그는 떠났다.

암흑 같은 테레진에서 우리의 카바레는 잠시 눈부시게 빛나다
가 이내 꺼져버리는 크리스마스트리의 점멸등과도 같았다. 그
러나 그것을 본 사람은 모두 그 짧지만 생생한 기억을 마음의 눈
속에 간직했다.

31

삶은 계속된다

기적처럼, 아버지를 제외하고는 우리 가족 모두 그럭저럭 한데 뭉쳐 있었다. 오빠 이르카는 얼마간 빵공장에서 교대 근무를 했고, 특별 배급을 받을 때마다 어머니를 위한 선물로 약간을 가져오곤 했다.

어머니는 우리가 도착했을 때 배정받은 함부르크 숙소에서 머물렀지만 이제는 동생 리디아하고만 지냈다. 나는 비좁은 기차 객실과 같은 작은 방으로 이사했고, 시간이 날 때마다 어머니를 보러 가곤 했다. 그녀는 슬프고 불안했다.

어느 날 할머니가 수송자 명단에 이름이 올랐다. 애원 따위는 필요 없었다. 비록 병들고 혼자 몸이라 해도 그녀는 동부 지역으로 가야 했다. 독일인들이 적어도 노인들만이라도 테레진에 계속 머물게 하지 않고, 대신에 어차피 죽을 텐데 미지의 목적지로 견디기 어려운 수송 기차에 태워 이송해야 했던 이유는 신만이 안다. 그것은 모질고도 잔인한 이별이었다.

이윽고 또 다른 수송자 명단에 어머니 숙소의 방장이 포함되었고, 따라서 후임자를 선출해야 했다. 사람들은 어머니를 선택했다. 이것이 그녀의 구세주였다. 그녀는 이제 질서를 지키고,

숙소를 조용하고 깔끔하게 유지하고, 배급된 빵을 분배하는 등의 일로 걱정이 많았다.

여동생은 성벽에서 다른 아이들과 함께 일했고, 독일군 수비대가 먹을 토마토를 재배했다. 그러나 그들은 그것을 만지지도 못하게 하고는 매우 철저하게 관리했다. 리디아가 나와 떨어져 일을 하게 되면서 우리는 자주 만나지 못했다. 리디아는 가끔 관객들 속에 몰래 숨어들어 내가 하는 연극을 보곤 했다. 나는 언제나 리디아를 보는 것이 기뻤지만, 리디아는 내 연기보다는 조명을 담당한 페트르(Petr)라는 소년에게 관심이 더 많다는 것을 알아챘다.

그러던 어느 날 테레진 외부의 클라드노(Kladno) 탄광에서 일할 남성 지원자 1000명을 모집한다는 소식이 퍼졌다. 오빠가 지원했다. 어머니는 내가 크리보클라트 숲에 나무를 심으러 갈 때와 똑같이 반대했다. 그러나 그는 똑같이 젊은 남자들과 함께 떠났다. 그들은 모두 약속된 때에 테레진으로 돌아왔다.

어머니가 돌아온 오빠를 보고 안도의 한숨을 내쉬었다. 오빠는 클라드노에 머무는 편이 차라리 나았지만 오빠에게는 선택의 여지가 없었다.

시간이 흘러갔다 우리는 테레진의 일상에 차츰 익숙해졌고, 우리의 옛집은 잊었다. 심지어 우리에게는 그것을 기억할 자격조차 없는 것 같았다. 다른 것들이, 이를테면 수송자 명단에 들지 않는 것이라든가, 전쟁이 끝날 때까지 살아남아야 하는 것이 더 중요했다. 분명코 전쟁은 언젠가 끝이 날 것이다.

테레진에서 일상은 연속적인 만화경이었다. 새로 수송자들이 도착해 작업 집단으로 나뉘고, 노인들이 죽고, 예술 집단은 연극과 음악을 공연하고, 수송선이 동부 지역으로 출발하고, 연인들은 숨을 곳을 찾아 숨고, 점점 많은 사람들이 죽고, 고아들은 어린이 구역에서 혼자 살고……. 우리는 기다리고 또 기다리며 끝까지 견디려 애썼다.

❧

나는 아르노가 몹시 그리웠다. 그가 떠난 지도 2년이 다 되어 갔다. 그는 어디로 갔을까? 혼자 있나? 아니면 형하고 함께? 무엇을 하고 있을까? 수용소에 있을까? 외부 작업을 하고 있을까? 아니면 공장에서? 어떤 대우를 받고 있을까? 건강할까? 끝까지 버티기로 결심했을까? 결국 전쟁이 끝나자마자 우리는 서로를 찾아갈 테고 평화와 사랑 속에서 행복한 새 생활을 시작할 것이다. 그러곤 전쟁에서 겪은 일들은 잊을 것이다.

그러나 내 의문의 답은 어디에도 없었다. 여기저기서 '아우슈비츠'나 '비르케나우(Birkenau)'라는 단어를 들먹였지만 그것이 정확히 무언지 아는 사람은 아무도 없었다. 그것은 모두 짐작에 불과했다.

테레진 수용자들 중에 신통력 있는 노인이 동부로 수송된 사람들에게 무슨 일이 일어났는지 안다고 주장했다. 그녀가 영감을 얻으려면 행방불명된 사람의 물건을 손에 들고 있어야 했다.

나는 아르노가 만든 반지를—우리를 연결해주는 유일한 유형의 물건을-들고 상담하러 갔다. 나는 떨리는 마음으로 그녀가 할 말에 귀를 기울였다. 그녀는 눈을 감은 채 의자에 앉아 손으로 반지를 돌렸다. 심장이 고동쳤고 나는 대답을 기다렸다.

"어디서도 찾을 수가 없군." 그녀가 나지막이 말했다.

"T자밖에 안 보이는데. 다른 건 전혀 없어."

나는 자리를 떴고, 오히려 그녀가 분명하거나 엄청나게 충격적인 무언가를 말하지 않아 안도했다. 나는 그가 어딘가에 있다고 확신했다. 아르노는 자기 안에서 생존을 위한 힘을 찾아낼 테니 말이다.

32

포템킨 마을[1]의 허울

독일 지도부가 총통이 유대인을 위해 몸소 설계했다는 '천국'을 자진해서 보여주겠다며 한 국제단체를 테레진에 초청한 것은 1944년 봄이었다. 그래서 지역 사령부가 윤색운동을 명령했다. 열병 따위의 준비가 시작되었다.

시가 지나치게 과밀해 보여서는 안 되었으므로 불쌍한 거주자 7000명을 즉시 동부 지역으로 보냈다.

시찰단이 지나갈 거리와 광장은 빈틈없이 단장해야 했다. 중앙광장에 카페가 들어섰다. 선발된 수감자들이 커피를 마시고 케이크를 먹는 동안 재즈 교향악단 게토 스윙어스(Ghetto Swingers)가 그들을 즐겁게 하기 위해 연주를 했다. 잔디를 심으라는 명령이 있었고, 시가지 변두리 주변에 꽃이 피는 관목들을 심었고, 그곳에 벤치를 놓아 사람들이 앉아 활기차고 유쾌한 담소를 나누기로 했다. 교향악단은 시가지 중심에 설치된 신형 특설 가건물에서 연주를 하기로 했다.

선발된 사람들이 한가로이 산책할 수 있도록 도로를 청소했다. 그네를 비롯한 놀이기구를 갖춘 운동장들을 어린이를 위해

---

1) 포템킨 마을: 진실을 왜곡하기 위해 조작된 허상.

배치할 예정이었다.

지정된 거리의 건물 외벽이 백색 도료의 새 외투를 입었고, 창문마다 예쁜 커튼을 달았다. 상점 진열장에 거주하던 사람들을 신속하게 옮겨 동쪽으로 보냈다. 그들이 거주하던 낡은 구역은 곧바로 새로 도착한 짐들에서 빼앗은 물건들로 고상하게 장식했다.

한번은 유명한 무대 미술가이자 디자이너인 혼자 젤렌카(Honza Zelenka)가 개보수를 하고 있던 그런 진열장 중 하나를 지나갔다.

"안녕하세요, 혼자 씨." 내가 말했다.

"여기서 뭐하고 계세요?"

그가 몇 걸음 뒤로 물러나 자신이 만든 작품을 뜯어보듯이 바라보았다.

"별거 아냐. 그냥 의미 없는 손질 좀 했어."

그가 무심히 손사래를 치며 대답했다.

내 동생 리디아를 포함해 예쁜 소녀들로 구성된 시범 공연단은 마치 그날의 정원 손질을 마친 듯 어깨에 갈퀴를 메고 가락에 맞춰 한가로이 광장을 가로질러 걸어가라는 명령을 받았다.

어린이 구역 수용자들이 테레진을 통솔하는 수용소 사령관 람(Rahm)의 주위로 몰려드는 모습을 보여주기로 했다. 그가 그들에게 정어리 깡통을 나눠주는 동안 연습한 대사를 능숙하게 암송했다.

"와! 정어리는 안 주셔도 돼요. 람 아저씨!"

시찰단 방문이 예정된 전날, 한 부대의 여자들이 빗자루와 걸레와 물통을 들고 소집되어 보도가 거울처럼 반짝일 때까지 무릎을 꿇고 앉아 문질러댔다. 그날 우리는 그 길로 다녀서는 안 되었다.

고명한 손님들이 예정대로 도착했고, 무개차를 타고서 특별히 아름답게 꾸민 거리와 광장을 지나갔다. 모든 것은 완벽했다. 초췌한 군상들이 새 벤치에 앉았고, 침울한 얼굴들이 카페에서 바라보았다. 음악당에선 카렐 안체를이 교향악단을 지휘했고, 건강증진협회 강당에서는 라파엘 샤흐테르(Raphael Schächter)[2]가 지휘하는 합창단이 베르디(Verdi)의 〈진혼곡〉을 노래했다. 국제시찰단은 테레진 천국의 진위에 대해 한 치의 의심도 없이 확신하며 떠났다. 시찰단이 돌아가자마자 몇 차례에 걸쳐 1000명의 수송자들이 새로 소집되어 동부 지역으로 출발했고, 여기에는 불과 며칠 전에 정어리 깡통을 나눠준 사령관 람에게 아주 실감나게 감사했던 어린이들이 많이 포함되었다.

---

2) 라파엘 샤흐테르(Raphael Schächter, 1905~1944): 루마니아 태생의 체코 작곡가이자 합창단 지휘자. 테레진에 수용되어 테레진 음악 활동의 선구자였으며 아우슈비츠에 이송되었고, 도착하자마자 가스실에서 다른 음악가들과 함께 살해되었다.

33

체코 연극이 계속되다

테레진 연극계는 노련하고 독창적인 프란티셰크 젤렌카 (František Zelenka)의 무대 뒤 활동이 없었다면 제 역할을 하지 못했을 것이다. 건축과 무대 디자인을 전공한 그는 전쟁이 발발하기 오래전부터 자유극장을 비롯해 선도적인 프라하 연극을 위한 아방가르드 풍의 무대장치 덕분에 명성이 자자했다.

그는 1943년 테레진에 오자마자 당시에 황금기를 누리고 있던 연극 작업에 뛰어들었다. 그에게는 배경막을 세워 칠을 하고, 무대 소품들을 설치하고, 의상을 디자인해 제작하는 그만의 작업실이 있었다. 그는 밀짚 없이 벽돌을 만들어야 했다. 그는 수중에 들어오는 것은 무엇이든-종이와 톱밥과 넝마와 빈 깡통과 낡은 이불-이용해서 기적을 일구었다. 어린이 오페라 〈브룬디바르〉와 뒤이은 연극작품의 눈부신 무대 디자인은 그의 기술 덕분이었다.

그는 매우 유능한 연극 감독이자, 테레진에 수용되기 전 프라하 국립극장에서 조감독으로 일한 구스타프 슈호르슈(Gustav Schorsch)와 긴밀하게 일했다. 슈호르슈는 전통적인 순수 연극주의자이자 교육자이자 이론가였고, 최고 기준에 미치지 못하는 환경을 견뎌냈다. 프라하에서 활동했던 한 무리의 젊은 직업 배우와 젤렌카의 디자인을 이용하여 그는 세계 어디서나 극찬을 받았을 작품인 고골(Gogol)의 〈결혼〉을 무대에 올렸다.

구스타프는 여가 시간에 체코 시낭송회를 조직했고, 젊은 배우들을 위한 세미나를 개최했다. 〈결혼〉이 대성공을 거둔 뒤, 그는 그리보예도프(Griboedov)의 희곡을 무대에 올릴 준비를 했지만 출연자 중 일부가 동부로 수송되면서 몇 번의 연습 후에 중단해야 했다. 그가 기획한 셰익스피어의 〈십이야〉 또한 새 수송 행렬이 남은 배우들을 삼켜버리면서 똑같은 운명을 맞았다.

루스티크의 카바레 그룹이 해산된 뒤 남아 있던 우리 중 몇몇이 다른 기획 작품들로 옮겨갔다. 그중 하나가 슈테흐(Štech)의 〈세 번째 행운〉이었고, 그 직후에 여배우 블라스타 슈호노바(Vlasta Schönová)가 프란티셰크 랑게르(František Langer)의 코미디 〈바늘구멍을 통과한 낙타〉의 리허설을 시작했다.

두 대본이 우연히 테레진에 나타난 덕분에 전쟁 이전 시절부터 친숙하고 가벼운 내용의 이 두 연극의 공연이 가능했다. 그것은 대환영을 받았고, 적어도 그날 하루 저녁은 더 좋은 곳에서 더 행복했던 시절의 추억들이 되살아났다.

34

에스더[1]

작가이자 감독인 노르베르트 프리트(Norbert Frýd, 이하 노라)와 작곡가 카렐 레이네르(Karel Reiner)가 테레진에 도착한 것은 1943년의 어느 때였다. 두 사람은 각각 프라하의 E. F. 부리안 극장[2]과 아방가르드 극장 D에서 각자의 분야에 종사했다. 노라 프리트는 성서 민속극인 〈에스더〉의 대본을 짐 속에 꾸려왔다. 에스더는 부리안 극장에서 연습된 적이 있지만 무대에 오르진 못했다. 테레진 연극계는 이 두 남자를 기다렸다는 듯이 맞이했고, 두 사람은 즉시 작업에 착수했다. 프리트가 감독을 맡았고, 레이네르가 음악을 작곡했다. 그는 무대 앞 작은 피아노에 앉아 극이 전개되는 대로 반음 멜로디를 즉석에서 연주했다.

아울러 프란티셰크 젤렌카가 무대와 의상 디자인을 담당했다. 그들은 유쾌한 3인조였다. 〈에스더〉는 테레진에서 공연된 그 어떤 연극과도 사뭇 달랐다. 애초부터 그것은 운문으로, 그것도 중

---

1) 에스더(Esther): 페르시아의 왕비. 유대인의 딸로 페르시아 왕 크세르크세스의 비(妃)가 되어 하만(Haman)의 유대인 살해 계획을 실패로 돌아가게 함으로써 이스라엘 민족의 영웅이 되었다.
2) 부리안 극장: 1933년 체코슬로바키아의 전형적인 극장 형태인 국립기관으로 설립되었다. (《전석 매진》참조)

세 체코어와 흡사하게 쓰였다.

그 작품은 사실주의 양식을 완전히 배제하고 창의적인 양식을 취했다. 줄거리 그 자체로서는 에스더 왕비가 몰살당할 위기에 처한 유대부족을 구하는 과정이지만 테레진과 거주민들에게는 더 깊은 의미를 주었다.

플롯은 쉽고 간단했다. 극의 배경은 강력한 페르시아의 왕 크세르크세스(Xerxes)[3]가 다스리는 땅이고, 유대인 모르드개 (Mordecai)는 왕의 충직한 종복이자 궁전 문지기이다. 어느 날 모르드개는 우연히 환관 둘이서 왕을 시해할 음모를 꾸미는 것을 듣게 된다. 주군을 자명한 죽음에서 구하기 위해 그는 왕에게 음모를 알린다. 왕은 환관들을 처형하라고 명령하고 그의 종에게 목숨을 구해준 대가로 부자로 만들어주겠다고 약속한다. 그러나 모르드개는 모든 보상을 사양하고 계속해서 맡은 바 임무를 충실히 수행한다. 왕은 신하들을 위해 큰 연회를 베풀고 아내인 왕비 와스디(Vashti)를 초대한다. 그러나 그녀가 참석을 거절하자 왕은 분노하며 그녀를 왕비의 자리에서 내쫓고 궁전 출입도 못 하게 한다.

그 후로 왕은 어린 처녀들의 행진을 소집하고 가장 마음에 드는 처녀 에스더를 왕비로 간택한다. 이 에스더라는 처녀 또한 유대인이자 모르드개의 사촌이었다. 한편, 죽음의 위기를 모면해 마음을 놓은 너그러운 왕은 조언자인 왕자 하만(Haman)을 재

---

3) 크세르크세스(Xerxes): 고대 페르시아 제국 아케메네스 왕조의 황제.

상으로 임명하여 그에게 무한한 권한을 준다. 하만과 아내 세레스(Zeresh)는 부와 명예와 권력을 탐한다. 승진한 뒤에 하만은 왕의 종복과 신하들은 모두 그에게 경의를 표할 것을 명령한다. 그러나 모르드개는 오직 왕에게만 절을 할 것이라며 거부한다.

하만은 이 건방짐에 크게 노하여 모르드개를 교수형에 처하고 그의 부족을 몰살시켜 페르시아 땅에서 모든 유대인을 제거할 음모를 꾸민다. 하만은 당장 궁전 뜨락에 교수대를 세우라고 명한다.

모르드개가 이 소식을 전해 듣고는 시름에 빠진다. 모르드개의 슬픔을 알게 된 에스더는 왕에게 그녀의 부족을 구해줄 것을 간청하기로 결심한다. 왕은 그녀의 간청을 받아주고, 하만의 오만과 부당한 보복에 격노해 그를 새 교수대에 매달라고 명령하고, 자비를 구하는 모든 간청을 거절한다. 그렇게 만사가 행복한 결말을 맺고, 신하들은 기뻐하면서 왕 크세르크세스의 영광과 장수를 기원한다.

리허설은 일사천리로 진행되었고 작품은 모습을 드러내기 시작했다. 젤렌카가 국제적 수준의 어떤 연극과 비교해도 손색이 없을 무대장치를 제작했다. 전체 배경막에 반원형으로 '지푸라기'를 둘러 목가적 분위기를 내었다. 무대에 천막 세 개를 따로따로 세우고는 부대자루로 만든 커튼을 달았다. 천막마다 안에는 주요 등장인물이 앉아 있다. 중앙 천막에는 왕이, 오른쪽 천막에는 왕비가, 왼쪽 천막에는 모르드개. 해설자가 손에 막대기를 들고는 천막 앞을 돌아다니며 줄거리를 말한다.

그러곤 막대기로 한 천막의 커튼을 젖히며, "그래서 왕이 ……
말했어요." 또는 왕비가, 또는 모르드개가 플롯이 전개되는 순
서대로 말한다.

젤렌카는 정말 기가 막히게 멋진 의상을 고안해냈다. 왕 크세
르크세스에게 색 홑이불 한가운데 머리가 들어갈 구멍을 뚫고
밑단 가장자리에는 빈 깡통들을 매단 옷을 입혔다. 그래서 그가
걸어 다닐 때마다 깡통들이 딸그랑거렸다.

"네가 무대를 걸을 때마다," 젤렌카가 설명했다. "깡통들이 서
로 부딪쳐 딸그랑거리는 소리가 나게 하고 싶어."

왕은 머리 위에 종이로 오린 왕관을 쓰고 머리와 팔뚝에 적갈
색 톱밥 방울을 붙였다. 그는 손에 채찍 손잡이를 들었는데, 그
모습이 매우 인상적이었다.

젤렌카는 하만의 아내 세레스에게 길고 헐렁하고 색상이 화려
한 드레스를 입혔다.

"나는 네가 프라하 중심에 위치한 무스테크의 아슈헤르 실크
하우스에 진열된 상품들 사이를 누비고 다니는 군상처럼 보이
게 하고 싶어."

나는 왕비 와스디 역을 맡았다. 젤렌카는 내게 안쪽에는 흰색
천을, 겉쪽에는 검게 염색한 천을 서로 맞붙여 꿰맨 옷을 입혔
다. 겉쪽 천을 오려내어 커다란 공작새 눈의 모양을 만들었고,
덕분에 안쪽 흰색 천이 겉으로 드러났다.

그의 설명은 간단했다.

"네가 무대 위를 걸을 때마다 옷이 펄럭거려 무덤 위의 괴기

스런 천사처럼 보이게 하고 싶어."

그것은 정말 그렇게 보였다. 그는 기발한 착상과 익살맞은 상상으로 가득했다.

마침내 리허설이 끝났다. 우리는 각자의 대사와 음악을 완벽히 소화했다. 연극은 대성공이었고, 밤마다 모든 것이 순조로이 진행되었다. 그러던 어느 날 밤, 나는 악의적인 음모를 꾸몄다. 나는 왕 역할을 맡은 카렐 카반(Karel Kavan)과 공연하기 전에 열띤 논쟁을 벌인 적이 있었다. 나는 그가 틀렸다고 확신했고, 어떤 대가를 치르더라도 그를 벌주기 위해 그의 연기를 망쳐놓기로 결심했다.

나는 그를 벌줄 방법을 알지 못했는데, 갑자기 극의 전체 흐름을 바꿔놓는 묘안이 떠올랐다. 내가 맡은 첫 장면에서 왕의 대신이 나에게로 다가와 말한다.

폐하의 분부를 마마께 전하러 왔사옵니다.
폐하께옵서 연회에 오셔서 함께하자고 하시옵니다.

그러자 이미 초대를 거절한 왕비가 대답한다.

나는 가지 않겠노라고 이미 말했잖소.
마음을 바꿔야 할 아무런 이유가 없어 보이오.
그래서 내 다시 말하겠소, 아니 가오.
폐하께서 아무리 간청하셔도 아니 갈 것이오.

대신이 그녀의 결심을 왕에게 전하러 간다. 왕이 격노한다.

이런, 화가 나서 더 이상 참을 수가 없군.
왕비의 머리에서 왕관을 벗기고
궁궐 밖으로 쫓아내어라.

대신은 다시 왕비에게 가서 왕관을 벗기고는 궁전에서 쫓아낸
다. 그녀는 무대를 양옆으로 오가며 애절한 노래를 부른다.

아 내게 고통을 안겨주기 위해
신들이 나를 버리셨네.
내 운이 돌아선 이때에
나는 어디서 친구를 구해야 하나?
내 왕관이 내게서 사라지고
하찮은 이유로
나는 왕족의 신분을 빼앗겼네.
이제 나는 숲으로 가야 하나.
짐승들과 내 삶을 보내기 위해
그들과 내 집을 짓기 위해
삶이 끝나갈 때까지.

노래가 끝나자 왕비는 궁전을 떠난다. 여기서 커튼이 내려오
고 1막이 끝난다.

그러나 그 문제의 밤에는 상황이 다르게 진행되었다. 여느 때와 다름없이 대신이 왕비에게 와서는 왕이 연회에 참석하기를 원한다 말하고, 이제 그녀는 그의 말에 동의해서는 안 된다. 이 대목에서 내 머릿속에서 무언가가 번뜩였고, 초대를 거절하는 대신에 나는 흠잡을 데 없는 옛 체코어로 대답한다.

나 크랄로브스케 포루체니 우치님 타크 베스 프로들레니(Na královské porucení uciním tak bez prodlení)

다시 말하자면,

폐하께서 그렇게 오기를 간청하시니, 당장 그분의 소원을 들 어드리리다.

그러고는 나는 공손하게 왕의 천막으로 건너갔다.

카반이 다가오는 나를 보고는 충격에 사로잡혔고, 그런 상황에 대처할 말을 찾아내지 못했다. 그래서 그는 필사적으로 대본의 대사에 매달렸고, 내 거역을 벌하라는 명령을 했다. 내 왕관이 벗겨졌고, 나는 무대를 가로질러 걸었고, 애절하게 노래를 불렀고, 흥분했다. 여기서 막!

나는 관객들의 반응이 궁금했다. 왕은 그녀를 연회에 초대했고, 그녀는 초대에 응했지만 수고한 보람도 없이 쫓겨났다. 그러나 노라 프리트는 아주 정확히 알고 있었다. 그가 뒷줄에서 무대까지 뛰어와 고함을 질렀다.

"야, 멍청아! 정말 망치려고 작정한 거야?"

그는 몹시 화를 냈고, 충분히 그럴 만했다. 나는 프라이자이트 게슈탈퉁 위원들 앞에 불려가 내 전문가답지 못한 행동에 대한 질책을 받았다. 나는 노라와 카렐 카반에게 심심한 사과를 했다.

다른 모든 일이 그렇듯, 이 작은 일화는 금세 테레진의 이야깃거리가 되었다.

⚜

아무리 리허설이 충분하고 호평을 받아도 소용이 없었다. 결국 〈에스더〉도 다른 작품들과 똑같이 일련의 수송의 피해자가 되었다. 연기자들 중 몇이 수송되었고, 종연은 불가피했다. 노라는 침통한 심정으로 우리에게 새 배우와 새 리허설을 시작할 수 없다고 말했다. 마그데부르크 소극장에서 공연된 〈에스더〉는 그렇게 막을 내렸다.

그러나 그것은 분명 오래되어도 가치를 잃지 않는 작품이었고, 참여자들은 물론이고 공연을 관람할 기회가 있었던 관객들의 기억 속에 오래도록 간직되었다.

35

조르주 당댕

〈에스더〉 공연이 좌절된 후에 또 다른 감독 오타카르 루지츠카(Otakar Ruzicka)가 몰리에르의 코미디 〈조르주 당댕〉을 무대에 올리기로 결심했다. 이 극에는 단지 소수의 연기자만이 필요했다. 나는 사교계의 소탕빌(Sottenville) 부인 역을 맡았는데, 그녀는 풀칠을 한 듯 과묵하고 항상 단안경을 갖추고 다녔다.

리허설이 잘 되지 않아 루지츠카는 공연을 포기했다. 그의 뒤를 이어 젤렌카가 자진해서 무대감독과 제작감독을 맡았다. 작품은 더 넓고, 더 좋은 설비를 갖추고, 더 많은 관객이 관람할 수 있는 드레스덴 막사의 꼭대기 층 무대로 옮겨 상연되었다. 그러나 이런 장점들에도 불구하고 연극은 실패로 끝나고 말았다. 그것이 제작 과정의 잘못 때문이든 희곡 자체의 약점 때문이든, 몰리에르의 주제들은 당시의 테레진 상황과 맞지 않았다.

그래서 연기자들 중 어느 누구도 다른 곳으로 이송되지 않아 결원이 생기지 않았음에도 연극은 막을 내렸다.

이제 나는 저녁시간을 자유롭게 보낼 수 있어 테레진에서 부족하지 않은 수많은 음악회 중 하나를 즐길 수 있었다. 나는 알리체 헤르스-솜메로바(Alice Herz-Sommerová)[1]의 피아노 연주회를 선택했고, 그녀는 쇼팽의 〈에튀드〉[2] 전곡을 휴식시간 없이 연주했다. 그녀의 숨 막힐 듯 아름다운 연주는 비참하고 배고픈 청중들을 테레진에서 다른 세상과 다른 시대로 데려갔다. 나무 벤치에 앉아 나는 넋을 잃고 경청했다. 그것은 잊지 못할 저녁이었다.

수용자들 중에는 수석 연주자, 독주자, 작곡가, 가수, 지휘자 등 전문적인 음악가들이 많았다. 카렐 안체를은 작은 관현악단을 이끌었다. 지휘자 라파엘 샤흐테르는 청중을 울린 〈팔려간 신부〉[3] 공연을 위해 또 다른 오페라 합창단을 꾸렸다. 기데온 클레인(Gideon Klein)은 주목할 만한 젊은 피아니스트이자 작곡가였고, 음악이론 교수인 빅토르 울만(Viktor Ullman)[4]은 테

---

1) 알리체 헤르스-솜메로바((Alice Herz-Sommerová, 1903~2014): 프라하 태생의 유대인 피아니스트, 음악교사, 테레진 강제수용소 생존자, 세계 최고령의 홀로코스트 생존자였다. 이스라엘에 40년 동안 살다가 런던으로 이주하여 그곳에서 110세를 일기로 세상을 떠났다.
2) 에튀드: 연주 기교의 연습용으로 작곡한 곡. '연구' 또는 '습작'을 뜻하는 프랑스어로 음악에서는 보통 연습곡으로 번역된다. 쇼팽의 에튀드를 비롯하여 슈만, 리스트, 스크랴빈, 드뷔시 등의 에튀드가 예술적으로 차원 높은 작품들로 알려져 있다.
3) 팔려간 신부: 오페라. 베드르지흐 스메타나가 프라하 가설극장의 의뢰로 작곡한 두 번째 작품이다. 1866년에 초연될 당시만 해도 실패에 가까웠지만 시간이 흐르면서 점차 인기 있는 오페라가 되었으며 다음 세대의 체코인들에게는 희가극의 기준이 될 만큼 입지가 굳어졌다.
4) 빅토르 울만(Viktor Ullman, 1898~1944): 오스트리아 태생의 유대인 작곡가, 지휘자, 피아니스트. 아우슈비츠-비르케르나우 수용소에서 사망했다.

레진에서 인상적인 현대 오페라 〈아틀란티스의 황제〉[5]를 창작했다.

젊은 페트르 키엔(Petr Kien)[6]이 대사를 쓴 이 오페라는 정치적으로 예민한 시사적 내용을 담았던 탓에 독일 검열관에게 도발적인 인상을 줄 수밖에 없었다. 리허설은 끝냈지만 공연은 금지되었다.

가상의 나라를 다스리는 잔인한 황제 위버알(Überall, 영어의 Overall에 해당하는 단어로 '전체'라는 뜻)은 모든 사람을 상대로 전쟁을 벌인다. 학살은 피도 눈물도 없다. 수천 명이 죽는다. 데스(Death, 죽음) 자신도 그 참혹함을 견디지 못하고는 폭군에게 자신이 파업에 들어갈 것이라고 선언한다. 사람들의 죽음이 멈추었고 그들은 끌어낼 수 있는 모든 힘을 끌어 모아 주위를 기어 다닌다. 그들 중에서 유랑민 무리가 있었고, 그 숫자가 지속적으로 늘어난다.

황제는 데스를 불러 임무를 재개해 사람들이 죽게 해달라고 간청한다. 데스가 그의 간청을 수락하지만 한 가지 조건을 단다. 그것은 폭군이 가장 먼저 죽어야 한다는 것이다. 오페라는 그렇게 끝난다. 그렇게만 된다면 바랄 것이 없을 테지만!

---

5) 아틀란티스의 황제: 프롤로그와 3장으로 이루어진 오페라. 1943년 빅토르 울만이 나치의 테레진 강제수용소에서 작곡하였다. 대본은 빅토르 울만의 동료인 페트르 키엔이 썼다. 테레진에서는 나치의 저지로 공연되지 못했고, 1975년 암스테르담에서 초연되었다.
6) 페트르 키엔(Petr Kien, 1919~1944): 체코 태생의 유대인 시인이자 예술가. 24세를 일기로 아우슈비츠에서 사망했다.

36

테레진이 끝나다

1944년 가을, 전쟁은 여전히 계속되었다. 희망과 절망이 갈마들었다. 독일군이 러시아 대군과 우세한 영미 공군력에 밀려 후퇴하고 있다는 소식이 새어들었지만 그것은 탁상공론처럼 보였다. 그것은 우리하고는 아무 상관이 없었다. 반대로 테레진의 구름은 점점 더 짙어갔다.

최후는 불시에 찾아왔다. 테레진이 폐쇄될 예정이었고, 그로부터 수용자들의 운명도 결정되었다. 명령서가 붙었다.

내일 남자 5000명은 수송을 위한 보고를 할 것. 모레 추가 3000명 수송 예정.

거리가 갑자기 사람들이 흐르는 강물로 변했다. 만사가 야단법석이고 소동이었다. 수용자들은 삼삼오오 모여 임박한 변화에 대해 토론하며 짐작을 교환했다. 그러나 아무도 우리가 모두 어디로 보내지는지, 이유가 뭔지 속 시원하게 말하지 못했다. 하룻밤 새에 시(市)가 그 배역을 바꾸면서 모든 사람들이 가방과 배낭을 꾸리고, 여행을 위한 식량을 마련하고, 막바지 전갈을 전하느라 분주했다. 빨리, 빨리, 내일을 위해, 우리는 급히 간다. 수송부서가 바글거리는 개밋둑이 되었다.

소관 독일인들은 '당장 다른 임시 수용소를 짓기 위해 건강한 젊은 남자들이 필요해서'라고 발표했다. 그동안 그들의 가족, 아내와 자식들은 테레진에 안전하게 머물 것이다. 그 말이 너무도 미심쩍었지만 그들의 명령을 피할 방법은 없었다.

오빠가 어머니와 동생과 내게 서둘러 작별인사를 하러 왔고, 우리는 서둘러 함부르크 막사의 어머니 숙소에 모여 있었다. 남자 5000명이 떠난다는 사실은 개인적 비극의 감정을 완화시켰다. 모든 것이 급박하게 돌아가는 상황에서 시름에 젖어 있을 시간 따위는 없었다. 유일한 남자로서 오빠는 아내와 자식하고 이별하는 사람들을 걱정하는 여유를 보였고, 많고도 많은 사람들이 그러하듯이 서로를 끌어안고 키스하면서 그들이 다시는 만나지 못할 것이라고는 생각하지 않았다.

"제 걱정은 하지 마세요, 어머니." 그가 말했다.

"사람들이 많이 가잖아요. 우린 젊어서 잘 견딜 수 있어요. 어쨌거나 전쟁은 조만간 끝날 거예요. 오래가지 못해요. 가능한 대로 소식 전할게요. 그러지 못하더라도 전쟁이 끝나면 우리 모두 집에서 만나요."

우리는 그의 여정을 위해 우리가 배급받은 빵과 손가락 길이의 마가린 세 개를 주었고, 작별 키스를 나누었다. 이튿날 새벽, 그는 다른 사람들과 함께 가축 운반용 화차에 갇혀 떠났다.

그 이후로 시가지는 정상적인 분위기를 되찾지 못했다. 잇따

217

라서 짧은 간격을 두고 2500명의 건강한 사람들이 추가로 수송되었다. 시 운영의 제반 업무가 뒤죽박죽이었다. 유능한 사람들이 고위직에서 사라지면서, 그들을 대체하기 위한 노력을 기울였지만 그것은 이만저만 힘든 일이 아니었다. 사람들은 여전히 먹어야 하고, 병자들은 보살핌을 받아야 하고, 시체들은 화장해야 하고, 행정은 유지해야 했다. 모든 명단은 독일인들이 확인할 수 있도록 정확히 기재해야 했다. 모든 사람의 업무량이 배가되었다.

언제나 그렇듯이, 그 수천 명의 남자들이 보내진 곳에 대한 정보는 어디에도 없었다. 소문이 돌기 시작했다. 그들이 새 수용소를 짓고 있는 것이 아니라 아우슈비츠-비르케나우(Auschwitz-Birkenau)[1]라 불리는 강제수용소로 끌려갔다고. 그 이상의 자세한 정보는 없었다. 뒤에 남겨진 아내들은 남편에게서 아무리 하찮을지라도 소식이 오기만을 초조하게 기다렸다. 그러나 아무것도 오지 않았다. 단 한 줄도. 침묵.

뒤이은 긴장이 감도는 와중에 독일 최고사령부가 발표했다. 실은 명령이었다. 순전히 친절하고 인간적인 배려 차원에서, 가족 화합을 도모하기 위해 남편과 헤어진 여자들에게 남편을 만나러 갈 기회를 주겠다고 제안했다. 이 목적에 동의하는 희망자는 바로 그날 지원해야 했다.

---

1) 아우슈비츠-비르케나우 강제수용소: 나치 독일이 유럽에 있는 유대인들의 대량 학살을 목적으로 세운 여섯 군데의 강제수용소 중에서 그 본부 격이며 가장 악명 높은 곳으로, 1942년에서 1944년 사이에 본격적인 대량 학살이 자행되었다.

아무도 망설이지 않았다. 그들은 마지막 한 사람까지 신청했다. 여자와 아이들이 남편의 뒤를 따라가는 이동 허가를 받기 위해 한꺼번에 몰려가 등록부서를 포위했다. 땅거미가 내릴 때까지 그곳에 늘어선 행렬들 속의 분위기는 남편을 다시 만날 수 있다는 기쁨, 그 하나밖에 없었다.

수용소에는 외부로부터 은밀히 정보를 듣는 회의주의자들이 있었다.

"다 독일의 계략이야." 그들이 경고했다.

"혼란을 최소화해서 의지할 곳 없는 사람들을 동부 지역으로 수송하려는 술책이라고. 신청해서는 안 돼! 애들은 데리고 가지 마. 어차피 남편은 못 만나."

그러나 냉소는 비운의 예언인 양 묵살되었고, 아무도 그들의 경고를 진지하게 받아들이지 않았다. 모든 유부녀와 자식 딸린 여자들이 남편을 만나러 가는 데 지원했고, 그들은 어디로 가는지도 모른 채 이틀 뒤에 떠났다. 그것이 그들에 대한 마지막 소식이었다.

테레진의 인구는 눈에 띄게 줄고 있었다. 새로이 들어오는 수송열차는 도착하지 않았지만 나가는 수송열차가 수천 명의 사람을 태우고는 하루가 멀다 하고 출발했다. 이제 우리 중에 비교적 안전한 이곳에 남겨질 것이라고 착각하는 사람은 아무도 없었다. 우리는 다만 우리 차례가 오기를 기다리고 있을 따름이었다. 우리는 오래 기다리지 않아도 되었다.

37
아우슈비츠-비르케나우

1944년 10일 15일 일요일, 음산한 가을날이었다. 그때까지 일요일들은 여느 때와 다름이 없었지만 그날은 사뭇 달랐다. 바로 그날이 우리 가족이 동부 지역 수송 차량을 타기 위해 소집된 날이었다. 이름과 번호가 적힌 길쭉한 분홍색 종이쪽지가 얼굴을 물끄러미 바라보았다. 마치 눈에 보이지 않는 글자로 쓴 것처럼 운명을 숨기고 있는 평범하고 단순한 꼬리표가.

내 머릿속에 우리가 전쟁 전에 살던 작은 도시에서 열리던 마을 장터의 한 장면이 번개처럼 스쳐갔다. 앵무새 한 마리가 부리로 상자에서 별점 카드를 끄집어내어 사람들에게 예정된 운명을 알려주었다. 만약 그들이 읽은 운명이 마음에 들지 않으면 그들은 그것을 찢어버리고서 집으로 돌아가면 되었다. 나는 이제 내 운명의 쪽지를 받았지만 그것은 내 미래에 대해 아무것도 말해주지 않았다. 그것은 자신의 비밀을 간직해두었다. 나는 그것을 찢어버려서는 안 되었다. 나는 그것을 열차에 가져가서 내 눈앞에 펼쳐질 운명을 기다려야 했다.

우리 가족은 모두 여행을 떠날 준비를 했다. 아니, 더 정확이 말하면 우리 가족에게 남은 어머니와 동생과 나는 말이다. 오빠는 일주일 전에 떠났고, 할머니는 그 얼마 전에 떠났고, 아버지는 이미 4년 전에 수감되었다.

테레진은 일격을 맞고 비틀거렸다. 모든 배우와 감독과 뮤지션과 지휘자, 모든 미술계의 사람들이 수송 차량에 탑승하라는 소환장을 받았다. 감독 구스타프 슈호르슈, 무대 디자이너 프란티셰크 젤렌카, 작곡가 한스 크라사와 빅토르 울만, 피아니스트 기데온 클레인, 지휘자 라파엘 샤흐테르와 카렐 안체를 등. 이들 외에도 많은 예술가들이 그러했다. 모두 합해 1500명이 말이다.

우리는 단지 가장 기본적인 생필품만을 소지할 수 있었다.

독일인들이 수송 행정을 인계받았다. 가축 운반용 화차가 측선에서 우리를 기다리고 있었다. 우리는 옆구리에 꾸러미를 든 채로 밤새 역 마당 빗속에 서서 우리의 이름이 불릴 때를 준비했다. 그들은 한 사람도 빠짐없이 우리를 세고 또 셌고, 숫자는 일치했다.

마침내 10월 17일 이른 아침, 우리는 화차에 올라타고 이동했다. 어디로? 모른다. 다만 공포와 불확실성이 한 치 앞도 안 보이는 암흑 속으로 발걸음을 내디딜 때의 섬뜩함처럼 잔존했다. 밖에서 화차의 빗장이 걸리며 문이 잠겼다. 창문은 하나도 없었다. 공기는 축축하고 숨을 쉬기가 어려웠다. 그것이 가능한 사람들은 몇 개 안 되는 나무 벤치에 비집고 들어갔고, 나머지는 바닥에 쪼그리고 앉았다. 우리는 길고 소름 끼치는 여행을 위해 이 안에 있었다. 양동이 두 개가 화물칸에 비치된 위생시설의 전부였다. 화장실이 급하고 자제력이 바닥났을 때, 사람들은 체면과 배려와 문명화된 규범 따위는 잊어야 했다. 우리는 독일의 규칙이 우리를 하등 인간의 수준으로 끌어내리는 것을 보았다.

우리 화차에는 갈증을 호소하고 끊임없이 울어대는 어린아이들을 포함해 대략 130명이 타고 있었다. 바닥에 앉은 노인들은 옆 사람에게 몸을 기대고 버티었다. 그들의 일부는 기도를 했고, 일부는 희망을 포기했다. 우리 화차에서 우리가 목적지에 도착하기 전에 세 사람이 죽었다.

내 맞은편에는 바로 테레진 음악 활동의 선구자였던 라파엘 샤흐테르가 앉아 있었다. 그가 손에 반합을 들고는 배낭에서 마지막으로 배급받은 빵을 꺼냈고, 한쪽 주머니에서는 순전한 사치품이어서 테레진에서 현찰로 통하는 정어리 깡통을, 다른 쪽에서는 수저를 꺼냈다. 그는 내게 그것을 모두 건네며 말했다. "내 반합에 빵을 부셔 넣은 다음에 정어리 깡통을 따서 전부를 한데 섞어주시겠소? 내 마지막 식사라오."

그는 교수대로 가기 전 마지막 소원을 허락받은 사람처럼 단호한 어조로 그렇게 말했다. 왜 그는 하필 지금 이 순간에 포기하려는 것인지, 나는 궁금했다. 불행이 닥칠 것이라는 암시라도 받은 걸까?

어쩌면 그에게 마지막 식사가 될지도 모르는 음식을 그는 맛있게 먹었다. 열차 안에서 길고긴 29시간을 보낸 끝에 우리는 어디선가 홀연히 나타난 기차역 간판을 보았다. '아우슈비츠-비르케나우.' 우리는 도착했다. 열차가 정지했다.

그들이 문을 열자마자 소음과 혼란이 일었다. 제복 차림의 보안대원들이 개를 묶은 가죽 끈을 잡고는 고함을 질렀다.

"나와! 나와!"

그러곤 곤봉을 아무 데나 겨누고 일격을 가했다. 아주 오랫동안 일어서지 못했던 사람들의 다리가 그들이 뛰어내리려고 애쓸 때마다 기대를 저버렸고, 그들은 그냥 바닥으로 꼬꾸라졌다.

기차가 정지한 곳에는 플랫폼이 없었고, 어디로도 이어지지 않은 그저 측선의 끝이었다. 그러니까 그것이 여정의 끝이었다. 그것이 우리의 끝인가? 생존의 끝? 누가 말해주면 안 될까?

보안대원들이 아우성을 쳤다.

"짐은 모두 그 자리에 둔다. 빨리 해!"

"빨리! 나와! 나와!"

그가 강조하기 위해 그의 군화를 이용했다.

내가 먼저 뛰어내려 어머니가 화차에서 내리도록 도왔다. 동생은 이미 내 옆에 있었다. 내 주위 사람들 대부분이 겁에 질리고 어리둥절했다. 마치 오밤중에 잠에서 깬 사람들처럼 어찌할 바를 몰라하며 무슨 일인지 알아내려고 했다. 어머니는 그녀 나름의 방식으로 상황을 판단했고, 나직이 우리에게 말했다.

"이제부터는 꼭 붙어 있어야 해. 헤어지지 않도록 말이야."

어머니가 동생의 손을 잡았다.

나는 공기를 깊이 들이마셨다. 그것에서 연기 냄새가 났다. 불에 그슬린 고기 냄새 같은, 좀 달착지근하고 알싸한 냄새가. 근처 도축장에서 소뼈와 내장을 태우는 것이 분명하다고, 나는 생각했다. 그 외에는 다른 어떤 설명도 떠오르지 않았다.

눈길이 닿는 멀리까지 사방에 낮고, 길쭉하고, 창문 없는 목조 건물이 고압 철책에 둘러싸여 서로 분리되어 있었고, 일정 간격으로 높은 망루가 서 있었다. 땅은 푹푹 빠지는 질척한 진흙이었고, 군데군데 넓은 물웅덩이가 있었다.

이때 처음으로 나는 수용자들을 보았다. 그들은 등에 번호가 적힌 줄무늬 죄수복을 입고 있었고, 눈에는 기묘한 공포가 서려 있었다. 그들은 어디서나, 심지어 무거운 짐을 들 때도 구보를 했다. 언제나 곤봉을 든 보안대원이 그 뒤를 따라가며 그들이 진창에 미끄러질 때마다 세게 때렸다.

철로 반대편에 철조망으로 둘러싸인 여자 수용소가 있었다. 그때 수용자들이 다섯 줄로 조용히 서 있었다. 그들은 모두 이상하게 찢어진 옷, 아니 넝마를 걸치고, 맨발이거나 큼직한 나막신을 신고, 머리에는 머리카락이 하나도 없었다. 그들은 인간을 닮았다기보다는 다른 세상에서 온 생명체하고 더 닮아 보였다.

대체 저들은 누구지? 저들은 어느 나라에서 온 거지? 여기서 무얼 하고 있는 거지? 나는 궁금했다.

그들은 거기에서 조용히 미동도 하지 않았지만 눈에는 두려움이 역력했다. 에스에스 여자 대원이 채찍을 들고는 대열의 앞뒤로 성큼성큼 걸어갔다. 도대체 내가 어디에 있는 거지? 여긴 뭐지? 나는 이런 곳에 대해 보거나 읽은 적이 없었다. 아무도 이런 현장에 대해, 이런 곳이 존재할 수 있다고 우리를 준비시켜준 적이 없었다. 마치 내가 깊은 나락에 떨어져 헤매다가 사악한 권능이 지배하는 미지의 무시무시한 지하세계로, 출구 없는 세계로 들어선 기분이었다.

갑자기 전혀 뜻밖에도 어떤 계시가 순식간에 한밤의 마을 전체를 밝게 밝히며 그가 있는 곳을 보여주는 번개의 섬광처럼 나를 가득 채웠다.

계시는 목소리의 형태를 취했다. 어디서? 모른다. 그것은 내게 단호하고 또렷하게 말했다.

"지금 이건 적나라한 삶의 문제야. 여긴 죽음이 최고로 군림하는 곳이지. …… 넌 절체절명의 위험에 처해 있어. …… 하지만 네가 죽지 않고 살아남을 만큼 운이 좋으려면, 그러려면 네 안에 살아남을 만큼 충분한 힘이 있어야 해. …… 그러기 쉽지 않겠지만 말이야."

이 말들이 나를 진정시켰다. 나는 숨을 깊이 들이마셨고, 어딘가에서 누군가 또는 무언가가 나를 감싸며 보호해주고 있는 것을 느꼈다. 두려움이 사그라졌다.

"괜찮으니 진정해라." 아버지가 게슈타포에게 끌려가며 말했다. "침착이 힘이란 걸 잊지 말아."

이때 보안대원들 중 하나가 으르렁거리며 명령했다.

"앞으로 가! 행진!"

그러곤 곤봉으로 손이 닿은 곳의 사람들을 아무나 때리기 시작했다. 내 앞쪽 줄에 지휘자 카렐 안체를이 테레진에서 태어난 것이 분명한 한 살가량의 사내 아기를 안고 있었다. 그 옆에 아내가 있었다. 한 에스에스 보안대원이 그들 사이를 밀치고 들어가 그에게서 아기를 낚아채어 아내의 팔에 던지고서는 카렐을 발로 걷어차 진창 속에 때려눕혔다.

대혼란의 와중에도 무리는 행진대형으로 움직였다. 이제 꾸러미가 없는데도 우리는 1킬로미터 이상을 걷는 동안 끊임없이 휘청거렸고, 우리를 둘러싼 인간 강물의 힘에 밀려 나아갔다. 내 뒷줄에 젊은 엄마가 네 살가량의 곱슬곱슬한 금발의 작은 여자 아이와 걷고 있었다. 아이는 왼손으론 엄마의 손을 잡은 반면에 오른손에는 붉은 물방울무늬가 찍힌 흰 드레스의 인형을 들고 있었다.

"엄마, 우리 어디 가는 거야?"

"할머니 만나러."

"할머니?" 아이가 까르르 웃었다. "아, 좋아라! 할머니가 우리 기다리고 있어?"

"응."

"엄마, 목말라. 할머니한테 우유 있어?"

"응."

"아직 멀었어?"

"아니, 다 왔어."

아이는 좋아서 깡충깡충 뛰었다.

드디어 우리는 목적지에 도착했다. 길 끝에 에스에스 장교 셋이 두 다리를 벌리고 서 있었다. 그들은 몸에 딱 붙는 군복에, 해골 밑에 대퇴골이 엇갈린 표장이 붙은 모자를 쓰고서 거울인 양 반짝반짝 광을 낸 목이 긴 군화를 신었다. 그들은 뚫어지게 정면을 응시했다. 장갑을 끼고 가운데 서 있는 장교가 대열을 둘로 나누고 있었다. 그는 집게손가락으로 그의 앞에 도착하는 사람들마다 왼쪽 또는 오른쪽으로 가라며 여유로운 손짓을 했다.

"왼쪽! 왼쪽! 왼쪽! 오른쪽! 왼쪽! 왼쪽! 오른쪽!"

진행은 빨랐다. 몇 분 만에 그는 1500명의 여자와 남자와 어린이를 두 집단으로 분류했다. 왼쪽. 오른쪽. 도로에서 만나는 낯선 갈림길처럼 묻거나 작별할 새도 없었다. 다만 노인과 병자와 아이가 딸린 여자는 왼쪽으로, 젊고 건강한 사람은 오른쪽으로 보내진다는 것을 알 수 있었다. 안체를 가족이 바로 내 앞에 있었다. 에스에스 장교가 손을 한 번 휘저음으로 해서 그들이 둘로 갈라졌다. 카렐은 오른쪽으로, 아내와 아이는 왼쪽으로 향했다. 그때는 오른쪽이 삶을 의미하고 왼쪽이 죽음을 의미한다는 것을, 우리는 몰랐다. 이제 우리 차례였다. 어머니와 나, 우리 가운데에 동생이 섰다.

어머니의 표정이 심술궂었다. 나는 장교의 얼굴을 보았다. 그는 악의적이지 않은 인상의 미남형이었지만 맑고 파란 눈에는 날붙이의 번뜩임이 있었다.

"왼쪽!"

생각할 것도 없다는 듯이 그가 어머니에게 말했다.

그러곤 똑같이 무덤덤하게 내게 말했다.

"오른쪽!"

내 동생에게는 아무 말도 하지 않았다. 눈 깜짝할 새에 나는 동생의 팔을 잡아 오른쪽 내 옆으로 끌어당겼다. 내가 어머니의 두려움에 찬 표정을 본 것은 바로 그때였다. 그것에는 무언의 메시지가 담겨 있었다.

"너희는 어디로 가는지 궁금하구나. 아마 너희를 다시는 못 보겠지."

그렇게 그녀는 갔고, 왼쪽으로 흘러가는 인파 속으로 사라졌다. 우리 바로 뒤에 그 작은 곱슬머리 아이가 인형을 든 채 엄마의 손을 잡고 왔다.

"왼쪽!"

장교가 무심히 명령했다.

작은 아이가 인형을 들고는 시야에서 사라졌다.

⚜

그때까지도, 나는 피해자라기보다는 마치 내 주변에서 벌어지는 악의적인 일들을 외부에서 멀리 떨어져 지켜보는 구경꾼 같은 기분이었다.

무엇이든 하나 둘, 하나 둘 구보로 수행해야 했다. 땅거미가 내리고 있었다. 멀리서 기묘한 광경이 눈에 들어왔다. 민머리의 벌거벗은 여자들 한 무리가 목조건물들 중 하나에서 나와서는 대형을 이뤄 구보하면서 서치라이트의 강렬한 불빛이 비추는 빈 공간을 가로질렀다. 저들은 대체 누구지? 저들은 어디로 뛰어가고 있는 거지? 그들은 인간 존재처럼 보이지 않았다. 밀랍 인형관의 인형들을 더 닮아 보였다. 나는 설사 이치에 맞는 것이 하나도 없다 해도 결코 냉정을 잃지 않겠다고 다짐했다.

오른쪽으로 보내진 우리는 35세까지의 젊고 건강한 여자 300 명으로 구성되었다. 한 에스에스 여자 대원이 우리를 인계받았고, 우리는 첫 번째 목조건물로 구보해 들어갔다. 안은 빈 방이었고, 우리는 옷을 전부 벗고-속옷과 양말과 신발을 포함해서-나중에 우리가 샤워를 끝내고 다시 돌아와 입을 수 있도록 단정하게 쌓아놓으라는 명령을 받았다.

그래서 우리는 모두 옹기종기 모여 서서 홀딱 벗었다. 장신구와 반지와 시계도 옷과 함께 남겨두어야 했다. 나는 아르노가 떠나기 전에 준 깡통 반지만을 남겨두고 모두 벗었다. 그것만은 꼭 몸에 지니고 있겠다고 결심했다. 그것은 내게 힘의 원천이자 재회의 희망이며 사랑의 횃불이 되어줄 것이다. 그것은 내 마음의 온기를 지켜줄 것이다.

우리는 이제 한 줄로 좁은 구멍을 지나가며 제복 차림의 에스에스 남자 대원에게 검사를 받아야 했다. 그것은 우리가 모두 명령에 복종하여 무언가를 숨기거나 몰래 반입할 의도가 없다는 것을 확인하기 위해서였다. 우리가 울음소리와 애원하는 소리, 구타와 혼잡스런 소음을 들은 것은 내 차례가 가까웠을 즈음이었다. 어린 아가씨들 중 하나가 혀 밑에 약혼반지를 숨기려다가 에스에스 보안대원에게 발각된 것이다. 그녀는 두들겨 맞고 끌려 나갔다. 우리는 그녀가 어디로 끌려갔는지 어떻게 되었는지 전혀 모른다. 내 앞의 아가씨가 내가 반지를 끼고 있는 것을 보았다.

"맙소사. 그거 빼요. 미쳤어요! 저자가 당신을 죽일 거예요. 그까짓 쓸모없는 깡통조각 때문에 말이죠. 아까 저자가 우리 앞에서 그 아가씨를 어떻게 했는지 보았잖아요!"

그녀가 말한 대로 그까짓 깡통조각이었다. 그러나 그것은 내가 가진 전부였고, 나는 그것을 버리지 않을 것이다. 그것은 아르노를 배신하는 행위이고, 그가 어떻게 되든 상관없다고 말하는 것과 같았다. 반지는 우리를 이어주는 끈이었다.

나는 생각할 시간을 벌기 위해 슬금슬금 행렬의 뒤쪽으로 물러났다.

저 여자가 맞을까? 아니면 내가 맞을까?

버려야 할까? 아니면 버리지 말아야 할까?

만약 내가 그것을 버린다면, 나는 내 눈앞에서 아르노를 버리는 것이며 발밑의 정신적 토대를 잃는 것이라고 생각했다.

만약 내가 그것을 버리지 않는다면, 저 에스에스 남자 대원이 반지를 발견할 수도 있고 아니면 발견하지 못할 수도 있다. 그것은 러시안룰렛 게임과 비슷했다. 내 목숨이 위험에 처할 수도 있었다. 나는 마음을 정했다. 반지는 내 모든 사랑이자 희망이므로 그것을 지켜야 한다고 결정했다.

잘 되든 잘못 되든 상관없이 나는 반지를 혀 밑에 밀어 넣었다. 그 아가씨가 했던 것과 똑같이.

나는 에스에스 대원 앞으로 걸어갔고, 내가 무슨 짓을 하고 있는지 어떤 위험을 감수하고 있는지 충분히 잘 알고 있었고, 어떤 대가라도 치를 각오를 했다. 나는 내 목숨을 위험에 내맡겼다. 그가 무언가를 찾을 수 있기를 기대하고는 내 머리카락을 헝클

어뜨렸다. 이제 입을 크게 벌리라고 말할 차례였다.

바로 그때 그의 상급자가 그에게 검사 속도를 높이라고 명령하는 소리가 울려 퍼졌다. 그가 나를 단숨에 옆으로 밀쳤다.

"다음 사람! 빨리 와!"

반지는 내게 있었다.

그것은 내가 운명에 맞선 첫 번째 시험대였고, 나는 통과했다. 반지를 지켰다는 사실 덕분에 내 마음은 두려울 것이 없다는 신선한 자신감으로 벅차올랐다.

그 옆방에는 긴 나무 벤치가 하나 있었다. 거기에 대략 10여명의 남자 보안대원들이 모두 손에 털을 깎는 바리캉을 들고 앉아 있었다. 우리는 각자 '이발사'에게 다가가 온몸의 털이라는 털은 전부, 길든 짧든 상관없이 머리부터 겨드랑이와 사타구니까지 면도하게 맡겨야 했다.

우리는 무릎 높이로 쌓인 털 무더기에 서 있었다. 갈색과 금발과 검정과 적갈색과 곧은 털과 곱슬한 털. 우리의 모습은 알아보지 못할 정도로 달라졌다. 동생이 홀딱 벗겨진 두피 아래 두 눈만 반짝이며 내 옆에 섰다. 우리는 놀라서 잠시 서로를 바라보았고, 단지 목소리로 서로를 알아볼 수 있었다.

마지막 사람의 면도가 끝나자 우리는 사방으로 빙 돌아 벤치를 3단으로 천장까지 쌓아올린 원형 건축물 비슷한 곳으로 쫓겨들어갔다. 본능이 내게 전체를 조망할 수 있는 맨 위층으로 올라가라고 재촉했다. 방은 금세 털 깎인 벌거숭이 여자들로 채워졌고, 그들은 미동도 하지 않고 한데 꽉 채워져, 눈만 분노로 이글거렸다. 그것은 마치 상품 진열장에 전시되기 전에 가발과 옷을 기다리는, 재단사의 대머리 마네킹 수집품 같은 섬뜩한 광경이었다.

❧❧❧

갑자기 새로운 명령이 울려 퍼졌다.

"전원 밖으로!"

우리는 모두 '샤워를 위해' 커다란 콘크리트 지하실로 몰려들어갔다. 문 앞에서 우리는 또 다른 수송열차를 타고 온 여자들 무리와 합류했다. 그들은 대개가 헝가리인이었다. 그들은 우리가 테레진에서 한 번도 들어본 적이 없는 정보가 있다고 우겨댔다. 이것은 샤워기가 아니라 가스 분사기라고, 그래서 우리는 모두 질식해서 죽을 것이라고 말했다.

"전원 안으로, 빨리빨리!"

보안대원들이 고함을 질렀고, 그들 중 10여 명은 우리를 안으로 몰아대기 시작했다

헝가리 여자들이 비명을 지르며 나가려고 싸웠지만 소용이 없었다. 그들은 완력에 밀려 한데 처박혔다. 우리 뒤로 철문의 빗장이 걸렸다.

천장 전체에는 금속 파이프 배관망이 종횡으로 통과했고, 교차점마다 샤워꼭지가 하나씩 매달려 있었다. 저건 물을 위한 건가? 아니면 가스를 위한 건가? 우리에게 가스를 분사해서 무슨

소용이 있지? 나는 추론했다. 헛소리야! 우리는 샤워를 하러 간다고 들었어. 그게 다야. 나는 동생을 내 옆으로 당겨 안고서 한 개의 샤워꼭지 아래 섰다.

갑자기 나는 뜨거운 물이 분사되는 것을 느꼈다. 내 생각이 옳았다. 헝가리 여자들이 패닉 상태에 빠졌다.

비누도 없이 물이 다였다. 물줄기가 멎고, 철문이 열리고, 여자 보안대원들이 들어와 다시 우리를 밖으로 몰아냈다.

"나가! 나가! 빨리!"

채찍소리가 들렸다.

물에 젖고 데인 채 우리는 10월의 차가운 밤공기 속으로 나갔고, 한 구역에서 또 다른 구역으로 환하게 밝혀진 마당을 구보로 가로질렀다.

맙소사! 그제야 나는 몇 시간 전 우리가 이곳에 도착했을 때 수수께끼 같던 그 민머리의 벌거숭이 밀랍인형 여자들이 누군지 깨달았다. 이제 나는 알았다. 그것은 바로 우리였고, 우리 뒤에 올 사람들 전부였다.

우리는 외풍이 센 창고 비슷한 곳으로 쫓겨 들어가 다섯 명씩 바싹 줄지어 섰다. 내 목표는 앞줄에 서지 않는 것이었다. 나는 줄에서 맨 끝에, 가능한 한 눈에 띄지 않는 곳으로 자리를 옮겼다. 그 순간 나는 상황 따위는 개의치 않는 생리가 시작되었다는 것을 알았다. 핏방울이 내 다리를 타고 흘러내렸다. 그나마 다행스러운 것은 내 옆에 키 큰 여자가 서서 보안대원이 나를 볼 수 없다는 점이었다. 그러나 내 행운은 오래가지 못했다. 여자 보안대원이 우리 줄을 확인하러 다시 왔다. 그녀가 내가 맨 끝에 거의 숨다시피 서 있는 것을 알아채고는 고함을 질렀다.

"거기 너!" 나를 가리켰다.

"앞으로 나와. 빨리!"

나는 앞으로 나섰고, 그녀가 피를 보자마자 상황은 순식간에 아수라장으로 변했다.

"돼지 같은 유대 년! 더러운 년!"

그녀가 분노해서 악을 써댔다. 그녀가 목이 긴 군화에서 납공이 달린 채찍을 꺼내서는 미친 여자처럼 욕설을 퍼부으며 내 가슴을 세게 후려쳤다.

무기는 피를 흘리게 했다. 이제 온몸이 붉었다. 나는 고개를 돌리고서 살짝 움찔하기는 했지만, 만약 내가 채찍질을 피하려고 한다면 그녀가 나를 죽일 것이라는 두려움에 대리석 조각상처럼 꼼짝도 하지 않았다.

그때 멀대 같은 에스에스 여자 대원이 안으로 들어와 그녀에게 우리를 '옷방'으로 이동시키라고 명령했다. 덕분에 보안대원의 분노한 채찍질이 멈추었고, 나는 무사할 수 있었다. 그녀는 상급자의 명령에 복종하지 않을 수 없던 터라 채찍을 도로 군화에 찔러 넣고서 우리에게 나가라고 소리쳤다.

우리는 다시 다른 막사로 달렸고, 내가 지나간 길에는 한 줄기 핏자국이 남았다. 입구 안쪽에 넝마라고 해야 알맞을 잡다한 옷들이 뒤섞인 옷 무더기 두 개와 각양각색의 신발이 쌓인 더미 하나가 있었다. 무더기마다 보안대원이 한 명씩 올라 서 있었다.

우리가 달려서 지나갈 때 보안대원이 옷 무더기 위에 서서는 손에 잡히는 대로 아무거나 집어 우리에게 마구잡이로 던졌다. 그것이 그때부터 우리가 입을 옷이었다. 우리는 막사를 달려 나가며 그것을 잡아야만 했다. 우리가 밖에 나와서야 비로소 나는 걸음을 멈추고 내 '선물'을 보았다. 그것은 군데군데 진주가 박히고 깊게 파인 목둘레에 반짝이는 스팽글이 달린 올리브그린색 조젯[1] 이브닝드레스였다. 축 늘어진 치맛단과 긴 소매에 더 화려한 장식들로 채워진 옷의 치수는 뭐라 말할 수가 없었다.

게다가 나는 열두 살짜리 아이에게나 맞을 법한 파란색 안감을 덧대고 붉은색 줄무늬의 파란색 재킷을 받았다. 또한 양말 한 짝은 짧은 녹색이고 다른 짝은 긴 자주색이었다. 내 다른 손에는 남성용 검정색 에나멜가죽 구두가 들려 있었다. 그것은 거인의 발에도 맞을 정도로 컸다.

추위로 온몸이 떨렸던 터라 나는 그 모든 것을 재빨리 몸에 걸쳤다. 하늘에는 벌써 별들이 총총했다. 그 옷더미는 사람들이 도착했을 때 다양한 수송열차에서 몰수한 짐들에서 나온 나머지들이 분명했다. 나는 궁금했다. 지금 내가 입고 있는 올리브그린 이브닝드레스의 주인은 대체 어떤 사람이었을까? 그녀는 왜 여기에 이것을 가져온 것일까? 그녀는 자신이 어떤 종류의 장소에 가게 될 것이라고 생각한 것일까? 스타일이 19세기풍인 것으로 보아, 어쩌면 무대극에서 사교계 여인이 만찬을 위해 입었을지

---

1) 조젯(georgette): 표면이 멜론 껍질처럼 주름진 직물. 이 조직은 특유의 빳빳함과 드레이프성이 있다. 조젯 크레이프(georgette crepe)의 약칭이다.

도 모른다. 어쨌든 이제부터 나는 그것을 아주 다른 설정과 플롯의 또 다른 종류의 연극을 위해 입어야 할 터이다.

나는 어깨에 재킷을 걸치고 특대 신발에 발을 밀어 넣었다. 신발이 끊임없이 벗겨지는 탓에 신발을 잃지 않기 위해 나는 재빨리 뒤꿈치를 아래로 짓눌렀고, 커다란 슬리퍼처럼 신발이 털썩 떨어졌다. 소녀들(젊은 아가씨들) 중 일부는 무거운 나막신을 받았다.

이런 식으로 옷과 신발을 마련한 우리는 드디어 우리에게 배정된 숙소에 도착했다. 그것은 내가 도착해서 본 창문이 없는 길쭉한 판잣집들 중 하나였다. 모양이 똑같은 목조건물들이 열을 지어 나란히 서 있었다. 내부는 거대한 헛간을 연상시켰고, 바닥 중간에 끝에서 끝까지 붉은 벽돌로 쌓은 난로 굴뚝이 절반을 가르고 있었다. 그것은 마치 왼쪽과 오른쪽을 나누는 경계선처럼 보였다. 나는 그것이 이 판잣집의 난방을 위해 만들어진 것인지 의문스러웠다. 안은 몹시도 추웠다.

공간은 촘촘하게 놓인 3층 침대로 채워져 있었다. 맨 아래층은 바닥에 거의 맞닿았고, 가운데층은 위층과 거의 잇닿았고, 꼭대기 층은 천장과 간신히 떨어져 있었다. 일인용 침대 따위는 없었다. 침상마다 대략 열 명이 정어리처럼 한데 밀착해야 했다. 높이는 곱사등이처럼 등을 구부리고 앉을 만큼밖에 되지 않았다. 우리는 이동이 허락되지 않았기 때문에 침상 한 개에 열 명이 이불도 없이 누워 다음에 무슨 일이 일어날지 기다렸다.

테레진에서부터 서로를 알고 지낸 우리 젊은 여자들은 즉시 비슷한 나이와 흥미에 따라 무리를 지었다. 그때까지 곁에 데리고 있던 동생 리디아 외에도 우리 다섯 명에는 오랜 친구 마르타가 속해 있었다. 그녀는 기적처럼 남편인 카렐 블로흐 박사와 함께 우리하고 똑같은 수송열차로 징용되었다. 그 외에도 어린이 오페라 〈브룬디바르〉로 테레진을 흥겹게 했던 작곡가 한스 크라사의 아내 나나 크라소바(Nana Krásová), 유명한 오보에 연주자 파벨 코흔(Pavel Kohn)의 아내 아니타 코흐노바(Anita Kohnová)가 있었다. 우리가 며칠 뒤에 알게 된 대로, 그는 도착하자마자 수용소 교향악단에 징용되었다. 이 교향악단은 아침마다 죄수들을 노역에 보내고, 저녁마다 초죽음이 되거나 빈번하게 주검이 되어 돌아오는 죄수들을 맞이하기 위해 고전음악을 연주했다.

우리 다섯은 서로를 도울 수 있다고 확신했다. 한 사람이 넘어지면 나머지 사람들이 그녀를 정신적으로 지원해서 그녀가 물 위로 고개를 내밀 수 있도록 도와줄 것이다. 어떤 일이 닥치든 서로에게 튼튼한 버팀목이 되어줄 것이다. 우리 동료 수용자들 중에 완전히 낯선 이방인들 속에 홀로 놓인 사람들은 더욱 큰 곤경에 처했다.

첫날밤에 더는 아무 일도 일어나지 않았다. 다만 춥고 배고프고 목이 말랐다. 우리는 먹을거리나 마실 거리를 전혀 지급받지 못했다. 결국 여정에서 지치고 이곳에 도착한 첫날 우리에게 일어난 일들에 지친 나머지, 우리는 기진맥진해 잠들었다.

나는 잠이 들기 전 재킷 안감에서 가느다란 천 조각을 떼어내어 그것에 아르노의 반지를 꿰고는 이브닝드레스의 눈에 보이지 않는 곳에 단단하게 묶어 맸다. 나는 침상에 일렬로 누운 내 동료 아홉을 힐끗 보았고, 그들은 어느새 내가 도착했을 때 고압 철책 뒤에서 본 괴상한 옷차림의 민머리 생명체로 변해 있었다. 그들의 삭발당한 머리는 서로 너무 닮아 차곡차곡 쌓아놓은 해골처럼 보였다. 도대체 우리의 끝은 어디일까? 얼마만큼 상상하기 어려운 이상한 곳에서 끝이 날까? 우리의 외모는 순식간에 달라졌다. 그러나 눈에 보이지 않는 내적인 힘, 즉 도덕적이고 정신적인 균형은 어떤 운명의 굴곡들이 우리를 기다리고 있든 우리가 굳건히 지켜야 할 신성한 무엇이었다.

내 생각이 우리 가족들에게 이르렀다. 어머니는 분명코 멀지 않은 어딘가 다른 헛간에 있을 것이다. 아버지와 오빠도 이 수용소에 있지 말란 법이 없었다. 그것은 아무도 모른다. 비록 철조망이 가로막고 있겠지만 서로의 모습을 보기만 해도 얼마나 좋을까!

마침내 나는 내 이브닝 연극 의상에 남성용 에나멜가죽 구두를 신고서 딱딱한 나무판자 위에서 다른 사람들과 함께 잠이 들었다. 그렇게 아우슈비츠의 첫날밤이 아직 드러나지 않은 사건들을 우리에게 비밀로 남겨두고는 더없이 행복하게 흘러갔다.

새벽 5시, 에스에스 여자 대원이 고압적으로 명령하는 목소리가 울려 퍼졌다.

"전원 나와! 점호! 나와! 나와!"

그녀가 허공에 대고선 채찍을 휘둘렀다.

우리는 비몽사몽 상태에서 침상에서 뛰어 내려와 넓은 연병장으로 나갔다. 우리는 즉시 5열종대로 서야 했다. 희미한 별빛 말고는 아직 사방이 캄캄했다.

숫자를 세기 시작했다. 다섯, 열, 열다섯, 스물, …… 우리는 대강 300명이었다. 숫자를 거듭해서 확인한 뒤에 에스에스 여자 대원은 그대로 가버렸다. 우리는 움직이거나 말을 해서는 안 되었다. 우리는 세 시간 동안 그 자리에 복무 중인 군인들처럼 조용히 꼼짝도 못 하고 서 있었다. 마침내 그녀가 돌아와 우리의 숫자를 다시 세고는 다음 명령을 외쳤다.

"전원 세면장으로! 뛰어!"

'세면장'은 벽을 빙 돌아 콘크리트 물받이가 있고 그 위로 놓인 송수관에 1미터 간격으로 수도꼭지가 달린 또 다른 거대한 헛간이었다. 수도꼭지에서 물이 흘러나온다기보다 방울져 떨어졌다. 우리는 일제히 수도꼭지로 몰려들었고, 물을 얻기 위해 밀치며 아우성을 쳐댔다. 수도꼭지 근처에 다가가는 것조차 불가능했다. 가까이 접근한 사람들은 그들이 얻을 수 있는 물을 마셨다. 아무도 씻는다는 것은 꿈도 꾸지 않았다. 내가 가까스로 인파를 뚫고 수도꼭지 아래 손을 뻗어 물을 한 모금 삼키자마자 에스에스 여자 대원이 다시 나타나서는 우리에게 또 다시 점호를 위한 행진을 명령했다.

"다섯, 열, 열다섯, 스물, ……."

그녀가 큰소리로 숫자를 세고는 우리를 두 시간 넘게 제자리에 세워두었다. 아직 아무것도 먹지 못했고, 세면장에서 간신히 움켜쥔 물 몇 방울이 마신 것의 전부였다.

하늘이 흐려지더니 비가 내리기 시작했다. 우리는 계속 그 자리에 서 있었다. 에스에스 여자 대원이 사라졌다가 비옷을 입고는 다시 나타났다. 우리는 살갗까지 흠뻑 젖어 있었다. 누군가 감기에 걸린다면 모든 사람이 감기에 걸릴 것이다. 그것을 피할 방법은 어디에도 없었다.

정오가 다 되었을 무렵, 누군가가 돌아와 다시 한 번 숫자를 세고선 우리를 숙소인 판잣집으로 몰아넣었다. 그러고서 우리를 감시하고 배급된 빵을 분배하는 일을 책임질 구역장에 두 죄수가 '자원해도' 된다고 우리에게 말했다. 150여 명의 여자가 미친 듯이 손을 들었고, 대개가 폴란드인과 헝가리인이었다. 체코인은 단 한 사람도 없었다. 우리는 협력을 제공하는 것을 삼갔다. 덕분에 우리가 새로운 실세의 슬하에 놓인다는 것을 알고 있을지라도 말이다.

드디어 수프가 담긴 커다란 들통이 우리 구역에 도착했다. 테레진을 떠난 이후로 처음 맛보는 음식이었다. 그것은 마치 사흘 전이 아니라 10년 전의 일인 것만 같았다. 그동안 테레진은 결코 존재한 적이 없는 듯이 우리의 의식 속에서 자취를 감추었다.

우리 두 구역의 구역장인 헝가리인들이 곧장 수프를 나눠주기 시작했다. 다섯 명 사이에 수프가 가득 담긴 깡통을 놓고서 한 사람씩 돌아가며 차례로 깡통을 들어 후루룩 들이마셨다. 그 안에 양배추 이파리 몇 조각이 헤엄치고 있다면 손가락으로 낚시질을 해야 했다. 수저는 없었다. 구역장들은 그들 자신과 친구들을 위해 가장 큰 몫을 차지했을 것이 분명했다.

우리는 다시 침상으로 비집고 들어갔고, 곱사등이처럼 앉아 다음에는 어떤 놀랄 일이 일어날지 궁금해했다. 이곳에서는 그 무엇도 예측이 불가능했다.

남자 죄수 셋이 안으로 들어왔다. 나는 그들 중 한 사람을 금세 알아보았다. 오타 베일(Ota Weil)! 그는 테레진에서 우리 연극의 조명을 도왔고, 2년 전 '동쪽으로' 가는 수송선에 실려 떠났다. 그래서 우리는 그들이 다 어디로 보내졌는지 알게 되었다.

셋은 모두 수용소에서 전기기사로 일했기 때문에 자유롭게 돌아다닐 수 있었다. 오타는 자신의 여동생이 우리들 중에 있는지 알아보려고 온 것이었다. 나는 곧장 뛰어내려 내 옛 동료에게 인사했다. 그러나 그가 나를 알아보았지만 예전과는 다르게 보였다. 다른 세상에서 온 사람처럼 눈빛이 멍하니 낯설었다.

"여긴 언제 왔어요?" 그가 물었다.

"어제 오후쯤에요."

"혼자서?"

"아니요. 동생이 여기에 나하고 있어요. 어머니도."

"어머니는 함께 계신가요? 아니면 왼쪽으로 가셨나요?"

"네. 어머니는 왼쪽으로 가셨어요. 아마 다른 구역에서 나이 드신 분들하고 계실 거예요."

그가 나를 문으로 데려가 반쯤 열고서는 근처의 높은 굴뚝에서 하늘 높이 솟아오르는 시뻘건 불기둥을 가리켰다.

"저기로 가셨어요." 그가 무덤덤하게 말했다.

"어머니는 저 굴뚝 위로 가셨어요."

대체 이 사람은 무슨 말을 하고 있는 걸까? 가엾은 오타! 그가 여기에 온 지 2년이 지났고, 여기서 보고 겪은 일들 때문에 제정신이 아닌 것이 분명했다. 문득 그가 가엾어지면서 더 이상의 언쟁을 피하기 위해 말했다.

"그래요. 나도 그렇다고 생각해요."

물론 나도 화염을 못 본 것은 아니었지만 나는 그것이 빵을 만드는 곳이 분명하다고 내 자신을 설득했다. 그렇게 많은 입들을 감당하려면 쉬지 않고 밤에도 줄곧 빵을 구워야 할 것이 분명했다. 내가 오타의 눈을 피하는 것을 깨닫고서 나는 그에게 작별인사를 했다. 나는 막 도착해 아직 내 감성을 온전히 소유하고 있는 반면, 그는 가엾게도 그렇지 못했다.

"왼쪽으로 간 사람들은 다 곧장 저 굴뚝으로 보내졌어요."

그가 작별인사를 하면서 덧붙였다.

⚜

시간은 흘렀고, 매일은 그날이 그날이었다. 우리는 침상에 눕거나, 그렇지 않으면 밖에 서 있었다. 몇 시간 동안 우리는 빗속에, 진창에, 물웅덩이에, 또는 어디서든 서 있었다. 보안대원이 기분이 좋으면 이빨 사이로 쉬쉬 소리를 내며, "다섯, 열, 열다섯, 스물, ……." 하고 말하고서 그쯤 해두었다. 그러나 기분이 나쁜 날이면 그녀는 기꺼이 우리를 진창에 무릎을 꿇리거나 몇 시간이고 오랫동안 세워두었다.

한번은 그녀가 우리에게 말했다. 우리가 다음 날 문신을 새길 것이라고. 모든 사람이 숫자를 얻게 될 것이라고. 우리의 팔뚝이 아닌 우리의 이마에, 우리가 오랫동안 여기에 수감되었던 죄수라는 것을 알리기 위해.

우리는 무력하게 문신 시술이 시작되기를 기다렸지만 아무 일도 일어나지 않았다. 운명의 한 굽이가 개입했고 우리는 문신을 받지 않았다. 그들에게 잉크가 바닥났던 것이다.

✿✿✿

비참한 수용소 생활은 계속되었다. 우리는 서서히 존재의 외적 정상 상태를 잊어갔다. 숲과 자연과 석양, 새소리와 숲의 속삭임, 거리의 북적거림. 우리는 시간관념 자체를 상실했다. 집에서 삶의 기억들은 기이한 꿈 비슷한 것이 되었다.

다른 곳에서 저녁 시간에 온가족이 함께 둘러앉아 식사를 하고, 자기 침대에서 잠을 자고, 다음 날 아침에 저마다 자기 일을 하러 간다는 것은 현실이 아닌 것처럼 보였다. 현실은 여기 수용소에서 우리를 둘러싸고 있는 것들이었다. 이것이 유일한 진실이었고, 우리와 관련된 유일한 무엇이었다. 다른 것은 모두 환상이었다.

때때로 소문이 돌았다. 그것은 어디서 오고 누가 전하는 것인지 불가사의였다. 그것은 입에서 입으로 전해졌다. 우리도 그것을 모두 들었지만 우리로서는 많은 것들을 전혀 이해할 수 없었다. 한 소문에 따르면, 검은 방수포를 덮은 화물차가 수용소 주위를 돌아다니다 어떤 구역 앞에서 정지하면 무조건 그 구역의 수용자들은 전부 올라타야 하고, 곧장 가스실로 실려 간다는 것이었다. 우리는 이 소문을 믿으려 하지 않았지만, 우리가 전혀 모르는 무언가 사악한 일들이 우리 등 뒤에서 진행되고 있다는 것을 본능적으로 느꼈다.

연병장에 서 있을 때, 우리는 양쪽에 도료로 커다란 붉은 십자가가 그려진 창문 없는 흰색 앰뷸런스가 지나가는 것을 자주 보곤 했다. 우리는 적십자 차량이 주위에 있다는 것은 병자를 위한 응급조치 물자와 약을 실어 나르는 것이 분명하다고 추리했다.

냉소적인 사람들은 그것이 사람을 죽이기 위한 가스를 운반하는 차량이라고 주장했다. 이 말을 우리는 막무가내로 믿으려 하지 않았다.

※※※

어느 날 나는 지극히 위험한 상황과 맞닥뜨렸다.

우리가 천장 바로 아래 침상에서 평소대로 이야기를 하고 있을 때였다. 나는 맞은편 침상에 앉아 있기 전까지 알아보지 못한 옛 테레진 친구를 보았다. 나는 그녀를 만나러 가기 위해 꼭대기 층의 한 침상에서 옆의 침상으로 연결된 좁은 통로 위를 기어갔다. 그때 나는 에스에스 남자 대원이 바로 아래에 서 있는 것을 보았다. 그가 나를 올려다보며 큰소리로 외쳤다.

"내려와!"

나는 곧장 그 앞으로 뛰어내렸고, 그가 나를 머리끝에서 발끝까지 꼼꼼하게 훑어보았다.

"따라와!" 그가 명령했다.

나는 그의 뒤를 따라가면서 주사위는 이미 던져졌고, 저항해도 소용없다는 것을 감지했다. 나는 모든 사람들의 눈에서 공포를 보았다. 그들은 내 마지막 모습을 보고 있다고 확신했다.

나는 내가 무엇을 두려워해야 하는지 몰라 별로 두렵지 않았다. 구역 밖에는 아무도 없었다. 우리는 철책들 사이로 난 빈 길을 따라 걸어갔다. 감시탑 위의 보안대원들이 우리를 보고 지나가라는 손짓을 했다. 마침내 우리는 우리 구역과 똑같이 닮은 구역에 도착했다. 장교가 문을 열고서 나를 안으로 밀었다. 그곳은 텅 비어 있었다. 침상조차 없었고, 단지 끝에서 끝까지 바닥을 따라 붉은 벽돌로 쌓은 난로의 네모난 굴뚝이 놓여 있을 뿐이었다. 그것을 따라 위에 흩어져 있는 물건 더미가 눈에 들어왔다. 나는 그것이 무언지 자세히 보기 위해 한 걸음 가까이 다가갔다. 수술 도구였다.

처음에는 그가 나를 죽이려는 것이라고 생각했다. 나는 그가 빨리 끝내주기만을 기도했다. 나는 온전히 그의 수중에 있었고, 세상의 그 무엇도 어느 누구도 나를 구해주지 못한다고 생각했다. 나는 운명에 위로를 구했다. 신의 손에 내 자신을 맡기자 기분이 한결 나아졌다.

"옷 벗고 누워." 그가 명령했다.

그러나 그 다음 상황은 내 예상을 빗나갔다. 장교가 내 팔의 정맥에 큼직한 주사기를 꽂고는 내게 피를 짜내라고 말했다. 그가 원하는 것은 그게 다였다. 피는 쉴 새 없이 흘러나왔다. 나는 과다 출혈로 죽을지도 모른다는 두려움에 짜내기를 멈추었다.

"계속해!"

그가 내 얼굴을 찰싹 때렸다.

그가 가진 용기들이 모두 내 피로 채워지자, 혈액형 샘플을 채취하기 위해서인 듯 내 귓불을 콕 찌르고서는 명령했다.

"가지고 나가! 빨리!"

나는 이브닝드레스와 에나멜가죽 구두를 급히 걸치고서 그 구역을 빠져나왔다. 그러나 이제 새로운 위험이 도사리고 있었다. 나는 완전히 혼자였다. 동행 없이 구역을 벗어나는 것은 엄격히 금지되어 있었다. 도주를 시도하는 자는 누구를 막론하고 즉결 처분되었다. 감시하는 초병에게 걸리면 어떡하지? 그는 두 번도 생각하지 않고 나를 쏠 것이다. 제일 좋은 방법은 도주의 의도를 암시하지 않도록 천천히 걸어가는 것이었다. 텅 빈 길은 끝도 없어 보였고, 사방이 적막했다. 생명의 징후는 아무 데도 보이지 않았다. 마침내 우리의 판잣집을 발견하고는 안으로 살며시 들어갈 때까지 아무도 나를 보지 못했다. 새 구역장이 나를 보고는 발작을 일으켰고, 악을 써대며 나를 때렸다.

"어디 갔었어? 어떻게 감히 너 따위가? 너 때문에 하마터면 우리 모두 총살될 뻔했잖아!"

그녀는 실성한 사람처럼 중얼거렸다. 구역으로 돌아오는 길은 떠나는 길보다도 더 불안했지만 나는 서둘러 꼭대기 층의 침상으로 기어 올라갔다. 모든 사람들이 나를 보자마자 안도하며 기뻐했다. 동생이 기뻐하며 눈물을 흘렸다. 그들은 내가 어디에 있었고 무슨 일을 당했는지 알고 싶어 했다.

비록 등도 펴지 못하고서 앉아 있었지만 우리는 함께 있었고, 나는 이 친구들 속에서 안도를 느끼면서 집에 있는 기분이 들었다. 나는 인간이 얼마나 빨리 적응할 수 있는지 궁금했다. 그러나 길게 설명할 시간이 없었다. 우리는 새로운 상황에 직면했다.

그 무시무시한 검은 방수포 화물차가 우리 구역 앞에 정지했다. 공포가 일었다. 여자 보안대원 10여 명이 손에 채찍을 들고서, 똑같은 수의 남자 보안대원이 곤봉을 휘두르면서 안으로 달려들었다. 그들은 어떤 저항이나 반란을 저지하기 위한 대비를 하는 것이 분명했다. 쥐새끼 한 마리 도망칠 수 없도록 문 옆에 두 줄로 바싹 붙어 서서는 고래고래 고함을 지르며 우리를 대기하고 있는 차량으로 징발했다. 소문을 들은 사람들은 격렬하게 저항했지만 모두 헛수고였다. 그들이 채찍과 곤봉을 이용하여 우리를 강제로 화물차에 태우고는 빗장을 걸었다.

우리가 수용소를 통과하여 지그재그로 실려 가는 것을 아무것도 볼 수 없었지만 알 수 있었다. 차 안은 혼란스러웠다.

"우린 이제 끝이야."

어떤 여자애들은 통곡했다.

"저들이 우리에게 가스를 공급할 거야. 우린 모두 끝장이야!"

아무것도 모르는 우리는 그들이 무슨 말을 하는지 알 도리가 없었다. 가스? 가스실? 이것은 우리의 어휘에 거의 들어간 적이 없는 단어들이었다. 마침내 트럭이 정지했고, 우리는 밖으로 뛰어내렸다. 순식간에 우리가 가스실 앞에 서 있다는 말이 돌기 시작했다.

"다섯씩 세워, 인원 파악해!"

우리는 차례가 될 때까지 그 자리에 서 있으라는 명령을 받았다. 가스실은 사용 중이었고, 우리는 그곳이 빌 때까지 기다려야 했다. 왜 우리가 특별 구역으로 뽑혀 온 것일까? 의심할 바 없이, 우리가 쓸모가 없어 우리를 없애버리려는 것이라고 몇몇이 말했다.

그곳에서 우리는 온밤과 뒤이은 날을, 전부해서 53시간을 먹지도 마시지도 못한 채 서 있었다. 더 이상 먹일 필요가 없는 사형선고를 받은 사람들처럼. 각고의 의지력을 발휘한 끝에 우리들은 한 사람도 기절하지 않았다.

나는 죽음도, 앞으로 내 삶의 사건들이 눈앞에 펼쳐지지 않는다는 것도 생각하지 않았다. 나는 단지 그 많은 피를 잃은 뒤의 끔찍한 갈증에 시달렸다. 나는 너무 피곤했고, 간절히 앉고 싶었다. 하지만 어디에? 나는 두 발로 계속 버티기 위해 온 힘을 끌어모았고, 갈증과 피로로 무너지기를 거부했다. 그러나 또다시 상황은 전혀 예상치 못한 방향으로 흘러가려 하고 있었다.

38

동쪽의 다음 정거장 - 쿠르츠바흐

갑자기 새로운 명령이 높은 곳에서 내려왔다. 가스실 앞에 대기하고 있는 우리 1000명을 포함해서 2000명의 여자들을 태울 수송 차량을 신속하게 준비해서는 더 먼 동쪽으로 보내 참호를 파게 하라는 것이었다. 참호? 어디로? 누구를 방어하기 위해? 러시아군이 가까이 내려와서 우리가 그들을 저지해야 되는 건가? 우리더러 맨손으로 소비에트 대군을 막으라는 건가?

운명은 우리에게 친절했다. 이런 곳에서조차 기이한 운명의 변화는 거의 기대하지 않았을 때 종종 일어나곤 했다. 가스실에 넘겨지는 대신에 우리는 기찻길을 향해 다섯 명씩 줄지어 행군했다. 그곳에는 벌써 다른 여자들이 운집해 있었다. 우리는 대기하고 있는 열차에, 이번에는 여객 열차에 한데 쑤셔 넣어졌다. 곧바로 우리를 태운 열차는 움직이기 시작했다. 우리가 공포의 아우슈비츠를 떠나게 된다는 사실이 기적과도 같았지만 에스에스 보안대원들이 객차를 오고가면서 우리에게 헛된 희망이라고 큰소리로 일깨워주었다.

"금방 다시 돌아올 거야."

그들이 비웃었다. 그러나 우리는 다른 어딘가로 실려 가는 도중이었고, 그곳은 여기보다 나쁠 리가 없다고 우리는 생각했다. 경험은 곧 우리에게 모든 변화는 더욱 나쁠 수 있다고 가르쳐주었지만, 인간의 본성은 그것이 사실로 증명되고 나서야 비로소 그것을 인정하는 법이다.

우리는 사흘 만에 처음으로 각자 딱딱한 빵 한 덩이를 배급받았다. 너무 굶주린 나머지 내일은 생각하지 않고서 그것을 받는 즉시 모조리 단숨에 삼켜버렸다. 정작 우리는 그 열차를 타고 낯선 지방과 마을들을 지나 점점 먼 동쪽으로 대충 이틀 낮과 이틀 밤을 더 가야 했다.

❧

마침내 기차가 멈추었고 우리는 밖으로 나갔다. 그것은 우리가 알고 있던 들판과 초원의 풍경이 아니었다.

그러나 입소문은 여느 때와 다름이 없이 분주했고, 우리가 어디에 있는지 알게 되었다. 상부 슐레지엔(Oberschlesien)[1] 브로츠와프(Wrocław)[2] 에서 멀지 않은 쿠르츠바흐(Kurzbach)라 불리는 외진 곳이었다. 날은 벌써 11월로 들어섰다. 도로에 늘어선 나무들은 이파리를 벗었고, 땅은 진흙투성이였고, 하늘은 짙은

---

1) 상부 슐레지엔(Oberschlesien): 폴란드 슐레지엔 동남부 지방.
2) 브로츠와프(Wrocław): 독일어로 브레슬라우(Breslau). 폴란드 서남부 오데르 강 연안에 있는 공업 도시. 제철, 기계, 악기 공업 따위가 발달하였다. 중세의 사적이 많이 있으며, 문화 및 과학 중심지로 1728년에서 1736년에 걸쳐 건립되고 제2차세계대전 후에 재건된 브로츠와프 대학교를 포함한 8개의 교육 기관이 있다.

구름으로 회색빛이었다. 칼바람이 거셌다. 이슬비가 내리기 시작했다. 우리는 추위에 온몸을 떨어댔다.

몇 시간을 행군한 끝에 우리는 목적지에 도착했다. 외관상으로는 단지 두 개의 거대한 목재 헛간이 있는 농장과 비슷해 보였다. 하나는 큰길가에, 또 하나는 맞은편 산비탈에 위치했다.

그들은 헛간 두 개에 가능한 한 많은 수의 인원을 배정했다. 우리는 산비탈에 위치한 헛간에 수용되었다. 남은 여자들 50여명은 말 여덟 마리가 들어갈 만한 공간의 마구간에 수용되었다. 이 세 건물은 모두 창문이 없는 얇은 판자로 지은 목조건물이었다. 우선 1000명은 여기에 머물고 나머지 1000명은 더 먼 동쪽으로 보내질 것이라고 소문은 말했다.

우리를 책임진 독일 감시병들은 비교적 나이가 많은 귀환 군인이거나 예비군들이었다. 그들은 모두 군복을 착용하고 어깨에는 라이플총을 메고 있었다. 또한 에스에스 여자 대원 둘과 수용소 지휘관이 상주했는데, 그들의 숙소는 다른 곳에 마련되었다. 그들은 숙소이자 일상적 명령을 내릴 지휘본부로 쓰일 오두막을 도로가에 짓도록 했다.

우리 구역으로 들어갔을 때, 우리는 낯익은 3층 침상이, 즉 열명이 한 줄로 꽉 붙어 잠을 자야 하는 긴 널빤지 선반들이 줄지어 있는 것을 보았다. 우리 다섯은 즉시 천장 아래층에 자리를 잡았는데, 천장이 제법 높아 등을 펴고 앉을 만큼 공간이 충분했다. 그것은 꿈도 꾸지 못한 호사였다.

우리는 목적지에 도착해서도 음식과 물을 전혀 배급받지 못했고, 비에 몸속까지 젖어 추위에 얼어가고 있었다. 우리는 기진맥진해서 맨 널빤지 바닥에서 그대로 잠들었다. 우리는 구역 바깥에 우리를 위해 파놓은 변소 하나를 사용하도록 허락받았다. 나는 용기를 내어 밖으로 나가보았다. 밤하늘은 별 하나 없이 캄캄했고, 비는 멎은 지 오래였다. 젖은 옷이 떨리는 팔다리를 휘감았다. 나는 다시 헛간으로 들어왔고, 그곳은 마치 선반 위에 인간의 육신을-딱히 인간이라기보다는 아무렇게 쌓아올린 젖은 넝마 더미에 더 가까운-펼쳐놓은 거대한 창고처럼 보였다.

그들은 우리를 새벽 5시에 깨우는 즉시 다섯 명씩 정렬시켜 숫자를 점검했다. 우리는 열 명이 한 분대로 나뉘어졌고, 각자 삽을 하나씩 받았고, 참호를 파기로 지정된 장소로 행군해 갔다. 우리는 기묘한 떼거리처럼 보였다. 우선 나부터도 민머리에 진주와 반짝이는 구슬이 달린 연녹색 조젯 이브닝드레스와 남성용 에나멜가죽 구두를 착용하고 어깨에 삽을 메고 있었다.

우리가 멈춘 곳은 사방으로 아무것도 보이지 않았다. 나무 한 그루 없는 불모의 허허벌판이었고, 눈길이 닿은 끝까지 아무런 볼거리가 없었다. 그러나 철조망이 보이지 않는 바깥의 시골에 있다는 사실은 자유에 대한 보잘것없는 환상을 심어주었다. 우리는 생각했다. 여기선 그래도 신선한 공기를 마실 수 있잖아. 얼마간의 신체적 운동은 근육을 단련시켜주어 우리에게 해롭지 않아. 아우슈비츠 굴뚝의 화염이 우리를 위협하지 않고, 여기선 중년의 감시병들이 우리를 두렵게 하지도 않잖아. 누가 알아? 우리가 열심히 일하면 음식을 좀 더 줄지도.

하여간 전쟁은 조만간 끝날 수밖에 없어. 러시아군이 가까이 거의 문 앞까지 왔고, 그러니 우리가 조금만 더 견디면 평화가 찾아올 거야. 우리는 큰소리로 환호하며 모두 각자의 고향으로 돌아갈 거야. 아르노가 약속한 대로 나를 찾아와 우리의 신호곡을 휘파람으로 불 테고 행복한 새 삶이 시작되는 거야. 낙관적 물결이 우리들 사이에 일렁였다. 우리의 분위기는 대체로 유쾌했다.

그러나 웃음은 우리의 얼굴에서 이내 씻겨 나갔다. 우리는 이제 새로운 적, 우리가 맞서기에 매우 어려운 적과 마주쳤다. 슐레지엔 지방의 허허벌판에서 바람은 얼음 채찍처럼 불고 체감 온도가 섭씨 영하 25도에서 30도는 된다는 것을 우리는 미처 깨닫지 못했다. 더구나 우리는 맨발이나 마찬가지였고, 머리는 삭발인 데다 얇은 누더기를 걸치고 있었다. 날씨는 곧 본색을 드러냈다.

우리가 점호를 받기 위해 일어나는 새벽 5시에도 땅 위에는 서리가 여전했고, 먹을거리를 전혀 배급받지 못했다. 그들은 우리가 참호를 파기로 예정된 장소까지 몇 킬로미터를 끌고 갔다. 그들은 삽을 들어 올리기도 힘든 어린 여자들이 러시아군을 막을 효과적인 장벽을 쌓을 것이라고 생각한 걸까? 흙은 어떤 그릇에 담긴 것처럼 단단하게 얼어붙어 포크도 들어가지 않을 정도였다. 우리의 삽은 수고한 보람도 없이 튕겨 나왔다.

우리는 어찌할 바를 몰라서 무력하게 서 있었다. 그들이 우리를 졸졸 따라다니며 작업 과정을 확인하는 것은 아니었지만, 아무엇도 먹지 못하고 살을 에는 바람 속에 열 시간 동안 우두커니 서 있는 것은 정작 시련과 같았다. 우리는 매일 아침 7시에 작업 장소에 도착했다. 우리가 두 시간 동안 우두커니 서 있을 때 길이가 짧은 아침 열차가 매일 똑같은 시간에 경적을 울리며 지나 갔다. 그것은 9시를 의미했다. 그날의 시간표상으로 보면 아직 여덟 시간을 더 얼어 있어야 했다.

사지가 벌벌 떨리고 이빨이 딱딱 부딪쳤다. 우리는 무자비하고 혹독한 바람을 막기 위해 옹기종기 모여 옹송그렸다. 오후 7시에 우리는 삽을 메고서 몇 킬로미터를 행군해 막사로 돌아와, 멀건 수프 한 그릇을 마시는 것으로 그날의 노역을 마무리했다.

일주일에 두 번 우리는 3일분의 배급량으로 작은 빵 한 덩이를 받았다. 인간의 본성이 자신의 모습을 드러내는 다양한 방식을 지켜보는 것은 흥미로웠다. 누군가가 헛간에서 칼을 하나 발견했고, 그것은 우리가 공동으로 사용하는 보배가 되었다. 어떤 여자는 자기 몫의 빵을 똑같이 3등분해서 하나는 그 자리에서 먹고 나머지는 다음 이틀을 위해 보관해두곤 했다. 또 다른 여자는 3등분한 빵을 얇은 웨이퍼처럼 다섯 조각으로 길게 잘라서 저녁식사로 한 조각이 아니라 다섯 조각을 먹는다는 환상을 자신에게 심어주었다. 또 어떤 여자는 빵조각을 정사각형 모양으로 깍둑썰기했고, 또 다른 소녀는 삼각형으로 썰었고, 두 사람은 모두 빵조각 당 부스러기가 몇 개인지를 불안하게 셌다. 빵을 비축한다는 것은 밤도둑의 위험에 노출되는 것이었다. 물론 일부 사람은 훔쳐야 할 만큼 절박했다.

나는 내 나름의 해결책을 선택했다. 나는 배가 고팠다. 사흘 넘게 배급품을 보관하고 지킨다는 것은 위험했다. 형편없는 빵 조각 하나로는 나를 구원할 수도, 나를 만족시킬 수도 없었다. 그래서 나는 3일분의 배급량을 한 번에 다 먹기로 결정했다. 나는 한 번의 충분한 저녁을 즐기고 다음 이틀은 어찌되든 상관하지 않았다. 나는 그것을 견딜 수 있었고, 한 번의 실속 있는 식사를 회상하는 즐거움도 누릴 수 있었다. 그래서 나는 한쪽 구석에 앉아 입맛을 다셔가며 내 빵의 배급량을 삼켰고, 다만 내 친구들이 그날 밤에 얼마나 배가 고플지, 도둑 때문에 얼마나 불안할지를 생각하니 안타까울 따름이었다.

12월이 되어 겨울이 닥쳤다. 우리에겐 여전히 추위로부터 우리 자신을 방어할 아무것도 없었고, 많은 사람들이 병에 걸렸다. 우리는 보온을 유지하기 위해 바싹 붙어 옹송그리며 온밤을 날이 새기를 기다렸다. 또다시 몇 시간을 서리를 맞으며 서성인 뒤에 헛간으로 돌아가기를 온종일 기다렸다. 우리는 옷을 입은 채로, 때로는 푹 젖은 채로 널빤지 위의 맨 바닥에서 담요도 없이 잠을 잤다. 우리의 손과 발은 낮 동안 꽁꽁 얼어붙었고, 신발에 스며든 물은 결코 마르지 않았다. 우리는 삽에 기대어 서서 조금이라도 따뜻함을 유지하기 위해 자유로운 손을 겨드랑이 아래에 꼈고, 손을 바꾸면서 손가락이 동상에 걸리지 않게 했다.

추위와 불공평한 싸움은 우리의 체력뿐 아니라 의지력까지 고갈시켰다. 사기가 저하되기 시작했다. 그러나 우리는 또 다른 적인 굶주림을 속일 수를 찾아냈다.

39

상상의 진수성찬, 바늘, 다른 기적들

그 속임수는 '요리'를 시작하는 것이었다. 그저 음식에 대해 말하는 것만으로도 음식 그 자체를 대신해주었다. 우리 어린 여자들 열 명은 차례로 돌아가며 다섯 가지 이상의 일품요리를 선정하여 특색 있고 멋진 진수성찬을 준비하기로 했다. 그날의 요리사는 메뉴를 구상하고 각 요리별로 마지막 재료까지 묘사한 다음, 모든 요리를 만드는 방법을 말해야 했다. 그것은 효과가 있었다.

날마다 토속과 외국의 온갖 수프와 오르되브르[1] 상차림에 뒤이어 가리비 껍데기 위에 제공되는 해산물까지 여느 대형급 호텔에 내놓아도 손색이 없을 진수성찬이 차려졌다. 그러고는 적당한 휴식 후에 메인 요리인 다양한 고기요리가 요리책에 묘사된 그대로 요리되어 나오고는 했다. 가금류와 붉치 요리에는 크네들리키(knedliky)[2], 감자, 밥, 온갖 모양과 크기의 국수, 각양각색의 채소가 곁들여졌고, 모든 요리는 와인으로 입안을 씻어냈다. 식사는 한 잔의 커피와 속을 채운, 물론 휘핑크림을 얹은

---

1) 오르되브르(hors d'oevres): 전채요리.
2) 크네들리키(knedliky): 밀가루로 만들어 삶은 빵. 스테이크와 곁들여 먹는다.

케이크로 마무리되었다.

그렇게 우리는 차례차례 돌아가며 요리를 진행했다. 우리들 중 실력 있는 요리사들은 서로 우열을 다투었고, 재료를 아끼는 법이 없었다.

그러던 어느 날 사건이 벌어졌다. 그날의 안주인이 그녀의 메뉴가 끝나갈 즈음에 명절의 '리부셰(Libuše) 케이크' 조리법을 설명하고 있었다.

"이건 우리 가족이 만들어 먹는 방법인데." 그녀가 말했다. "버터 1파운드, 설탕가루 디저트스푼으로 여덟 스푼, 달걀노른자 열 개를 한데 섞은 다음에……."

"잠꼬대 같은 소리 하시네!"

그녀와 한 마을에서 살았던 한 여자아이가 불쑥 끼어들었다.

"너희 엄마는 어떤 케이크 반죽에도 달걀노른자를 열 개씩이나 넣을 꿈도 꾸지 않았어. 너희 엄마는 인색하기 짝이 없어 달걀을 많아야 두 개쯤 넣었을 거야. 내가 너희 집에서 먹은 케이크는 맛이 형편없었어. 그게 다 달걀 때문이었지. 너희 엄마가 그렇게 쩨쩨한 이유를 누군들 알겠어. 푼돈이 모자라지도 않았을 텐데 말이야. 그러니까 거짓말로 허풍 떨며 우쭐대지 마."

그날의 안주인이 얼굴이 벌게져서는 자신의 명예를 방어할 다른 방법을 찾지 못해 친구를 몸으로 공격했다. 두 여자아이는 머리카락이 없었던 탓에 서로의 머리채를 잡아 뜯을 수가 없었고, 그래서 그들은 서로를 바닥에 밀어붙이고 싸웠다. 우리는 그들이 진정할 때까지 강제로 떼어놓아야 했다. 그러나 우리는 리부

세 케이크 조리법이 어떻게 끝나는지 듣지 못했다.

아울러 우리는 매서운 추위를 어느 정도 물리치는 데 성공했다. 우리 헛간의 동료들 중 하나가 에스에스 여자 대원의 세탁부로 정해져 지휘본부에서 일했다. 그녀는 우리 나머지 사람들처럼 온종일 삽을 들고 서성이는 대신에 자신의 새 고용주와 따뜻한 곳에 머물 수 있었다. 어느 날 밤, 그녀가 헛간으로 황금을 능가할 만큼 귀한 전대미문의 보물을 들고 돌아왔다. 바로 바늘! 이 바늘은 우리의 구세주가 되었다. 우리는 각자 하루 저녁만 그것을 사용하기로 하는 데 동의했다. 우리는 바느질을 시작했다. 우리가 그 한 개의 바늘로 무엇인들 하지 못하겠는가!

우리는 적당한 실이 없어 우리가 입은 옷에서 올을 풀어냈다. 나는 재킷 안감으로 머릿수건을 만들었고, 아직 충분히 남은 천으로는 내 손을 감싸기 위한, 짜잔, 끈으로 동여매는 장갑을 만들었다. 이제 내 손가락은 전처럼 심하게 얼지 않았다. 우리는 모두 각자의 의복을 개선했고, 특히 머리와 손을 보호하는 형태로 개선하는 데 성공했다. 우리는 바늘을 소중하게 간수했고, 그것을 위해서 아마 우리의 목숨도 바쳤을 것이다.

또 다른 기적은 이 무렵 우리에게 담요가 한 장씩 지급되었다는 것이다. 부드럽고 따뜻하고 포근한 양모 담요가 아니라 인조섬유로 만든 얇은 누더기였다. 그럼에도 불구하고 그것은 쓸모가 있었다. 우리는 미라처럼 담요로 우리 몸을 감았다.

어느 날, 우리가 작업장에서 큰길을 따라 돌아오고 있을 때 현지 농부의 아내 중 하나가 털이 북슬북슬한 코트에 펠트 장화를 신고, 머리와 목에 두꺼운 숄을 두르고, 털실로 뜬 양모장갑을 끼고는 우리 쪽으로 걸어오고 있었다. 그녀는 어깨에 두툼한 꾸러미를 메고 있었다. 너덜거리는 누더기 안의, 서리에 살갗이 온통 벗겨진 우리의 다리를 보고는 그녀가 걸음을 멈추었다. 그녀가 꾸러미를 열고는 길고 두꺼운 스타킹 한 켤레를 우리에게 던졌다. 검정색, 그것은 그랬다. 공교롭게도 내가 그녀와 가장 가까운 곳에 있어 삽을 들지 않은 손으로 그것을 잡았다. 나는 "고맙습니다." 비슷한 뭐라고 중얼거렸다. 나는 가능했다면 그녀를 껴안고 손에 입을 맞추었을 것이다. 그것은 놀랍고도 아주 뜻밖의 선물이었다. 우리는 좀처럼 충격에서 벗어나지 못했다.

우리는 헛간에 도착해서 돌아가면서 30분씩 스타킹을 신었다. 우리는 동생 리디아, 친한 친구 마르타 블로호바, 나나 크라소바, 아니타 코흐노바, 나, 이렇게 친하게 지내는 다섯 사람을 말한다. 우리는 한 사람씩 차례로 하루 동안 스타킹을 신기로 했다. 그래서 우리 친구들 다섯에게 스타킹을 가져오는 데 지대한 공헌을 한 사람이 바로 나였기에 내가 가장 먼저 신는 것이 좋겠다고 결정했다. 그날 밤과 그 다음 날까지 온종일 폭설이 내렸다. 그날 아침은 바로 내 차례였고, 나는 긴 양모 스타킹을 신고 밖으로 나갔다. 얼마나 따뜻하던지, 얼마나 호사스럽던지! 게다가 내 이브닝드레스와 함께, 내 재킷 안감으로 만든 파란색 머릿수건을 머리에 두르고, 양손도 무언가에 덮여 있어, 나는 추위에 대비해 완전무장한 기분이었다. 기온이 섭씨 영하 20도라고 감시병이 말했다.

40

나나의 예언

그러나 겨울은 전혀 따뜻해지지 않았다. 반대로 밤의 서리는 더 강해졌고, 우리 머리 위의 천장에는 긴 고드름이 매달렸다. 환자가 차츰 늘어나자 수용소 지휘자들은 무언가 조치를 취하지 않으면 우리가 모두 얼어 죽을지도 모른다고 판단한 것이 분명했다. 그래서 우리는 침낭을 지급받았다. 히말라야 등산가들이 사용하는 지퍼가 달린 따뜻하고 푹신한 오리털 침낭이 아니라 종이로 만든 평범한 감자 부대자루였다. 어쨌거나, 그것은 안에 기어들어갈 수 있을 만큼은 충분히 크고 길었다. 보온성은 많이 떨어졌지만, 그럼에도 그것은 동상을 피하는 데 도움이 되는 또 한 겹이었다.

그러나 이 부대자루에는 뜻밖의 문제가 있었다. 그것의 재질이 뻣뻣한 종이인 탓에 누군가 움직일 때마다 바스락거리며 찢어지는 듯이 들리는 큰 소리를 냈다. 밤새 헛간이 온통 그 소음으로 시끄러웠지만 익숙해지는 수밖에 달리 도리가 없었다. 그 모습은 흡사 물건을 가득 담은 부대자루를 선반을 따라 배열해놓은 저장 창고를 연상시켰다. 어떤 자루도 머리가 전혀 보이지 않아 내용물이 인간이라는 것을 암시하지 않았다.

내 옆에 키가 훤칠하고 요정과 같은 창백한 얼굴에 매우 사려 깊은 눈을 지닌 미녀, 나나 크라소바가 누워 있었다. 한때는 그녀에게도 길고 검은 머리카락이 있었다. 그녀는 내게 자신이 폐결핵에 걸렸다고 말했지만 우리는 계속 똑같은 수저로 수프를 먹었다. 나나는 천부적인 통찰력의 소유자였다. 어느 날 밤 잠에서 깬 나는 감자 부대자루에 앉아 어둠을 주시하고 있는 나나를 보았다.

"괜찮아?" 내가 물었다.

"응. 아무렇지도 않아. 그냥 이상한 꿈을 꾸었어."

"무슨 꿈인데?"

"아니타하고 너하고 내가 다 프라하에 있는 꿈."

"멋진 꿈인 것 같은데."

"그렇지 않아. 아니타와 내가 블타바 강에서 수영을 하고 있는데 물살이 자꾸 우리를 강가에서 멀리 밀어내는 거야. 넌 카를교 위에서 사방을 두리번거리고 있고."

그녀가 완전히 확신에 찬 무미건조한 어조로 말했다.

"즈덴카, 너 아니? 우리들 중에서 오직 너 하나만 살아남을 거야. 아니타와 난 고향에 돌아가지 못할 거야."

❧❦❧

겨울이 전진했다. 크리스마스 시즌 무렵이었다. 시골 지역 전체가 깊은 눈 속에 잠겨 땅을 판다는 것은 불가능했다. 우리는

어쩌면 그들이 우리를 온종일 헛간에 머물게 할는지도 모른다고 생각했다. 그러나 '정상적인' 외부 세계의 사람들이 케이크를 굽고, 과자를 싸고, 선물을 포장하면서 크리스마스 시즌을 준비하고 있는 동안, 이곳 우리의 세계에서는 새로운 시련이 우리를 기다리고 있었다.

땅을 삽질하는 대신 우리에게 제재소로 통나무를 옮기라는 명령이 떨어졌다. 남은 겨울을 헛간에서 보낼지도 모른다는 우리의 꿈은 손바닥의 눈송이처럼 녹아버렸다.

새로운 계획은 당장 시작되었다. 우리는 새벽 5시에 일어나 점호를 받고 나서 먼 숲까지 긴 행군을 떠났고, 숲에는 목재가 산더미처럼 쌓여 있었다. 여자 다섯이 한 조가 되어 통나무를 들어 올리고, 그것을 어깨에 메고 행군해야 했다.

"전진! 계속 가!"

우리를 책임진 새 보안대원이 소리쳤다. 우리는 하중을 분산시키기 위해 재빨리 통나무 아래 간격을 조정했다. 숲 속에는 길이라 할 만한 것이 없었고, 우리는 끊임없이 바람에 날려 쌓인 눈 더미 속에 처박히고 나무뿌리에 걸려 엎어졌다. 발에 나막신을 신은 여자들은 눈이 신발에 들러붙었고, 발목이 연신 꺾였다.

우리의 어깨에 짊어진 통나무는 점점 무거워졌지만 우리는 가끔의 쉬는 시간에도 그것을 내려놓아서는 안 됐다.

"전진!"

고함소리가 당번 보안대원 입에서 터져 나왔고, 그는 어깨에 짊어진 라이플총으로 우리를 후려치고 싶어 근질거리는 것 같왔다.

마침내 우리는 숲을 나와 큰길에 들어섰다. 그곳에서는 적어도 넘어질 위험은 없었고, 통나무를 우리 어깨의 적당한 자리에 올려놓을 수 있었다. 나는 이전 건강증진협회 체조선수로서 내가 무엇을 해야 하는지 알아챘다.

"애들아," 내가 말했다.

"우리가 일을 더 쉽게 하려면 똑같은 리듬에 보조를 맞춰 행군해야 해. 그러니 적당한 노래를 부르자!"

그래서 우리는 같은 음이 반복되는 체코 민요를 부르기 시작했다.

하나 둘 네 마리 말이 마당에 있어, 아무도 그들을 데려가 쟁기질을 시키지 않네. ······ 트랄라 랄랄라, 트랄라 랄랄라, 하나 둘 ······

라스 드바(ras dva)

츠티리 코네(ctyrí kone)

베 드보레(ve dvore)

자드니 스 니미(zádný s nimi)

네오레(neore)

트랄라 랄랄라(tralá lalala)

트랄라 랄랄라(tralá lalala)

네오레(neore)

라스 드바(ras dva)

"아주 잘하는군."

보안대원이 만족스레 말했다.

몇 킬로미터를 더 걸어가고 나서야 우리는 제재소에 도착했다. 그곳에서 우리의 통나무를 다른 통나무들 옆에 나란히 내려놓을 수 있었다. 무릎이 꺾여 똑바로 서 있을 수도 없었다. 우리는 각자 수고에 대한 대가로 멀건 수프를 작은 깡통에 받았다. 그것이 그날 먹는 식사의 전부였다. 그날 저녁 우리는 헛간으로 돌아와 완전히 탈진해 침상에 꼬꾸라졌다.

어깨는 벌써 살갗이 벗겨져 피가 나고 있었다. 우리가 얼마나 오래 버틸 수 있을까? 이것은 말이 할 일이지, 건강과 기력이 급속하게 바닥나고 있는 허기진 어린 여자들이 할 일이 아니었다. 우리는 하루에 12킬로미터를 걸었다. 매일 저녁 우리는 상처에 눈을 발랐지만 아침에 일어났을 때까지도 상처에서는 진물이 흘렀다. 날마다 우리들은 하나둘씩 고열로 쓰러져 아무도 돌봐주는 이 없는 어둡고 더러운 구덩이인 '병실'로 보내졌다. 의사도 약도 없었다. 회복되지 않으면 죽었다.

우리의 상황은 급속도록 악화되고 있었다. 우리 다섯 중에서 제일 먼저 마르타가 쓰러졌다. 그녀는 병실로 옮겨졌고, 우리는 모두 마음속으로 그녀에게 작별인사를 했다. 그러나 우리는 작업이 끝난 후에 차례로 돌아가며 그녀를 찾아가 기운을 잃지 않도록 용기를 북돋워주었다.

"전쟁은 곧 끝날 거야." 우리는 말했다.

"끝날 때까지 버티려면 기운을 차려야지."

어느 날 정말 이상한 일이 일어났다. 우리는 작업 후에 탈진한 유령처럼 숙소로 걸어가고, 아니 기어가고 있었다. 나는 평소와 다름없이 마지막 줄에 있었다. 나는 언제나 이목을 끌지 않으려 노력했고, 인정을 받기 위해 앞에 나서지 않았다. 그날은 우리를 지키는 보안대원이 대체군인이었고, 그는 민간인 시절에 학교 선생이었을 법해 보이는 중년 남자였다. 그는 천천히 걸었고 우리만큼이나 피곤한 모습이었다. 그가 여느 때처럼 라이플총을 들고 있었지만 표정은 이런 곳에서 죄수들을 감시하고 있다기보다는 마치 발치에 고양이를 두고는 집 안 난롯가에 슬리퍼를 신고 앉아 있는 듯이 친절하고 고요했다.

아무런 예고도 없이 그가 나를 돌아보며 나직이 말했다.

"당신한테 뭘 좀 줘도 될까요?"

그가 정중하게 '당신'이라는 표현을 사용했고, 그것은 보기 드문 공손함이었다.

나는 그가 나에게 무언가를 주고 싶어 할 것이라고는 상상지도 못했지만 그를 불쾌하게 하고 싶지 않아 속삭였다.

"물론이죠. 되고말고요."

그가 주머니에 손을 넣더니 우리들 중에서 아무도 수년 동안 구경도 못 해본 예쁘고 하얀 크러스트 롤빵을 꺼냈다. 그가 내게 그것을 남몰래 건네면서 변명하듯이 덧붙였다.

"그런데 쥐새끼 한 마리가 그걸 좀 쪼아 먹었어요."

가까이 들여다보니 그의 말이 맞았다. 롤빵 한가운데 한 입 갉아먹은 우묵한 구멍이 나 있었고, 그것은 쥐만이 낼 수 있었다. 사실 롤빵 껍질 군데군데 빈 구멍이 있었다. 상관없어, 쥐도 분명 배가 고팠을 거야. 나는 생각했다. 나는 그것을 얻어 기뻤고, 걸어가며 그것을 모조리 먹어치울 수도 있었다. 그런데 문득 병실에 아파서 누워 있고 나하고 똑같이 배가 고플 마르타가 생각났다. 그녀는 나보다 더 불행했다. 그녀를 위해 롤빵을 먹어서는 안 되었다. 조금의 여분도 큰 도움이 될 수 있었다.

각고의 노력으로 나는 작은 껍질 한 조각 떼어 먹는 것도 삼갔다. 마르타는 테레진에서 내가 수송열차에 타는 것을 막아주고 자명한 죽음에서 나를 구해주었다. 그래서 보잘것없지만 이런 식으로라도 보답을 해야 했다.

우리가 헛간에 도착하자마자 나는 득달같이 병실로 찾아가 내가 줄 수 있는 가장 큰 선물을 그녀에게 내밀었다. 그녀는 고열로 의식이 흐릿했다. 나는 그녀에게 그것을 어떻게 얻었는지 말해주었고, 그녀는 진심으로 고마워했다. 그러나 그녀는 열 때문에 목이 말라 그것을 아침에 먹는 것이 좋겠다고 말했다. 그녀는 그것을 받아 옆에 내려놓았다. 그것은 모두 잘못된 것으로 판명되었다. 그날 밤에 누군가가 그것을 훔쳐갔고 마르타는 빵 부스러기조차 맛보지 못했다.

나는 그 감시병의 친절에서 받은 감동에서 벗어나지 못했다. 독일군이 모두 짐승이나 사디스트는 아닌 것 같았다. 더러는 자신의 의지와 상관없이 전쟁의 소용돌이에 휘말려 빠져나갈 길을 찾지 못한 선량한 사람들도 있었다. 다시는 그의 모습을 보지 못했지만 나는 가끔 그를 생각하곤 했다. 나는 헛간으로 돌아와 그날 저녁 까무러칠 만한 일이 기다리고 있는 줄도 모르고 잠자리에 누웠다. 내 왼쪽에 나나 크라소바가 내 오른쪽에 동생이 누웠고, 그곳이라면 그녀에게서 한시도 눈을 떼지 않을 수 있었다. 우리가 밤 인사를 끝냈을 때 리디아가 벌떡 일어났다.

"언니한테 꼭 할 말이 있어." 그녀가 말했다.

"내일 하면 안 되겠니?"

나는 그것이 다른 여자애들에 대한 불평 따위의 하찮은 이야기일 것이라고 생각했다.

"안 돼, 지금 말해야 해."

"알았어. 해봐."

나는 대수롭지 않게 여기고 무심코 동의했다. 그때 그것은 폭탄이 낙하하듯 떨어졌다.

"임신했어."

고요. 숨이 턱 막혔다.

"네가? 임신했다고? 말도 안 돼, 이런 상황에서! 대체 어떻게 임신을 했단 거야?"

그녀는 겨우 16세 반이었다.

"기억나?" 그녀가 살짝 더듬었다.

"테레진에서 9월에 젊은 남자들을 태운 수송열차가 두 번 떠났잖아? 한 번은 우리 오빠 이르카가 떠났고 또 한 번은 내 친구 페트르가 떠났어. 페트르와 나는 서로 정말 좋아했어. 그래서 기

267

억에 남을 작별을 하고 싶었어. 그이 친구 중 하나가 우리한테 자기 고미다락을 빌려주었는데 거기서 그렇게 됐어. 난 처음이었어. 전쟁이 끝나면 다시 만나기로 약속하고 다음 날 페트르가 떠났어."

"불가능한 일이야! 이건 파멸을 자초하는 거야! 임신이라니, 이런 데서? 제대로 먹을 음식도 없는 데서? 게다가 노역을 하면서 말이야? 의사도 약도 없는데? 이런 상황에서 결국 어떻게 될 거 같니?"

"나도 몰라. 어쩌면 전쟁이 금방 끝날지도 모르잖아?"

"구월에 임신이 되었다면, 12월, 임신 3개월이 지났다는 말이잖아. 그럼 6월에 애를 낳는 거야? 그 전에 누가 알아채기라도 하면 어쩌려고? 아우슈비츠에서 임신한 여자들은 다 왼쪽으로 보내진 거 기억하지? 그들이 어떻게 되었는지 아무도 모른다고. 이제부터가 중요해. 임신한 사실을 절대로 아무한테도 말하면 안 돼. 우리 두 사람 말고는 살아 있는 사람은 아무도 몰라야 해. 맙소사! 도대체 내가 널 어떻게 해야 하는 거니?"

그것은 악몽이었다. 나는 리디아를 지근거리에 두고 지켜보기 시작했다. 내가 동생보다 여섯 살이 더 많았다. 그녀는 갈퀴처럼 말랐지만 이미 배가 살짝 도드라져 보였다. 우리의 배급량이 너무 빈약해서 내가 덜어주는 몇 숟가락이 조금이나마 도움이 되었다. 더욱 심각한 문제는 매일 몇 킬로미터 떨어진 제재소까지 통나무 세 개를 옮겨야 하는 노역이었다. 나는 리디아를 조금 편하게 해주려고 내 바로 앞자리에 그녀를 두고는 끝자리로 옮겼다. 목재가 리디아에게 거의 닿지 않아 하중이 주로 내 어깨로 쏠렸다. 나는 리디아의 상태를 아무도 눈치채지 못하게 해달라는 기도만 했다.

시간은 가차 없이 흘렀다. 이제 1945년 1월 초였고, 여전히 지평선에는 아무런 변화가 없었다.

어느 날 밤 나나 크라소바가 다시 잠자리에서 벌떡 일어나 나를 깨우고는 잔잔한 미소를 지으며 말했다.

"내가 얼마나 멋진 꿈을 꾸었는지 상상도 못 할 거야."

"또 프라하 꿈을 꾸었니?"

"아니. 이번에는 내가 근사한 푸른 초원 한가운데 서 있는 꿈을 꾸었어. 그때 한 스무 마리쯤 되는 백마가 무리 지어 달리고 있었어. 우리 그이 한스가 그중 한 마리의 말안장에 앉아 있었어. 그이가 웃으면서 내게 그이의 안장에 올라타라는 몸짓을 했어. 내가 올라타자 우린 멀리까지 달렸어. 그이가 그랬어. 우리가 가는 곳엔 부족한 게 없다고 말이야."

"넌 그 꿈이 미래에 대해 무언가를 말해준다고 생각하니?"

"그래, 하지만 좋은 건 아니야. 아직은 아니야."

"왜? 아름다운 꿈이잖아."

"즈덴카." 그녀가 예언조로 말했다.

"이달 21일에 큰 변화가 있을 거야. 더욱 안 좋은 변화가 말이야."

그녀는 그것에 대해 말해주지 않았다.

41

죽음의 행군

나는 나나의 예언에 대해 얼마간의 확신이 있었고, 마음 한구석에서는 21일에 무슨 일이 일어날지 알고 싶은 호기심도 있었다. 그러나 아무 일도 일어나지 않았다. 그날은 다른 날들과 다름이 없었다. 5시에 점호하고, 숲까지 행군하고, 제재소로 통나무를 옮겼다. 우리는 행군 중에 노래를 부르고 싶지도 않았고, 그것마저도 힘이 들었다. 우리는 멀건 수프 한 깡통을 단숨에 꿀꺽 삼키고 헛간까지 다시 묵묵히 걸어가 널빤지 침상이 무너져 내리기를 기대하며 종이 자루 속으로 기어들어가 눈을 감았다. 그러면 추위와 굶주림을 잊을 수도, 또 하루를 살아남게 해준 것을 신에게 감사할 수도 있었다.

그러나 그날은 다른 날과 같지 않았다.

저녁 행군 때 수차례에 걸쳐 거듭 숫자를 세고 나서 우리가 풀려났다고 예상하고 있을 때, 우리 앞에 거의 본 적이 없는 수용소 지휘관이 나타나서 훈령을 내렸다.

"쿠르츠바흐에서 철수해야 한다. 병실에 있는 사람들은 그대로 남겨두고 간다. 나머지 사람들은 오늘 저녁 이곳에 정렬해 행군을 시작한다. 한 시간 후에 출발한다."

나나의 예언이 적중했다. 최악은 여전히 유효했다. 그것은 이제까지 우리가 보고 겪은 적이 없는 것이었다. 우리는 헛간으로 돌아왔지만 다음 여정을 위해 꾸릴 짐이 아무것도 없었다. 나는 내 남성용 구두가 벗겨질 것이 두려워 신발 안에 지푸라기를 조금 채워 넣었다. 우리가 어디로 행군해야 하는지, 시간은 얼마나 걸리는지 오직 신만이 알았다.

프라하에 살던 먼 친척이자 강인하고 용감한 여자아이 블란카 크라우소바(Blanka Krausová)가 느닷없이 뛰어 들어와 숨을 헐떡이며 말했다.

"얘들아, 모퉁이를 돌아가면 감자가 가득한 지하 저장고가 있어. 서둘러! 조금씩 가져가자!"

감자가 정말 많았다. 우리는 각자 가능한 한 많이 가져다가 담을 수 있는 곳이면 어디든지, 소매 속이나 옷 속에 감자를 집어 넣고는 그것이 빠지지 않도록 끈으로 묶었다. 이 감자가 우리의 유일한 짐이었다.

그런데 마르타가 병실에 있었다. 수용소 지휘관이 병자들은 모두 그냥 두고 간다고 하지 않았니? 왜? 그들은 어떻게 되는 거야? 열띤 논쟁이 뒤이었지만 허비할 시간이 없었다. 우리는 만장일치로 마르타를 수용소에 남겨두고 가지 않기로 결정했다.

우리는 병실로 달려가 그녀를 끌고 나왔다. 그녀는 아무런 말도 듣지 못했다. 아무도 수용소에서 철수한다는 말을 병실 사람들에게 전하지 않았다. 그녀는 몸도 가누지 못했지만, 남는다는 것은 불가능하다고, 그래서 마지막 남은 힘을 끌어 모아 우리와 함께 행군해 가야 한다고 그녀를 가까스로 설득했다. 우리는 어떤 곡물인지 모를 겨로 만든 마지막 사흘분의 빵을 배급받았는데, 모두 곰팡이가 슬고 거무칙칙했다. 그러나 사람이 배고프면 못 먹을 것이 없는 법이다.

우리는 서리가 내리는 밤중에 다섯 명씩 정렬해 행군을 시작했다. 우리는 이상하리만큼 많은 수의 제복을 입고 라이플총을 든 독일 보안대원의 호송을 받았다. 우리가 얼마 가지 않아 병실에 갇힌 여자들의 날카로운 외침과 비명소리가 들렸고, 뒤이어 라이플 총소리가 잇따랐다.

그들은 환자들을 한 사람씩 전부 총살했다.

죽음과 같은 정적이 사방으로 퍼져나갔다.

러시아군이 가까이 다가와 빠른 속도로 서진하고 있었다. 독일인들은 자신의 죄수이자 나치가 저지른 잔혹행위의 목격자인 우리를 무슨 수를 쓰더라도 러시아의 손에 넘겨주지 않기로 결정했다. 그래서 그들은 다시 우리를 서쪽으로, 독일 영토 깊숙이 몰아가고 있었다. 우리는 전선지역에 도착했고, 밤낮으로 포성과 폭발음이 울려댔다. 그것은 우리의 귀에 음악소리처럼 들렸는데, 러시아군이 우리보다도 빨리 이동하여 이제 며칠 후면, 어쩌면 몇 시간 후면 우리를 따라잡을지도 모른다고 확신했기 때문이다.

우리는 행군을 계속해야 했다. 낮과 밤으로, 밤과 낮으로.

전선지역의 마을들이 소개되면서 도로에는 이주하는 주민들을 빽빽이 태운 화물차들이 우리를 추월해 지나갔다. 사람들은 서둘러 집을 떠나고 있었고, 때론 소와 가금을 데려가기도 했다. 도로는 밴과 포장마차로 혼잡했다. 모든 사람들이 도주 중이었고, 적어도 목숨 정도는 구하기를 바라며 감당할 수 있는 것은 무엇이든 가져갔다. 전체적으로 급하게 서두르는데도 불구하고 전체 마을들은 이내 바싹 뒤쫓는 막강한 러시아군의 수중에 떨어졌다.

사흘 동안 우리는 먹지도 자지도 못했다. 순례길은 몸서리나는 골고다 언덕이 되어가고 있었다. 우리는 눈과 바람을 막아주는 피난민 마차의 천막 포장과 최소한 등을 곧게 펴고 앉거나 드러누울 수 있는 피난민들의 신세가 부럽기 그지없었다.

우리가 비축해둔 감자가 돌덩어리처럼 우리를 끌어당기기 시작했다. 가끔씩 우리는 즙과 녹말을 취하려고 날감자를 먹었고, 그것이 우리의 굶주림을 얼마간 덜어주었다. 프라하에서 모자 상점을 하던 미치 폴라츠코바(Mitzi Poláčková)가 내 뒷줄에 있었다. 그녀는 감자를 가져오지 않았다. 그녀가 내 등을 두드리며 변명하듯이 말했다.

"즈덴카, 미안하지만 감자 몇 개만 빌려줄래요? 전쟁이 끝나면 갚을게요."

나는 내가 빌려줄 수 있는 만큼 그녀에게 주었다. 감자가 도움이 안 될 줄 누군들 알았겠는가! 결국 그것은 무거운 짐이 되었고, 우리는 그것을 버려야만 했다. 무거운 마음으로 우리는 그것을 길가에 버렸다.

수면 부족은 더욱 괴로운 문제였다. 우리가 견딜 수 있다고 생각한 온도를 훨씬 밑도는 날씨에 사흘 낮과 밤을 쉬지 않고 이동한 터라 우리는 쓰러지기 직전이었다. 숨 쉬기가 어려웠고, 코는 얼어붙어 하얀 고드름으로 변했다.

절박함이 우리를 구해줄 착상을 일깨웠다. 우리는 행군 중에 잠을 자는 것이 가능하다는 것을 깨달았다. 자연은 자비롭다. 잠시라도 잠을 잘 차례가 된 사람은 모두 우리 다섯 명의 가운데 자리로 옮겨서 양편에 선 사람들이 팔을 잡아 그녀를 이끌 수 있었다. 이런 지원을 감지한 중앙의 사람은 깜빡 졸 수 있는 반면에 그녀의 다리는 무의식적으로 움직였다. 그녀는 이런 식으로 두 시간 이상을 자면서 잠시지만 극도의 피로감을 이겨낼 수 있었다. 우리는 모두 이 묘안의 혜택을 누리고자 차례대로 이렇게 했다.

그럼에도 불구하고 우리의 대열은 줄어들기 시작했다. 기력이 쇠하면 쇠할수록 사람들은 보조를 맞추기 어려워 차츰 뒤처지기 시작했고, 그것은 치명적이었다. 대열에서 벗어나 길섶의 눈 속에 탈진해 쓰러진 사람은 누구를 막론하고 가까운 거리에 있는 독일인에게 무참히 총살되었다. 지상의 어떤 권능도 방아쇠 위의 살인용 손가락을 막을 수는 없었다. 무거운 나막신을 신은 수많은 소녀들이 단지 대열을 따라가고 라이플 총알을 피하기 위해 그들을 뒤처지게 만드는 신발을 벗어버렸다. 그러나 닷새째 되었을 즈음 어떤 위대한 의지력도 굶주림과 추위와 탈진을 견디지 못했다. 여기저기에서 소녀와 여자들이 평화롭고 하얀 무덤을 찾아 깊은 눈 속에 쓰러졌다.

이제 리디아도 뒤로 처지기 시작하면서 내 최악의 두려움을 확인시켰다. 리디아는 마치 유령처럼 발을 질질 끌며 걸었고, 한 걸음 앞으로 내딛는 것도 힘들어했다. 내 어깨를 꽉 잡고서 리디아가 속삭였다.

"더는 못 가겠어. 여기 남아야 할 것 같아. 난 여기에 놔두고 언니 혼자 가."

나는 그녀가 더는 걸을 수 없다는 것을 알 수 있었다. 그러나 도대체 지금 어떻게 하라고? 말 그대로 내가 동생을 이곳에 남겨두고 가야 하나? 그저 작별인사만을 하고는 라이플 총소리가 들린 뒤의 고요를 기다려야 하나? 그러고는 뒤도 안 돌아보고 다른 사람들을 따라 행군해야 하나?

죽음이 그렇게 간단한 것인가? 우리 주위에 소리 없이 내리는 눈송이들처럼 가벼운 것인가? 그렇지 않으면, 나도 대열을 이탈해 리디아와 함께 있다가 총을 맞아야 하는 것인가? 아니다. 그거야말로 내가 허락할 수 없는 것이었다. 어떤 해결책도 용납할 수 없었다. 리디아는 남은 힘을 끌어 모아 행군을 계속해야 할 것이다. 우리는 둘 다 살아남아야 한다.

내 안의 모든 것이 격렬히 반대했다.

우리의 내부 어딘가에는 저마다의 생존 도구 상자가 있다. 그것이 어디에 있는지, 또한 그 안에 무엇이 들었는지, 그것이 결정적 순간에 열릴 때까지 우리는 전혀 모른다. 그 안에는 약이나 붕대가 아니라 무엇을 해야 하는지에 대한 확고한 지침들이, 아울러 그것을 하는 데 필요한 힘이 들었다. 우리가 소유한 줄도 모르는 그 어마어마하고 신비로운 힘은 숨겨진 심연에서 샘솟지만 우리의 목숨이 경각에 달린 극한 상황에서만 용솟음친다. 그것이 어디에서 오는지, 또 그것이 어떤 기적을 일으켜 불가능을 가능하게 하도록 우리를 도와주는지 우리는 알지 못한다.

내가 리디아에게 모질게 말한 뒤에, 더 정확히 말해 계속 걸으라고 명령한 뒤에 그녀는 간신히 의지를 되찾았다. 우리는 리디아를 우리 다섯 명의 대열 중간에 세워 극한의 피로감을 이겨낼 수 있도록 잠시 잠을 재웠다.

마침내 그들이 밤 동안 우리의 행군을 멈출 수 있는 장소를 발견했다. 그것은 짚이 몇 겹으로 쌓인 자물쇠 달린 헛간이었다. 헛간 안은 칠흑같이 어두웠고, 우리의 코앞도 보이지 않았다. 그들이 우리를 전부 안에 밀어 넣고는 다시 문을 잠갔다. 안은 아수라장이었다. 지옥을 방불케 했다. 수백 명의 여자들이 잠을 잘 수 있는 공간이 전혀 없었다. 우리는 서로에게 걸쳐 누워야 했고, 마치 대전투에서 육탄전을 벌인 사람들처럼 기진맥진해서 아침에 일어났다.

그 뒤로 행군이 멈추는 곳마다 잠을 자기에 가장 좋은 곳은 소들이 있는 곳임을 우리는 깨닫게 되었다. 언제나 외양간을 차지하기 위한 다툼이 벌어졌다. 이르는 곳마다 동물의 온기와 젖 냄새가 밴 더러운 지푸라기 위에, 그런 곳에 눕는다는 것은 호사였다. 더욱이 그런 곳에는 얼마간의 빛도 있었고, 자리만 차지할 수 있다면 상처투성이의 지친 팔다리를 뻗을 수도 있었다. 나는 동물들하고 밤을 보내는 것이 세상 최악의 일이 아니라는 것을 깨닫게 되었다. 사실 그것이 사람과 함께 있는 것보다 덜 위험했다. 그래서 우리는 말과 소와 염소와 양들과 한데 섞여 밤을 보냈다.

안타깝게도 우리들 수는 줄어들고 있었다. 결국 눈 더미에 쓰러지는 소녀들이 점점 늘어났고, 우리가 지나간 길에는 시체들이 줄을 이루었다.

우리는 행군을 시작한 지 열흘째 되는 1월 말경에 오데르 강가에 도착했다. 강물은 유속이 빠르게 소용돌이쳤고, 간간이 여울이 있고 군데군데 얼음덩이가 떠다녔다.

우리 대열이 멈추었을 때 수용소 지휘관이 불쑥 나타나서는 어리둥절하게 만드는 명령을 전했다.

"Wer kann – wetter, wer nicht–bleiben."

우리는 이 델포이 제사장의 신탁을 사방으로 전달했고, 마침내 그 말의 의미를 결정했다.

"기력이 남은 사람은 누구든지 계속 전진해야 하고, 그렇지 않은 사람은 그대로 남는다."

그러나 그는 설명하지 않았다. '계속 전진'이 무엇을 의미하는지? 어디로? 얼마나 더 오랫동안? 그다음에는 어떻게 된다는 것인지? 그리고 '그대로 남는다'는 말에는 어떤 의미가 담겨 있는 것일까? 러시아군이 하루나 이틀 후면 당도할 것이 분명했다. 독일인들이 우리를 산 채로 그들에게 넘겨준다는 것인가? 아니면 행군 중에 낙오자를 총살했던 대로 우리 모두를 죽이겠다는 것인가?

우리들 중에서 맨 먼저 마르타가 이 먼 곳까지 오는 영웅적인 분투를 보여주었음에도 불구하고 남기로 결정했다. 그녀는 도 저히 더는 어떻게 해볼 수가 없었다. 다른 많은 소녀들이 똑같은 결론에 이르렀다. 다른 많은 사람들이 양자택일을 고민했다. 독 일인들이 우리를 살려둘지도 모르니 남는 것이 좋을까, 아니면 계속 가는 것이 좋을까? 약 70여 명의 소녀들이 남기로 결정한 뒤에도 나는 결정을 내리지 못했다.

지휘관은 걸을 수 있는 사람은 계속 가는 것이 낫다고 말했다. 혼자라면 나는 계속 행군할 기력이 남았지만 리디아를 데리고 가야 했다. 이런 상황에서 모든 사람들이 그 자신의 힘이 어디에 있는지 잘 판단하여 그만의 결정을 내려야 했다.

거대한 강을 건널 다리도 나룻배도 없이 단지 휑한 뗏목들이 다였다. 그들은 뗏목이 가라앉지 않고 실어 나를 수 있을 만큼 많은 수를 태웠다. 우리는 아직도 큰 무리였고 얼음장 같은 강물 에 무릎까지 잠겨 있었다. 붙잡을 것이 한 군데도 없는 뗏목이 거센 물살을 따라 양쪽으로 심하게 요동쳤다. 우리 모두 익사할 지도 모른다는 두려움에 미친 듯이 서로에게 매달렸다. 너울과 부빙 사이에 제멋대로 던져진 뒤에 우리는 드디어 강 건너 마른 땅에 도착했고, 쿠르츠바흐에서부터 여기까지 오는 동안 대략 절반만이 살아남았다는 것을 알게 되었다. 마르타가 우리 다섯 사람 가운데 첫 번째로 행방불명되었다. 우리가 떠난 뒤에 그녀 가 어떻게 되었는지 우리는 몰랐다.

42

그로스 로젠 수용소

우리는 나흘을 더 행군했고, 마치 지난 2주 동안 유럽 대륙의 절반은 횡단한 것 같았다. 실제로 우리는 모두 누더기를 걸치고 맨발이나 다름없는 상태에서 거의 450킬로미터의 거리를 감당했다.

마침내 우리는 그로스 로젠(Gross Rosen) 강제수용소의 문 앞에 당도했다. 원래 1000명에서 남은 우리 600여 명은 어디든 상관없이 도착했다는 사실만으로도 기뻤다. 우리가 다시 철책에 갇힌다는 것 따위는 중요하지 않았다. 옛말에도 그랬던가? "시대가 변하면 사람도 변한다." 첫인상은 그다지 나쁘지 않았다. 빙 돌아 숲이 있어 자연도 조금 보였고, 나무는 언제나 마음을 느긋하게 해주는 효과가 있었다. 우리는 안전한 기분마저 들었다. 머리 위의 지붕이 짙은 서리를 막아주었고, 더욱이 우리는 더 이상 어딘가로 행군하지 않아도 되었다. 여기서는 당국이 우리를 감시하지 않았고, 아무런 노역도 없었다. 우리는 하루에 두 번 수프를 먹으러 가거나, 그렇지 않으면 바닥에서 빈둥거렸고, 그곳에서 잠도 잤다. 물론 하루에 두 번 우리의 머릿수를 세는 점호는 받았다.

그로스 로젠은 원래 남자를 위한 수용소였다. 매일 죄수들의 대열이 광산으로 가는 도중에 우리를 지나갔다. 그러나 그들은 거의 인간의 모습이 아니었다. 긴 줄무늬 옷에 죄수모를 쓴 그들의 모습은 마지막 한 방울의 생명까지 쥐어짜낸 인간의 그림자처럼 보였다. 그들의 표정 없는 눈이 우리를 멍하니 주시했고, 그것은 마치 이 세상에 속하지 않는 사람들처럼 보였다.

살아 있는데도 죽었고, 죽었는데도 살아 있었다.

우리의 새 수용소 위로 밤이 내렸다. 사위가 깊은 적막 속에 잠겼고, 우리는 잠들지 못해 뒤척였다. 나는 살그머니 막사 밖으로 나왔고, 촘촘한 철조망과 고요하고 맑은 서리 내리는 밤에 둘러싸였다. 주위에는 아무도 없었고 오직 별들만이 인간 종족을 내려다보며 윙크하고 있었다. 아니다, 윙크하는 것이 아니라 오히려 이 행성에서 짧은 생을 사는 덧없는 존재의 어리석음과 자만심과 보잘것없음을 조롱하고 있었다. 그들은 전쟁을 벌이고 어리석은 작은 승리를 자랑하는 인간이 얼마나 하찮고 우스꽝스런지를 말하고 있는 듯이 보였다. 인간의 생은 하루살이의 생에 불과하고, 그 생을 어떻게 살아야 하는지도 모른다. 우리를 바라보면서 별들이 말한다. 오직 우리만이 영원하다고!

43

마우트하우젠으로 가는 길

그로스 로젠에서 지낸 지 간신히 일주일쯤 되었을 무렵, 우리가 몸도 추스르기 전에 러시아 부대들이 인근까지 다가와 수용소가 소개된다는 소문이 느닷없이 돌았다. 수용소의 전체 수용자가 한 번에 수만 명씩 서부 독일 깊숙한 곳으로 출발할 예정이었다.

지난 노정의 공포와 궁핍의 기억 때문에 우리는 더없이 불안했다. 그러나 이번에는 긴 철도 열차가 우리를 기다리고 있었다. 우리는 운명이 준 이 작은 행운을 기뻐하면서 그것이 석탄을 싣는 낮은 무개화차를 연결한 화물열차여도 개의치 않았다. 발로 걸어가는 것이 아니라 적어도 탈것에 실려 간다고 우리는 자신에게 말했다. 그러나 또다시 모든 변화는 더 나쁜 변화일 수 있다는 것을 증명했다. 이번에는 우리가 상상했던 것보다도 더욱 나빴다. 그것은 우리 모두의 죽음과 말살에 다가간 또 다른 걸음이었다.

우리는 기차가 대기하고 있는 측선에 도착했다. 그들은 우리에게 화차에 올라타 서 있으라고 재촉했다. 화차마다 대략 90여 명이 나란히 바싹 붙어 섰다. 인간의 육신은 물론이고 쥐 한 마

281

리도 들어설 틈이 없다고 우리는 생각했다. 우리는 그야말로 어리석었다.

기차역 플랫폼에서 기다리고 있던 또 다른 무리의 여자들이 우리와 합류한다는 말이 들렸다. 또 다른 40명의 육신이 화차마다 처박혔다. 그러나 모든 것에는 한계가 있는 법이다. 이를테면, 우리는 한쪽 다리로 지탱하고 있었고, 우리 130명은 숨조차 쉬기 어려울 정도로 빽빽이 다져졌다. 본능이 화차 가장자리의 허리 높이 난간을 꽉 잡고는 어떤 일이 있어도 놓아서는 안 된다고 경고했다. 그것이 네 구세주라고, 나는 속으로 되뇌었다. 가운데의 수많은 육신들 사이에 낀다는 것은 치명적일 것이다.

기차가 출발하자 살려달라는 발작적인 외침이 한가운데 처박힌 사람들 입에서 터져 나왔다. 그들은 설 수도 숨을 쉴 수도 없었다.

기차는 하루 낮과 밤을 빈 독일 마을들을 통과해 달렸다. 어디에서도 생명의 징후는 보이지 않았다. 열차는 어떤 역에도 정차하지 않았고, 먹을 것도 마실 것도 주지 않았다. 우리는 너무 지독하게 목이 말라서 눈이 내리자 그것마저 하늘에서 내려준 양식처럼 느껴졌다. 그것이 어디에 떨어지든 상관없이 우리는 미친 듯이 눈송이를 핥아 먹었다. 우리는 너무 열중한 나머지 눈이 비로 변한 것도 알아채지 못했고, 10분도 안 되어 우리는 흠뻑 젖었다. 우리를 막아주는 것이 아무것도 없는 상태에서 옷이 물기를 빨아들였고 우리를 뼛속까지 얼어붙게 했다. 차가운 밤공기에 연신 몸을 떨어대는 와중에도 피로로 눈꺼풀이 내려앉아 우리는 간절히 잠을 자고 싶었다. 열차에서 지낸 지 벌써 사흘째였다.

우리는 폭풍우에 휘말린 배에 탄 승객들처럼 이쪽저쪽으로 흔들렸고, 한쪽 다리를 다른 쪽 다리로 바꿀 공간도 없었다. 더는 버틸 힘이 없는 사람들이 석탄가루와 배설물이 뒤섞여 점액질로 변하고 악취를 풍기는 화차 바닥에 쓰러졌다. 열차가 거칠게 덜컹거리자 나머지 사람들이 눈사태처럼 그들 위를 덮쳤고, 그들 중에 몇 명이 짓밟혀 죽었다. 우리는 선택의 여지가 없었다. 어느 누구도 다른 사람들은 물론이고 자기 자신도 살릴 수가 없었다. 반쯤 미친 승객을 태운 화물열차가 돌진하는 대로 텅 빈 시골 지역에 살려달라는 절규가 메아리쳤다.

한바탕의 공황 상태가 발생할 때마다 사망자 수는 늘어갔다. 나도 한번은 다른 사람이 나를 밀쳐서 균형을 잃었다. 누군지 모를 시체가 내 발밑에 놓여 있었다. 나는 다시 발을 디딜 수가 없어, 한쪽 발도 불가능해 그 밤을 시체 위에 앉아 보냈다. 내 몸을 지탱하기 위해 내 손이 잡을 수 있는 곳은 오직 시체의 벌어진 입속의 이빨뿐이었다.

닷새의 지옥과도 같은 노정 끝에, 우리는 표지판에 '바이마르(WEIMAR)'[1]라고 적힌 역의 측선에 당도했다. 역무원들이 화차 양옆으로 다가와 문을 열었다. 몇 분 만에 전체 플랫폼은 쓸모라고는 전혀 없는 인간쓰레기를 버리듯 던져진 시체들로 말미암

---

1) 바이마르(Weimar): 독일 중부의 도시.

아 거대한 쓰레기장으로 변했다. 이것이 한때 독일 문화의 상징이자 문명의 정점이었던 괴테의 바이마르에서 벌어진 일이다. 그렇다면 화차에 남은 사람들은? 우리는 공간이 많아져 행복했다. 인간의 생존의지는 불굴의 것이지만 또한 냉혹한 것이다.

그러나 우리의 노정은 끝난 것이 아니었다. 우리는 부헨발트행 열차로 갈아탈 예정이었다. 그러나 마지막 순간에 그들은 부헨발트가 만원이라는 사실을 알게 되었다. 그래서 우리는 들어본 적도 없는 다른 장소인 마우트하우젠(Mauthausen)으로 옮겨질 예정이었다.

어쨌든 우리는 반죽음 상태였고 우리가 다음에 어디로 가든 관심도 없었다. 또다시 사흘간의 어김없는 추위와 굶주림과 갈증과 죽음의 견딜 수 없는 날들이 뒤따랐다. 마침내 그들이 우리에게 먹을 것을 주었다. 곰팡이 슨 빵과 치즈 비슷한 것이었다. 그러나 입속이 너무 말라 한 입도 삼키지 못했다. 우리는 침이 전혀 고이지 않았다.

노정은 끝없이 계속되었고, 우리는 그것이 끝나지 않을 것이라고 믿었다. 그러나 그것은 2월 중순의 몹시 추운 어느 날 저녁에 끝이 났다. 산비탈에 자리한 역의 소박한 간판에는 '마우트하우젠'이라고 적혀 있었다.

우리가 유럽 어디쯤에 있는지조차 가늠하기 어려웠다. 누군가는 그곳이 오스트리아라고 생각했다. 만약 그렇다면 우리는 상당히 먼 곳까지 온 것이었다. 그런데 이런 엄중한 시기에 독일인들이 때로는 열차에 싣고서, 때로는 걸려서, 우리를 이리저리 끌고 다녀야 하는 이유에 대해선 아무도 설명하지 못했다. 다만 우리는 나날이 우리의 수가 줄어든다는 것만 알 수 있었다.

우리는 우리의 몸이 허락하는 대로 빨리 화차 밖으로 기어 나왔다. 모든 것은 독일인들을 위해 하나 둘 속도를 맞춰 구보로 수행해야 했다. 우리의 다리는 그 노정 동안 통나무처럼 뻣뻣하게 굳어 아무리 몸을 곧게 세우고 걸으려 해도 접히지 않았다. 우리들 대부분이 열차에서 신발을 잃어버려 맨발로 눈과 진흙 속을 터덜터덜 걸어갔다.

마우트하우젠 요새를 둘러싼 육중한 성벽이 언덕 높이 솟아오르며 모습을 드러내기 시작했다. 하얀 석축이 어둠을 뚫고 불길하게 번뜩였다. 우리는 젖 먹던 힘까지 다해 끝도 없어 보이는 언덕을 기어올랐다. 마르타는 없지만 우리 네 사람은 아직 한데 뭉쳐 있었다. 열차에서 동생 리디아는 내 곁에 있었지만 나나와 아니타는 반대편 끝에 있었다. 우리는 나머지 사람들의 머리 위로 서로를 볼 수는 있었지만 중간의 수많은 사람들을 뚫고 만날 수는 없었다.

그러나 이제 우리는 요새 입구에 다 같이 있었다. 우리는 거대한 회색빛 석문을 통과해 들어갔다. 우리의 첫인상은 세심하게 정돈된 단정함과 소름끼치리만큼 고요한 정적이었다. 대기가 무겁게 가라앉아 보였다. 아무 소리도 들리지 않았다. 마치 수용소 전체가 무시무시한 극비의 비밀을 간직하고 있는 것 같았다. 모호한 압박감이 우리를 짓눌렀다. 늘 곤두서 있는 신경이 어느 순간에 우리 목에 차가운 날붙이를 겨눌지 모른다고 우리에게 말했다.

우리는 양옆으로 커다란 화강암 석판을 붙인 길고 좁고 어두운 통로로 들어갔다.

누군가가 갑자기 뒤에서 내 목을 움켜잡았다. 나는 언제나 마지막 줄에 섰고, 내 고개가 휘어지면서 석판들 중의 하나로 끌려갔다.

"행운을 빌어!" 그가 악의적인 웃음을 지으며 말했다.

"돌 하나에 머리 하나."

그것은 우리 대열을 호송하던 에스에스 보안대원이었다.

'돌 하나에 머리 하나'라니 대체 무슨 말을 하는 것인가? 외부인인 우리는 이곳에서 무슨 일이 벌어지고 있는지 아무런 눈치도 채지 못했다. 그러나 며칠 후에 우리는 그 답을 찾았다.

❧❀❧

마우트하우젠[2]은 남자 수용소였다. 우리는 이곳에 보내진 최초의 여자 수용자였다. 이곳에 할당된 대규모의 유대인을 제외하고는 수감자들은 주로 다양한 국적의 정치범들이었다.

요새를 빙 돌아 죄수들이 노동하는 거대한 화강암 채석장이 아래로 깊이 파여 있었다. 먼저 바위들을 폭약으로 쪼개면 그다

---

2) 마우트하우젠 강제수용소: 오스트리아의 가장 규모가 크고 잔혹했던 나치 수용소. 1938년 다하우 강제수용소에 있던 한 무리의 죄수들이 지은 마우트하우젠 강제수용소는 이후 나치가 세운 가장 큰 수용소 중 하나로 발전한다. 상당히 많은 수의 유대인들이 이 수용소에 온 것은 전쟁이 끝에 가까워졌을 무렵이었다.

음에는 죄수들이 무거운 돌덩어리를 등에 짊어지고는 대략 180여 개의 계단 위의 작업장으로 옮겨야 했다. 죄수가 마지막 숨을 몰아쉬며 계단 꼭대기에 올라왔을 때, 그를 발로 걷어차 그와 그의 짐을 가장 멀리 굴러 떨어뜨리는 것은 간수병들이 가장 즐기는 스포츠였다. 지난 몇 년 동안 수천 명의 죄수들이 그곳에서 목숨을 잃었다. 그제야 우리는 '돌 하나에 머리 하나'가 무슨 뜻인지 알게 되었다.

우리는 즉시 샤워를 하라는 명령을 받았고, 늘 하던 추측이 시작되었다. 물일까? 가스일까? 우리는 묵은 논쟁을 다시 시작했다. 물! 그것은 물이어야만 했다. 물! 물! 우리는 갈증으로 바싹바싹 말라가고 있었다. 갈증보다 견디기 어려운 것은 없다. 그것은 추위나 굶주림보다도 훨씬 고통스럽다. 갈증은 해독제가 없다. 추위는 잠시 몸을 움직여 극복할 수 있고, 굶주림도 속일 수 있다. 그러나 갈증은 순전한 고문이고, 오직 물만이 생명을 되살릴 수 있다.

그들이 샤워기를 틀었다. 뜨거운 갈색 물이 우리 위로 쏟아졌다. 우리는 모두 아래에 서서 공기를 갈망하는 물고기처럼 입을 쫙 벌렸다. 아무도 씻을 생각은 하지 않았다. 우리는 단지 마시고 또 마셨다. 이제 살았다. 우리는 더럽고 찢어진 누더기를 입고 콘크리트 연병장을 가로질러 달렸다. 그들이 우리를 벽돌 건물 안에 몰아넣고는 문을 잠갔다.

방 안에는 늘 있던 3층 침대가 나란히 채워져 있었다. 우리의 수는 많고, 방은 지극히 작았다. 어떻게 해서든 우리는 끼워 맞쉬야 했다. 소녀 넷이 한 층에서 잠을 자야 한다고 그들은 말했다. 비좁은 선반에 넷씩이나? 세상 최고의 의지를 발휘해도 그것은 불가능해 보였다. 그러나 경험은 우리에게 이런 곳에서 불가능한 것은 없다고 가르쳤다. 채찍을 든 에스에스 여자 보안대원 둘이 느닷없이 들이닥쳐서는 아무나 후려치기 시작했다.

"침대로 들어가. 당장! 빨리! 빨리!"

우리는 모두 한 침대의 한쪽 구석에 다리를 아래로 접고 웅크렸다. 한 단에 네 명씩 열두 명, 우리 안의 원숭이들 같았다. 이렇게는 오랫동안 버틸 수 없다고 우리는 생각했다.

그러나 우리 넷은 이내 실제적인 해결책을 생각해냈다.

"얘들아, 우리가 얼마간이라도 잠을 자고." 내가 말했다.

"다리를 조금이라도 펴서 마비되지 않게 하려면 이렇게 하자. 두 사람이 자정까지 다리를 쭉 펴고 있고 반대로 남은 두 사람은 다리를 접는 거야. 그 다음에 자정이 지나서부터는 바꿔서 하는 거야. 그렇게 하면 우린 얼마간 쉴 수 있을 거야. 어때?"

모두 동의했다. 우리는 번갈아 그렇게 했고, 우리가 하는 것을 본 나머지 사람들도 우리를 따라 했다. 이곳에서는 우리가 할 일이 없었다. 잠시 머무는 곳이 분명했다. 배급량은 똑같이 하루에 멀건 수프 한 그릇과 곰팡이 슨 거무칙칙한 빵 한 덩이가 전부였다. 하루에 두 번, 우리는 머릿수를 세는 점호를 받으러 나갔다. 그 나머지 시간은 건물 안에 갇혀 지냈고, 다른 사람들과 말을 하거나 다른 것을 보아서도 안 되었다.

우리가 그곳에 온 지 일주일쯤 되었을 즈음, 우리를 또다시 다른 곳으로 보낼 것이라는 소문이 돌았다. 우리는 영원한 순례자가 된 기분이었다. 우리는 두려움에 떨며 우리 무대의 다음 노정을 예상해보았다. 마지막을 짐작해보건대, 우리는 그때까지 살아남을 가능성이 희박했다. 아직 2월밖에 되지 않았고, 이런 형편없는 누더기를 걸치고는 우리가 얼어 죽을 운명인 것처럼 보였다.

44

연발권총을 든 에스에스 보안대원

그날 밤 뜻밖의 사건이 있었다. 나는 우리 창문 아래의 연병장 전체를 비추는 서치라이트의 돌연한 불빛에 잠에서 깼다.

나는 무슨 일인지 알아보기 위해 침상을 기어 내려가 창문 옆에 섰다. 한동안 조용했다. 시야에는 아무것도 보이지 않았다. 그때 나는 옷이 잔뜩 쌓인 나무 들것을 들고는 연병장을 대각선으로 가로질러 가는 죄수 둘을 보았다. 그들은 늘 하던 구보가 아니라 꽤 정상적인 속도로 걸어갔다. 그들이 대충 중간쯤까지 갔을 때 에스에스 보안대원이 손에 연발권총을 들고는 나타났는데, 그가 그들을 감시하는 것이 분명해 보였다. 나는 그들을 계속 지켜보았다. 그 작업은 계속 반복되었다. 그러나 나는 그 에스에스 보안대원이 매번 나타나지는 않는다는 것을 알아챘다. 많은 경우는 나타났지만 어떤 때는 그렇지 않았다

바로 그때 말도 안 되는 생각이 떠올랐다. 이따금 우리는 극도의 절망감에 빠져 정상적 판단이라고 보기에는 너무 이상해서 광기와 구분되지 않는 짓을 하기도 한다.

다음 무대의 노정에서 혹시라도 우리가 얼어 죽지 않으려면 수단과 방법을 가리지 않고 더 많은 옷을 입어야 한다고 나는 판

단했다. 바로 지금 나는 우리의 창문 바로 아래로 충분한 옷들이 지나가는 것을 보고 있었다. 광적인 생각이 나를 사로잡았다. 창 밖으로 뛰어내려 들것의 옷가지들을 낚아채면 안 될 이유라도 있는가? 죄수들은 나를 해치지 않을 것이다. 그렇지만 뒤를 따라오는 에스에스 보안대원은 어떡하지?

때로는 있고 때로는 없었다. 그것은 러시안룰렛 게임과 비슷할 것이다. 마음의 결정을 했다. 만약 운이 다했다면, 나는 그의 총에 죽을 것이다. 만약 그렇지 않다면, 우리는 모두 이동하는 동안 따뜻한 옷을 입게 될 것이다.

머릿속에서 무언가가 방아쇠를 당겼다. 더 생각할 것도 없이, 바로 지금이다! 나는 창문을 열었고, 들것이 지나가자마자 밖으로 뛰어내렸고, 사방에서 서치라이트를 비추는 연병장을 가로질러 들것의 뒤를 쫓아갔다. 그러고는 두 죄수 사이로 뛰어들어 옷가지를 한 아름 끌어안고는 왔던 길을 되돌아 달렸다. 그들이 깜짝 놀라며 걸음을 멈추었다. 어떤 에스에스 대원도 따라오지 않았고, 감시하는 사람도 보이지 않았다. 옷들을 창문 안으로 집어던지고—우리 방은 1층이었다—살쾡이처럼 벽을 타고 올라가 창문을 통해 안으로 뛰어든 다음 창문을 닫았다. 정상적 상황이라면 그런 짓은 하지도 못했겠지만, 우리는 목숨이 위험에 처했을 때 기적도 일으킬 수 있다.

나는 거친 숨을 몰아쉬며 뒤의 상황을 확인하기 위해 창문 옆에 숨어 곁눈질로 주위를 살펴보았다. 뒤이은 죄수 둘이 옷을 실은 들것을 들고는 막 지나가고 있었다. 열 발자국쯤 떨어진 뒤에

에스에스 보안대원이 장전된 연발권총을 들고는 따라가고 있었다. 그는 그 권총을 집게손가락에 걸고는 빙글빙글 돌리며 걸어갔다.

45

나나의 최후와 체코 영토를 가로지른 노정

그 모험이 있은 이틀 뒤 에스에스 여자 보안대원이 그날 새로
운 곳으로 이송될 것이므로 전원 연병장에 집결해 점호를 받으
라고 우리에게 말했다.

늘 하던 대로 우리는 다섯 명씩 정렬해 섰다. 마르타를 잃은
뒤에 우리는 쿠르츠바흐에서 감자가 가득한 저장고를 우리에게
알려준 소녀 블란카 크라우소바를 우리 무리에 합류시켰다. 우
리는 손발이 잘 맞았다.

나나 크라소바가 가운데 자리에 있었다. 햇살이 눈부신 아름
다운 겨울날이었다. 오래전에 잊힌 시절이었다면, 오스트리아
산악 지방에서 눈은 따뜻한 장화를 신은 우리의 발아래서 뽀득
거리며 즐거운 비명을 지르고, 파란 하늘은 우리의 머리 위에서
웃음 지었을 것이다.

갑자기 그 모든 일이 일어났다.

에스에스 여자 대원이 우리의 머릿수를 점검하고는 한가로이
대열 앞뒤로 오고가고 있을 때, 갑자기, 어떤 예고도 없이 나나
가 대열을 벗어나 딱히 정해진 방향도 없이 천천히 걸어가면서
이렇게 말하는 것처럼 보였다.

"이제 모든 것을 그만할 테야. 이제 이건 더 이상 나하고 상관 없는 일이야. 나는 떠날 거야. 잘 있어."

우리는 모두 놀라 얼어붙었다. 심지어 에스에스 여자 보안대 원도 믿지 않는다는 눈으로 바라보았다. 그들은 그런 것을 본 적이 없었다. 누군가 대열을 벗어나 행렬을 이탈할 수 있다는 것을 상상해본 적이 없었다.

그야말로 침착하게, 몽유병자처럼 나나는 수용소의 다른 구역과 우리 구역을 나누고 있는 철책을 향해 걸어갔다. 그녀가 철조망에 등을 기대고는 해를 올려다보았고, 그녀의 얼굴에 미소가 어른거렸다. 어쩌면 전에 쿠르츠바흐에서 그녀가 묘사한 꿈처럼 '부족한 것이 없는 곳'으로 그녀를 데려가기 위해 백마를 타고 온 남편 한스를 상상하고 있을는지 모른다. 그러고는 조용히 땅으로 미끄러지면서 그 자리에서 죽었다. 그것은 순전히 의지의 행위였다. 철책에는 전기가 흐르지 않았다.

우리는 그 자리에서 꼼짝도 하지 못했다. 마침내 에스에스 여자 보안대원들이 행동을 개시했다. 그들이 철책으로 달려가 나나의 양발을 잡고는 연병장 밖으로 질질 끌고 갔다.

꿀벌

그 직후 우리는 줄 맞춰 요새를 떠나 언덕 아래로 행군했고, 바로 며칠 전 대량 학살을 당하며 도착했던 간이역에 당도했다.

이미 열차가 우리를 기다리고 있었다. 그것은 가축 운반용 화차가 아니고, 석탄 운반용 화차도 아니고, 아래로 끌어내리는 넓고 깨끗한 창문과 '일등석'과 '이등석'이라고 적힌 통상적인 여객열차였다. 분명코 착오가 있었던 것이라고 우리는 판단했다.

"이건 수용소 지휘관이라든가 지역의 중요 인사라든가 그런 사람을 태우려고 대기하고 있는 게 분명해. 저들이 이렇게 호화로운 열차에 우릴 태울 리가 없잖아. 저들이 우리를 태울 적당한 화차를 찾을 때까지 기다려야 할 모양이야. 시간이 꽤나 오래 걸릴 테니 기다릴 준비나 하자고."

그러나 우리의 생각이 틀렸다. 그것은 정말 우리를 태울 열차였다. 그것은 믿기지 않는 일이었다. 그 중요한 착오가 어떤 불행한 결과를 초래할지 우리는 추측하기 시작했다. 그러나 아니었다. 그것은 우리의 기차였다. 그랬다. 우리는 마침내 기차에 올랐다. 그때까지 살아남은 우리의 수가 매우 적었기 때문에 우리를 위한 좌석이 넉넉했다. 늘 그렇듯이 목적지는 정해지지 않았다.

열차가 출발하자 이번에야말로 상황이 더 좋아질지도 모른다는 기분이 들었다. 인간의 본성은 참으로 굴복할 줄을 모른다!

한동안 우리는 방향도 모른 채 낯선 지역을 계속 지나갔다. 그러나 그때 독일이 점령한 보헤미아와 모라비아 보호령이 분명해 보이는 표지판과 역명이 보이기 시작했다.

"애들아, 고향에 돌아왔어!"

외침이 터져 나왔고, 객차 안에 우리 체코인들 속에서 애국가가 울려 퍼졌다.

"내 조국은 어디인가."

"이 기차를 타고 가는 동안 전쟁이 끝날지도 몰라. 그러면 우린 곧장 집으로 돌아갈 수 있어."

우리는 생각했다.

창문을 내려 열고는 도로와 역 플랫폼의 사람들에게 우리는 체코인이라고 외치기 시작했다. 그러나 대답을 하거나, 손을 흔들거나, 어떤 몸짓을 하는 사람은 아무도 없었다. 우리가 허수아비처럼 보였던 것이 분명하다. 그들이 우리를 어떻게 생각했는지 누군들 알겠는가? 어쨌든 우리는 고향 땅에 있다는 것이 기뻤고, 이것이 우리의 힘을 북돋워주었다. 역의 이름을 읽는 것은 마치 익숙한 지도를 따라가는 것 같았다. 우리는 북서쪽을 향해 가고 있다는 것을 알 수 있었다.

우리를 책임진 사람도 없었고, 객차들을 오고가는 에스에스 보안대원도 없었고, 우리에게 명령을 내리는 사람도 없었다. 우리는 유쾌하게 체코 민요를 부르기 시작했다. 쉬지 않고 열차가 달렸다. 그것은 체코의 어딘가로 학교 소풍을 가는 기분이었다. 창밖을 보면서 나는 익숙한 풍경을, 내 고향 지역의 사랑스런 모습을 바라보았다. 지평선에는 고향의 언덕과 숲들의 윤곽이 보였다. 창문으로 보이는 정경을 포함한 모든 것들이 갑자기 이 최근의 환영의 모자이크에서 자리를 잡기 시작했다. 나는 집에 돌아왔다! 내 고향 마을에 돌아왔다!

마치 공모한 것처럼 열차가 우리 가족이 떠났던 기차역에 조금 못 미쳐서부터 속도를 늦추었고, 잠시 정차했다. 역은 3년 전

이곳을 떠날 때와 전혀 달라 보이지 않았다. 나는 동생에게 이렇게 말하고 싶었다.

"리디아. 우리 여기서 내려 곧장 집까지 걸어가자. 철로를 건너 역에서 오른쪽으로 돌아 몇 분만 걸어가면 우리 집에 도착할 거야. 집에 너와 내 침대가 있어. 더 이상 아무 데도 안 가도 돼. 우리 이 더러운 누더기를 벗어버리고, 길고 뜨거운 욕조에 들어가고, 오랫동안 사용한 적이 없는 우리 비누와 치약과 칫솔을 사용하고, 깨끗하고 따뜻한 옷과 스타킹과 걸맞은 신발을 신는 거야. 그러곤 다른 가족들이 돌아오기를 기다리는 거야. 아버지와 어머니와 이르카와 내 아르노와 네 페트르를!"

그것은 금방이라도 간단하게 얼마든지 가능해 보였다.

이런, 내가 왜 여기 있는 거지? 이 기차에서 뭘 하고 있는 거지? 모든 것이 터무니없어 보였다.

그러나 그 순간 열차가 덜컹하며 움직였고, 우리는 다시 출발했다. 집으로 걸어 돌아가는 꿈은 이슬처럼 증발했다. 이윽고, 우리는 플젠(Plzeň) 역에 도착했다. 열차가 스코다(Skoda) 군수품 작업장 뒤쪽의 측선에 정차했다. 노동자들이 철조망 울타리로 달려왔다. 우리는 그들에게 외쳤다. 우리는 체코인이에요. 남은 빵이 있나요?

누군가가 즉시 긴 빵 두 덩이를 가져와서는 울타리 너머로 던졌다. 다른 노동자들은 격려하는 고함을 질렀다.

"저걸 가져가! 도망쳐! 걱정하지 마! 우리가 숨겨줄게!"

나는 저항할 수 없었다. 그들이 던진 빵을 보자마자 나는 보안대원이 총을 쏠지도 모른다는 사실을 망각한 채 열차 밖으로 뛰어내렸다. 나는 양팔에 빵을 끼고는 기차로 다시 내달렸다.

우리가 그와 같은 무언가를 본 적은 아주 오래전이었다. 바닥에 밀가루를 뿌리고 담갈색으로 갓 구워낸 그런 근사한 향내가 나는 빵을. 우리는 그들에게 감사의 말을 외쳤다. 그들은 우리에게 손을 흔들며 안전한 여정을 기원했다.

우리가 객실에 앉아 만찬을 즐기다니! 우리는 그것을 똑같이 나누었고, 두 눈을 감고는 천천히 한 입씩 베어 물었다. 한 조각씩 먹을 때마다 성스런 미사들 중에서 가장 신성한 미사를 올리는 듯이 엄숙하게 삼켰다. 우리가 보호령의 국경을 넘어 독일 영토로 돌아왔다는 것을 우리는 알아채지 못했다.

이곳부터 모든 것이 우울하고 초대받지 못한 것처럼 보였고, 우리의 낙관주의와 높은 기상이 빠르게 새어나가기 시작했다. 우리 자신을 추스르기 위해 우리는 집에 돌아가면 가장 먼저 하고픈 일을 서로서로 말하기 시작했다.

아니타의 남편 파벨은 아우슈비츠 교향악단의 오보에 연주자였고, 그때 이후로 그녀는 남편에 대해 한마디도 하지 않았었다. 이제 그녀의 차례였다.

"난 집에서 파벨을 기다리다가 그이가 현관에 나타나면 그이의 목을 끌어안을 거야. 그러곤 함께 페이스트리 가게로 가서 판매대에 있는 걸 모조리 먹을 거야."

블란카 크라우소바는 생각이 달랐다.

"난 프라하의 우리 동네에 도착하자마자 거리 건너편 푸줏간에서 가족들을 위해 큰 가방 가득히 핫도그를 사서 가져갈 거야. 우리는 핫도그와 머스터드와 소금 롤빵을 배불리 먹을 거야. 먹을 수 있을 만큼 많이 먹어도 되겠지. 그건 정말 굉장한 만찬일 거야!"

리디아는 임신 5개월이 훨씬 지나서 전쟁이 끝나기를 학수고대하고 있었다. 그녀는 우리 나머지 사람들만큼 삐쩍 마른 데다 그녀의 상태가 모습을 드러내기 시작했지만 헐렁한 옷이 그것을 가려주었다. 그 사실을 아는 사람은 그녀와 나밖에 없었다.

우리는 나흘째 이동하고 있었다. 열차는 느린 속도로 이동하면서 셀 수 없이 여러 번 정차했다. 우리는 번갈아 돌아가며 수화물받이에서 잠을 잤고, 그곳으로 올라가는 것은 어렵지 않았다. 열차가 드레스덴을 겨냥한 공습에 시달리는 지역에 들어섰다. 소이탄이 이곳까지 날아와 공중에 쉬이익! 꽝! 휘파람 소리를 내며 하늘을 밝히는 일이 차츰 더 빈번해졌다.

때론 보안대원들이 대피하기 위해 공습이 끝날 때까지 우리를 열차에 남겨둔 채 열차를 세워두곤 했다. 우리는 폭탄이 떨어지건 말건 신경도 쓰지 않았다. 우리 근처에 떨어지는 폭탄은 모두 환영의 박수세례를 받았다. 그러나 여객열차라고 해도 그 끝없는 노정은 이전의 다른 모든 노정과 다르지 않았고, 그것은 우리를 능가하기 시작했다. 그 빵 이후로 우리는 전혀 먹지도 마시지도 못했다.

46

베르겐-벨젠

닷새째 되는 날 정오 무렵 열차는 종착역에 정지했다. 철로는 더 이상 이어져 있지 않았고, 우리는 모두 열차에서 내렸다. 이즈음 우리는 서로를 좀처럼 알아보기 어려웠다. 씻지도 않은 데다 쇠약해질 대로 쇠약해져 볼은 움푹 패고 두 눈은 퀭하니, 우리는 어떤 구원의 기적도 믿지 않는 사람들의 체념한 모습 그대로였다.

그것은 2월 말경의 겨울날이었다. 햇볕은 비추지만 온기가 거의 없었다. 우리를 둘러싼 먼 곳까지 자작나무밖에 없는 판판하고 고요한 평원이 펼쳐져 있었다. 아직 사방으로 가루눈이 한 꺼풀 덮여서, 어린 시절 언제나 우리를 즐겁게 했던 풍경이었다. 자작나무가 차렷 자세로 서서 그 풍경에 고요하고 평화로운 분위기를 더해주었다. 철로 옆 표지판에는 왼쪽을 가리키는 화살표와 함께 '벨젠(BELSEN)'이라고 적혀 있었다.

나는 맑고 차가운 공기를 깊이 들이마시며 생각했다. 참 아름다운 곳이야! 어떤 추악한 일도 이런 멋지고 조용한 전원 지역에서 일어날 리가 없다고. 벨젠이야말로 모든 강제수용소 중에서 최악의 장소가 될 것이라는 사실을 우리는 아직 알지 못했다.

그때까지 거쳐온 다른 수용소들이 지옥의 대기실이었다면 벨젠은 바로 지옥이었다.

우리는 수용소로 들어갔고, 나무들 사이에 창문 없는 낮은 목조 막사가 줄지어 있는 것을 보았다. 언뜻 보면, 그것은 자작나무숲 공터의 조용한 야영장을 연상시켰다. 그들은 우리를 계속해서 가장 먼 구역까지 거의 끝까지 데리고 들어갔고, 그곳의 막사들 중 하나에 우리 250명을 몰아넣었다. 늘 보아왔던 3층 침대가 빼곡하게 들어차 있었고, 3층 침상에 12명이 배정되었다. 그래서 다시 우리는 나무 널빤지 하나에서 넷이 지내게 되었다.

이번에, 전체 지역이 동부 지역에서 철수한 모든 수용소의 죄수들 수천수만 명으로 인해 벌써 만원이라는 것을 우리는 알아챘다. 일부는 기차로 도착했고, 일부는 발로 걸어와야 했다. 가장 강인한 사람들만이 이곳까지 오는 데 성공했다.

우리는 도착하자마자 각자 음식을 위한 전투를 벌여야 했다. 멀건 수프와 작은 빵 한 덩이. 그것이 이곳에서 모든 사람이 그 자신을 위한 것이었다. 질서 비슷한 것이라도 기대했던 사람들은 곧 폴란드와 헝가리와 여타의 언어로 이유를 호소하고 인내하는 것이 얼마나 쓸모없는 짓인지를 알게 되었다.

"조용히 합시다! …… 싸우지 좀 맙시다! …… 이성적으로 생각해봐요! …… 모든 사람들이 조금씩 먹어야죠!"

사람들은 들짐승들처럼 음식을 차지하기 위한 다툼을 벌였다. 그들은 휴대용 식기를 들고서 손잡이가 달린 수프 들통을 가져갔다. 혼란 속에서 들통이 쓰러졌고, 수프의 절반이 바닥으로 쏟아졌다. 나머지도 순식간에 전부 사라졌다. 그것을 차지하려고 무자비하게 싸운 사람들만이 무언가를 얻었다. 질서를 지키려고 애쓴 사람들을 비롯해 나머지 사람들은 굶주려야 했다. 그래서 우리는 독일 보안대원들에게 책임을 맡아줄 것을 탄원할 지경에 이르렀고, 오직 그들만이 규율을 강요할 수 있었다

이튿날 우리는 '노동 구역'으로 옮겨졌다. 그곳도 다르지 않았다. 여전히 똑같은 3층 침상에 12명이 인간 마천루처럼 한데 웅크리고 있어야 했다. 맨 아래층 침상의 사람들은 높이가 거의 바닥이나 다름이 없어서 앉을 공간도 없었고, 중간층 사람들은 사이에 끼어 짓눌렸고, 꼭대기 층 사람들은 천장에 맞닿았다.

살아남은 우리 넷은, 동생 리디아와 아니타와 블란카와 나는 우리가 마우트하우젠에서 생각해낸 똑같은 방법을 사용했다. 우리들 중 두 사람은 끝에 등을 밀착시켜, 다른 두 사람이 다리를 펴고서 자정까지 얼마간의 잠을 잘 수 있게 했다. 그다음에는 바꿔서 처음 두 사람에게 기회를 주었다. 그러나 아무리 최선을 다해 노력해도 불편하게 구부린 자세로는 아무런 휴식도 취할수가 없었다.

일상의 생활은 이곳이나 다른 곳이나 마찬가지였다. 5시에 일어나고, 다섯 명씩 정렬해서 점호를 받고, 서서 기다리고 …… 서 있고 …… 기다리고 …… 어떤 날씨든 아프든 건강하든 상관없이.

그러곤 '일'을 하러 행군해 갔지만 할 일이 아무것도 없었다. 에스에스 여자 대원들은 어딘지 모를 들판으로 우리를 줄 맞춰

끌고 갔다. 우리는 저녁에 수용소로 돌아올 때까지 온종일 그곳에 서 있었다. 이런 노동에 대한 대가로 우리는 여분의 수프를 받기로 되어 있었지만 받지 못했다. 빵 배급이 약속되었지만 그것도 받지 못했다. 우리는 모두 굶주렸다. 나는 이제 리디아 때문에 두려웠다. 그녀가 이런 곳에서 어떻게 계속 지낸단 말인가? 만약 전쟁이 끝나지 않는다면? 여기서 아기를 낳아야 하는 건가?

❧✿❧

어느 날 '일'을 하는 동안 우리는 우연히 쓰레기와 악취가 나는 뼈들이 가득한 통을 발견했고, 뼈에는 약간 녹색을 띤 고기와 노란 지방이 아직 붙어 있었다. 우리는 그것을 끄집어내어 아사 직전의 짐승들처럼 뜯어먹기 시작했다. 식중독 따위는 안중에 없었다. 그것은 그대로 만찬이었다. 우리는 그것을 음미하며 삼켰고 말끔하게 핥아 먹은 뼈다귀 더미만 남겼다. 며칠 후 다른 일터로 이동하게 되었을 때, 우리는 녹색 고기가 붙은 그 뼈다귀 통에 대한 애정 어린 추억을 소중히 간직했다.

❧✿❧

며칠 후 수용소로 돌아오는 길에 나는 진흙 속에서 반짝이는 것을 발견했다. 그것을 주워 조금 닦아내고 나서는 그것이 묵직

한 식탁용 은제 나이프라는 것을 알았다. 폭이 넓은 손잡이 부분에 만자(卍字)무늬가 새겨져 있었다. 분명, 그것은 에스에스 장교식당의 물건이었다. 그들은 은제 식기를 사용했다. 그것이 쓸모가 있을 것이라고 생각했고, 자주색 양말 속에 감추었다. 그것은 발목까지 오는 녹색 양말보다 길었다.

그것은 정말 쓸모가 있었다. 들판에서 뿌리를 캐거나 버려진 날감자를 잘라내는 것은 물론이고, 에스에스 식당 밖의 쓰레기통들에서 발견되는 온갖 종류의 것들을 씻고 자르고 먹는 데 매우 유용했다. 나는 그 날붙이에 대한 소유를 주장했고, 그것을 소중하게 간직했다. 나이프와 내 허리에 매달려 재회의 희망을 지속시켜주는 아르노의 반지는 나를 지탱시켜주는 두 가지 물건이었다.

그러던 어느 날 우리는 수용소로 돌아와 예정에 없던 몸수색을 당했다. 그 일은 수용소의 여자 구역을 책임진 금발의 지휘관이자 보안대원들 중에서 가장 악질적인 이르마 그레제(Irma Grese)[1]가 수행했다. 그녀는 내 몸에서 나이프를 발견하자마자 양말에서 끄집어내더니 악을 써대기 시작했다.

"유대 도둑년! 더러운 돼지 같은 년!"

그녀는 미친 여자처럼 연신 고함을 지르면서 손잡이로 나를 후려쳤고, 나는 그녀가 내 두개골을 박살낼 것이라고 생각했다.

---

1) 이르마 그레제(Irma Grese, 1923~1945): 베르겐-벨젠 형무소의 간수 중에서 17세로 최연소 여성 친위대 대원이었고, 여간수들 중에서 가장 악랄했다고 전해진다. 채찍과 권총, 사나운 개를 데리고 다니며 여성 수용자들을 채찍질하고 개에게 물려 죽이게 했다. 수용자에게 잔혹행위를 하여 전범으로 처형되었다.

그러곤 그녀가 나를 발로 걷어찼고, 나이프를 진흙 속에 휙 던졌다. 우리 뒤를 따라오던 다섯 사람이 앞으로 나아갔지만 나이프를 남겨두고 가지는 않을 것임을 나는 알고 있었다. 무슨 일이 있어도 나는 그것을 되찾아야 했다. 주위가 혼잡한 틈을 타서 나는 나이프에 가까이 다가가기 위해 대열의 흐름과 반대 방향으로 살금살금 기어갔다. 블란카가 내 팔을 잡았다.

"제정신이니?" 그녀가 말했다.

"그 칼을 갖고 있다가 다시 그레제한테 걸리면 그 여자가 널 그 자리에서 총으로 죽여버릴 거야. 그냥 놔둬. 제발. 그 빌어먹을 칼은 잊어버려! 그럴 가치도 없어."

그녀의 말이 맞는다는 것은 의심의 여지도 없었지만 내 귀에는 들리지 않았다. 나는 밀려드는 사람들을 통과해 조심스럽게 뒤로 움직였고, 진흙 속에 한 팔을 뻗었고…… 칼을 잡았다. 그레제는 나를 보지 못했고, 나는 원하는 것을 얻었다.

결단력과 용기와 행운. 그것은 삶의 중요한 필수적 요소이다.

시간이 흘렀다. 벌써 1945년 3월이었다. 눈이 녹아 끈적끈적한 노란 진흙으로 변했다. 마치 전쟁이 벌어지고 있지 않은 듯이 하루하루 아무런 변화가 없었다. 우리는 우리의 일상을 살았고, 외부 세계는 사라져 무관해졌다. 우리는 더 이상 다른 곳의 사람들이 우리와 다른 삶을 살고 있다는 상상도 하지 못했다. 우리는 하루가 다르게 쇠약해져 갔다. 대재앙의 영양실조가 나타났다. 우리는 기력과 체중과 건강을 급속하게 잃어갔다. 우리 중 일부는 뼈에 가죽이 들러붙은 해골 같았다.

설상가상으로, 우리의 몸에는 이가 들끓었다. 비누와 개인적 청결 따위는 존재하지도 않았고, 비좁은 숙소에서 이는 증식할 수밖에 없었다. 우리의 머리카락은 다시 조금 자라났고, 머리카락에 이가 정착해서 줄에 꿴 구슬처럼 서캐를 슬었다. 그것은 우리의 피부와 옷가지를 비롯한 사방에 자리를 잡았고, 우리는 참기 어려운 가려움증을 달래려고 맨살을 헛되이 긁어댔다. 많은 소녀들은 몸에 진물이 흐르는 상처를 냈고, 그것은 아물 새가 없었다. 상처는 더 많은 이를 끌어들였다. 그곳은 옴에 걸린 개처럼 사람들이 회피하는 가련한 생명체 문둥이로 가득한 수용소 같았다. 씻을 물도 비누도 구제 물자도 없었다. 그러나 뒤이은 운명은 더욱더 가혹했다.

47

티푸스 전염병

이즈음 모든 전선에서 독일군이 괴멸하고 있다는 낙관적인 소문이 돌기 시작했다. 전쟁은 서둘러 끝을 향해 갔고, 해방은 몇 주, 아니 며칠 내에 이루어질 것이다. 우리는 단지 단호하게 버텨야 했고, 굶주림과 추위와 영양실조와 이와 피로 그 어떤 것에도 굴복해서는 안 되었다. 종전과 해방의 그날까지 순전히 의지력에 의지해 무슨 일이 있어도 모든 것에 맞서야 했다.

그러나 그것은 우리의 잘못된 판단이었다.

해방군이 도착하기도 전에 티푸스 전염병이 수용소를 통째로 집어삼켰다. 그것은 오스트레일리아 들불의 속도로 번져 지체 없이 수천수만 명을 죽였다. 질병이야말로 우리가 어떻게 맞설 수 없는 그런 것이었다. 생존을 위한 불평등한 전투에서 우리의 유일한 무기는 삶에 대한 희망과 의지뿐이었다.

우리는 모두 병에 걸렸다. 육신이 열에 그을렸고, 머리가 윙윙거렸고, 귀가 들리지 않았고, 설명이 불가능할 정도로 목이 말랐고, 무엇보다도 설사로 절름거렸다.

그러나 우리는 여전히 일을 하러 가야 했다. 아픈 것은 인정되지 않았다. 우리의 상황은 급속도로 악화되었다. 소녀들은 작업

교대시간에 주저앉았고, 점호 시간에 기절했다. 배변 억제가 불가능했다. 병은 마치 우리의 목에 단도를 들이댄 간교한 암살자처럼 교활하게도 부지불식중에 우리를 강타했다.

그것은 마치 번개처럼 가장 먼 구역의 가장 후미진 구석까지 번졌다. 탈출구는 없었다. 우리는 매일 사망자 수가 치솟는 것을 지켜보았다. 모든 통신수단이 파괴된 상태에서 수용소는 보급원과 단절되었다. 우리의 유일한 식량인 빵 공급이 중단되었다. 우리에게 남은 것이라고는 물과 공기가 전부였다. 독일인들이 직접 우리의 관에 마지막 못질을 했다. 그들은 물의 공급을 끊어버렸다. 모든 수도꼭지가 말라붙었다. 물은 생명을 의미했다. 티푸스에 걸린 사람이 물을 못 마신다는 것은 곧 죽음을 의미했다.

절망적으로, 우리는 더러운 속옷을 빠는 데 사용되어 이루 말할 수 없이 오염된 통의 물을 마시기 시작했다. 그것이 아무리 구역질이 나더라도 우리는 한 모금의 물을 위해 엉금엉금 기어갔다. 며칠 후에 통은 텅 비었다. 악취 나는 많은 양의 내용물이 우리의 목을 타고 흘러 뱃속으로 들어갔다. 우리는 모두 위험하다는 것을 알지만 갈증의 고문보다는 기꺼이 죽음을 선택했다.

상황은 이내 비참해졌다. 어떤 여자들은 너무 쇠약해져 침상에서 일어나 변소에 가지 못했고, 그들의 배설물이 아래 침상에 있는 사람들 위로 흘러내렸다. 구역을 치우는 사람은 아무도 없었다. 독일 보안대원들은 더 이상 나타나지 않았다. 그들은 우리를 운명에 맡겼다.

마침내 우리는 작업 임무가 없는, 죽기 직전 마지막 무대의 구역으로 옮겨졌다. 일어서지도 못하는 300여 명의 여자들이 억지로 처박혀, 맨 콘크리트 바닥에서 사람이 다른 사람의 위에 누워 있었다. 우리와 함께 있게 해달라는 내 애원에도 불구하고 리디아가 나하고 떨어져 다른 구역에 배정되었다.

이튿날 나는 다소 기운을 차려 리디아를 보러 갔다. 리디아는 재빨리 친구로 사귄 다른 여자애 옆의 벽에 등을 기대고 바닥에 앉아 있었다. 리디아는 몰라보게 변해 있었다. 나는 전에 한 번도 리디아를 본 적이 없는 것 같았다. 창백하고 야윈 얼굴, 임신 7개월의 배, 움푹 꺼진 눈자위와 바싹 말라붙은 입술. 내가 리디아를 위해 할 수 있는 것이 없었지만, 나는 내일 다시 오마 약속했다.

우리는 구역을 이탈하는 것이 엄격하게 금지되어 있었다. 그러나 나는 리디아를 버릴 수가 없었고 내 약속을 지켰다. 나는 이튿날 몰래 빠져나가 그녀의 구역으로 갔다. 그러나 전날 그녀가 앉아 있던 벽 쪽 자리는 비어 있었다. 리디아는 거기에 없었다. 그녀의 새 친구가 내게 자초지종을 말해주었다.

"리디아가 밤새 들통을 사용해야 했는데 그게 떨어져 나왔어요. 유산했던 거예요. 리디아는 그게 무엇인지 몰랐어요. 아무튼 그게 배설물 속에서 익사했어요. 그자들이 리디아를 병실로 끌고 갔어요."

시체로 가득한 악취 나는 구덩이인 병실!

나는 리디아를 찾으러 구역에서 구역으로 절름거리며 돌아다녔다. 마침내 나는 리디아를 찾아냈다. 날은 벌써 저녁이었다.

309

리디아는 맨 판자 구석에 반죽음이 되어 누워 있었다. 리디아가 나를 보았을 때, 눈이 기쁨과 고마움으로 희미하게 반짝였다. 그 것은 그녀의 마지막 생명의 불꽃이었다. 리디아가 내 손을 잡고 는 놓지 않으려 했고, 자기를 거기에 혼자 남겨두지 말아 달라고 나에게 애원했다. 그러나 나는 내 구역으로 돌아가야 했다. 다음 날 나는 가능한 한 일찍 다시 갔다.

리디아는 더 이상 그곳에 없었다. 그녀가 누워 있던 판자 위는 비어 있었다.

그녀는 열일곱 살이었다.

48

사형선고

이제 4월이었다. 상황은 더욱더 악화되었다. 매일 수백 명의 여자들이 죽어갔다. 사람들은 모두 기적적인 구조를 꿈꾸었지만 어떤 구역에서도 아무도 나타나지 않았다. 죽음이 우리가 기다려야 하는 전부였다.

어느 날 밤 블란카가 굴복했다. 우리 중에서 가장 강단져 보이던 그녀가 더는 버티지 않기로 결심했고, 버티고 싶어 하지도 않았다. 싸움을 포기한 사람은 누구나 몇 시간 후에 죽었다. 마치 요구하기만 하면 죽음이 다가와 모든 고통을 친절하게 끝내주는 것 같았다.

나흘 뒤에는 아니타가 죽었다. 그녀는 그것을 결심하지 않았다. 정작 그녀는 그것과 맞서 싸웠다. 그녀는 마지막 숨을 거두기 전까지도 파벨과 행복한 재회를 했을 때 함께 케이크 가게에 갈 생각에 들떠 있었다. 그러나 탈진과 탈수는 그녀의 체력을 능가했다. 그녀는 망상 상태에서 헛소리를 하다가 입술이 파래져 죽었다. 그녀 양쪽의 여자 둘이 양팔을 잡아끌어 막사 앞의 거대한 시체 더미에 그녀를 던졌다.

이제 우리 다섯 중에서 남은 사람은 나 하나뿐이었다. 나도 다른 사람들처럼 여기서 죽을 것이라는 생각이 처음으로 들었다. 나는 그런 생각을 품어본 적이 없었다. 그때까지도 그랬다. 나는 구겨진 종잇장처럼 주름진 피부에 덮인 뼈다귀 무더기에 지나지 않았다. 눈동자와 이빨이 내 얼굴에 남겨진 전부였다. 근육은 벌써 사라졌고, 설사 탓에 대장은 병든 동물의 그것처럼 몸 밖에 매달려 있었다. 나는 일어서지도 걷지도 못했지만 먼지와 흙과 배설물에 둘러싸여 맨 땅바닥에 풀기 없이 누워 있을 수는 있었다. 살아 있는 사람들 사이의 빈자리에 시체들이 놓여 있었고, 이미 많은 시체들이 부패하고 있었다. 이제 우리는 모두 아주 많이 닮아서 누가 죽었고, 누가 아직 숨을 쉬고 있는지 구분하기도 어려웠다. 숨이 붙어 있는 사람은 주시하는 눈빛을 하고서 누워 저승사자가 큰 낫을 들고 오기를 지켜보며 기다렸다.

죽은 자를 묻는 사람은 없었다. 아직 일어설 수 있는 수용자들 중 몇이 시체를 자작나무들 사이, 우리가 도착했을 때 나를 기쁘게 했던 그 나무들 사이에 급속하게 쌓이는 시체 더미로 끌어다 놓으려고 애쓰곤 했다. 뒤죽박죽 놓인 인간쓰레기들의 산! 죽음이 우연히 그것을 발견하는 곳마다 다른 육신들이 진창 속에 그대로 누워 있었다.

수용소 전체가 열어젖힌 공동묘지로 변하고 있었다.

생존에 대한 희망은 빠르게 증발하고 있었다. 독일인들이 우리를 마지막 한 사람까지 여기서 죽게 놔둘 것이 분명했다. 저승사자는 초과근무를 했고, 사망자 숫자는 가차 없이 치솟았고, 무엇으로도 그것을 멈추는 것은 불가능해 보였다.

죽음은 그렇게 간단한 문제이다. 화환과 음악과 묘비가 있는 화려한 장례식? 이곳에 그런 것은 존재하지 않는다. 땅의 작은 구덩이 하나와 뼈가 흙가루와 섞일 수 있는 자리에 뿌릴 한 줌의 흙이면 족하다.

도움이 빨리 당도하지 않는다면 그것은 수용소 전체를 휩쓸어 버릴 것처럼 보였다. 외부로부터의 도움. 그것이 숨이 붙어 있는 사람들이 기다리는 기적이자 우리 가슴속에서 아직 희미하게 깜빡이는 희망의 마지막 잉걸불이었다.

49

영국군

　결국 어느 날 아침, 그것은 1945년 4월 15일이었던 것 같다. 산 자와 죽은 자들 사이의 바닥에 누워 마지막 고통으로 신음하고 있을 때 나는 날카로운 외침소리를 들었다.

"왔어! 왔다고!"

"누구 말이야?"

"영국군이지! 누구겠어."

"아, 으응."

　더 이상 아무런 흥미도 못 느낀다는 듯 희미한 대답이 울렸다. 기나긴 전쟁 기간 동안 줄곧 우리가 간절히 기다렸던 순간에 우리의 길을 안내해주는 등대인 것처럼 우리를 멀리서 비추고, 우리가 나눈 모든 대화의 화제이자 끝없는 환상의 주제인, 우리만이 아니라 전 세계가 기다렸던 순간에 마치 그것이 우리하고는 상관이 없다는 듯이 우리는 매우 심드렁했다. 우리 안에 생명이 남아 있음에도 불구하고 우리는 우리를 둘러싼 세계조차 인식하지 못했다. 우리는 슬픔도 느끼지 못했다. 어떤 감정도 우리를 움직이지 못했다. 다만 우리를 계속 숨 쉬게 하는 마지막 한 방울의 기력만이 우리를 움직일 수 있었다. 그것이 다였다.

영국군이 도착했는데도 불구하고 수용소에서 가장 외진 곳인 우리 구역에는 어떤 눈에 보이는 영향이 미치지 못했다. 우리는 모두 응급조치가 절실히 필요했지만 그것은 불가능했다.

이곳에서 발견하게 될 것에 대한 준비가 되어 있지 않은 외부인들에게 벨젠이 어떤 인상을 주었는지 나는 모른다. 추측건대, 그들은 먼저 주변에 누워 있는 1만 3000여 구의 시체를 치우는 등의 최우선적으로 처리해야 할 일을 정해야 했을 것이다. 육중한 불도저들이 수용소 안으로 들어와 새로 판 거대한 공동묘지들에 시체들을 밀어 넣었다.

작업의 속도를 내기 위해, 이제는 영국군 포로인 이전 독일의 수용소 간수들이 무개화물차에 나머지 시체들을 싣고는 구덩이로 가져가야 했다. 팔과 다리가 트럭 양옆으로 늘어졌다. 운반하는 동안 시체가 미끄러져 떨어지는 것을 막기 위해, 간수들이 시체들 위에 앉았다. 마치 수확한 곡식을 집으로 실어 나르는 우마차의 건초 더미 위에 앉듯이 말이다. 예전에 얼마나 행복한 일이었던가! 그러나 여기 벨젠에서 그 악마들은 이제 자신의 수확물을 직접 실어 가고 있었다.

해방군들이 분명 보급품을 가져왔을 텐데도 먼 끝에 위치한 우리 구역에는 아무것도 도착하지 않았다. 어쩌면 도중에 다른 구역을 책임진 사람들이 모든 것을 차지했을지도 모른다. 병자들이 수용소에서 가장 가까운 독일 군사 지역인 베르겐으로 옮겨지고 있고, 그곳 병영의 일부가 환자를 위한 병원으로 사용되고 있다고 우리는 들었다. 그들은 그것을 구역별로 나누어 체계적으로 운영하고 있었다. 그러나 우리 구역은 가장 멀리 떨어져 있었다. 나는 그들이 제때에 우리를 구하러 올 것인지 의심이 들기 시작했다.

영국군이 온 지도 며칠이 지났다. 그러나 우리는 더 이상 날짜를 세지 않았고 시간만 세고 있었다. 내 주위의 다른 사람들과 마찬가지로 나는 바닥에 꼼짝도 못 하고 누워 망상에 시달리며 물을 달라는 말만 중얼거렸다. 물…….

오래전에 잊힌 삶이 내 앞에 환각으로 나타났다. 아버지가 나를 주막에 맥주를 받아오라 보내고, …… 계단에 앉아 머그잔에 하얀 거품이 이는 차가운 맥주를 마시고, …… 어머니가 노천카페에서 나를 위해 빨대가 꽂힌 붉은 과일주스를 한 잔 주문하고, …… 어떤 유적지로 학교 소풍을 와서 그곳 가판대에서 차갑고 거품이 이는 레모네이드와 레몬 소다와 라즈베리 소다를 팔고, 길옆 잔디에 앉아 병뚜껑 안쪽 바닥에 고무 와셔가 있는 병을 들고 마시고, …… 가을걷이를 하고, 건초를 갈퀴로 긁어모으고, …… 정오에 들에 앉아 있고, …… 농부의 아내가 차갑고 시큼한 우유를 큰 단지에 담아 내오고, …… 나는 그것을 양손으로 잡고 마시고, 마시고, 마시고, …….

이제 나는 끝이 다가오고 있다는 것을 느꼈다. 사람은 한계가 있다. 아무리 강한 사람도 굴복해야 할 것이다.

50

마지막 노력

그날 밤 이상한 일이 일어났다.

내가 누워 있는 구역 벽의 길고 좁은 균열을 통해 바깥에서 전등 빛줄기가 새어 들어왔다. 나는 홀린 듯이 그것을 바라보았다.

그런데 빛줄기가 목소리로 변해 내게 또렷하게 말했다.

"더 이상은 못 가. 이게 끝이야."

나는 그 말에 귀를 기울였다. 그러나 그때 내 안 어딘가에서 대답하는 것처럼 다른 목소리가 말했다. 내 안의 생존 도구 상자의 마지막 지침이었을지 모르는 괴기스런 목소리가 말했다.

"아니야!" 그것이 말했다.

"아직 아니야!"

갑자기 어떤 불가사의한 힘이 용솟음치며 나에게 일어나라고 강요하고 "나가! 여기서 나가! 빨리! 이게 마지막 기회야!"라고 명령하는 것을 느꼈다.

이런 용솟음치는 힘은 대체 어디서 나온 것인가? 내가 모르는 이런 초인적인 힘이 존재했나? 나는 어떻게 불가능한 것을 가능하도록 도와주는 이 신비로운 힘을 불러일으킨 것인가? 그것은 어디에서 뿜어져 나온 것인가? 생명이 위태로운 절체절명의 상황에 처했을 때 모든 사람에게 있는 것인가? 아니면 우리들 중 일부에게만 있는 것인가? 그것이 종교에서 말하는 성령인가? 아니면 하느님 그분이신가?

나는 그 답을 결코 모를 것이지만, 아무튼 나는 기운을 차려 바닥 여기저기에 널브러져 있는 살고 죽은 모든 육신들을 타고 넘고 걸려 넘어지며 구역 밖으로 기어 나갔다.

축축한 노란 진흙 위에 무릎을 대고 일정한 방향도 없이 눈앞에서 죽음을 목격했던 구역에서 가능한 멀리 계속해서 몸을 밀어댔다. 나는 기어가면서 목마른 개처럼 웅덩이의 물을 후루룩 마셨다.

나는 계속해서 바닥에 흩어진 시체를 돌아 기어갔고, 갑자기 내 힘이 빠져나갔다. 나는 숨을 헐떡였고, 마지막 상념이 머릿속에 번졌다.

"이게 끝이야. 그래 결국 졌어." 나는 기절했다.

얼마나 오랫동안 그 진창에 누워 있는지 아무도 모르지만, 잠시 후에 나는 정신이 들었다.

나는 좀 이상한 기분이 들었다. 어딘지 모를 곳에서 들렸던 그 마지막 목소리가 말한 '아직 아니야'는 실제로 누군가 한 말이었나?

나는 잠시 바닥에 가만히 있었다. 아무도 나에게 관심이 없었다. 우리가 한 사람 늘어나든 한 사람 줄어들든 누가 관심이나 있겠는가?

이제 사방이 어두웠다. 내 앞에 한 건물이 보였고, 그곳에는 불이 켜져 있었다. 빛을 향해 눈을 찌푸린 나는 문에 상징을 내건 적십자 주둔지 앞에 누워 있었다. 어떤 천사가 나를 이곳으로 이끌었을까?

오른쪽 문이 열리자 긴 복도가 나왔다. 나는 안으로 기어 들어갔다.

왼쪽 문은 닫혀 있었다. 그 뒤쪽에 들것 세 개가 벽과 나란히 차곡차곡 쌓여 있었다. 나는 문과 들것 사이의 구석에 쪼그리고 앉아 생각했다. 이런 불쌍하기도 해라. 맨 위 들것에 올라가 누울 힘조차 없다니. 괜찮아, 바닥에 눕는 것이 익숙해져 그래. 잠시 후에 불이 꺼지며 문이 잠겼다. 아마도 임무 수행 중이던 마지막 사람이 나갔을 것이다.

나는 안전함을 느꼈다. 나는 저승사자가 내 옆에 서서 팔을 휘두르려는 순간에 그를 따돌렸다. 그곳에서 나는 잠이 들었다. 자물쇠를 여는 열쇠 소리에 나는 잠에서 깼다. 누군가가 안으로 들어와 불을 켰다.

베레모를 쓰고 군복을 입은 영국군 장교가 내 앞에 서 있었다.

눈이 번쩍 떠졌다. 채찍을 든 독일인 보안대원이 아니라 진짜 영국인이었다.

나의 은인, 나의 친구! 아닌가? 어쩌면 내가 잘못 보았을지도 모른다.

그가 나를 보자마자 아주 엄하게 물었다.

"여기서 뭐하시는 겁니까?"

나는 모국어로 말하듯 유창한 영어로 대답했다.

"아무것도 안 해요, 그냥 앉아 있는 거예요." 아무튼 그것은 사실이니까.

그러나 그에게는 그의 훈령이 있는 것이 분명했고, 군대식으로 대답했다.

"여기 계시면 안 됩니다. 당신 자리로 돌아가 차례를 기다리십시오. 나는 당신에게 당장 나가시라 요청하는 바입니다. 우린 여기서 할 일이 많습니다."

분명 그의 말이 맞다. 그러나 그는 내 목숨이 위태로운 상황이라는 것을 모를 수도 있다. 또한 죽음의 구역으로 돌아갈 힘조차 없다는 것을.

그는 여전히 내 옆에 서서 명령을 반복했다.

"제발 나가주세요."

나는 언제나 순종적이었고, 문제를 일으키지 않기를 간절히 바랐었다. 그러나 이번에는 다른 무언가가 위험에 처해 있었다. 바로 내 목숨이! 구역을 이탈하면 즉결처분된다는 것을 나는 잘 알고 있었다.

나는 어떤 대가를 치르더라도 그의 명령을 따를 수가 없었다.

나는 그의 얼굴을 똑바로 바라보며 조용하지만 단호한 어조로 말했다.

"무슨 말인지 알아요." 내가 말했다.

"당신에게는 당신의 훈령이 있고 그 일이 쉽지 않다는 걸요. 당신들은 며칠 전에 여기에 왔고, 당신들이 본 그대로예요. 여기선 인간의 목숨의 대한 가치 따위는 존재하지 않아요. 난 도저히 더 이상 버틸 수가 없어요. 난 아주 분명하게 알아요. 만약 내 구역으로 돌아가면 내일 아침쯤에는 죽어 있을 거예요. 제발 여기이 구석에 있게 해줘요. 내 살아서 당신이 적어도 한 인간의 목숨을 구했다는 걸 반드시 보여주겠어요. 약속해요. 하지만 그것이 당신의 훈령에 위배되는 것이라면 당신의 앞길을 막지는 않을게요. 그러면 당장 나를 총으로 쏘라고 요청할 거예요."

그가 나를 바라보며 아무 말도 하지 않았다.

그때 마치 영화에서 군인의 가면이 벗겨지며 그 아래 연민과 배려가 가득한 인간적 얼굴이 드러나는 것처럼 그의 표정이 변했다.

"그럼 어쩔 수 없군요." 그가 말했다.

"여기에 계세요. 아무도 당신을 건드리지 못하게 해드릴게요. 아침에 다시 오죠."

"물 좀 주시겠어요?" 내가 한숨을 쉬었다.

"잠깐만 기다리세요."

그가 긴 복도 쪽으로 사라졌고, 맑은 식수가 담긴 주전자를 들고 돌아왔다.

"고맙습니다." 나는 숨을 헐떡거렸다.

나는 양손으로 주전자를 잡고 단숨에 그것을 비웠다. 그것은 물통의 더러운 물이나 노란 웅덩이의 흙탕물이 아닌 깨끗하고 맑은 물이었다. 생명수 말이다.

그가 떠났고, 밖으로 나가 문을 잠갔다.

51

내 행운의 별

나는 그의 약속을 믿고 기다렸다. 이튿날 아침, 복도는 사람들로 북적거렸다. 아무도 나에게 관심이 없었다. 마침내 그가 나타났다. 내 은인이, 그가 약속한 대로. 그는 군용 앰뷸런스를 몰고 왔고, 건물의 출입구 쪽으로 후진을 하고는 뒷문을 열었다. 안에는 들것이 양쪽에 두 개씩, 전부 네 개가 놓여 있었다. 그러나 내가 본 것은 무엇이었을까? 들것에는 전부 사람이 누워 있었다. 그는 나를 어디에 실으려는 것일까?

나는 걱정할 필요가 없었다. 그는 여분의 들것을 가져와 그것을 벽에 대고 펼쳤다. 그러곤 내 쪽으로 걸어왔고, 6개월 전 아우슈비츠에서 입은 뒤로 한 번도 벗은 적이 없는, 너덜너덜 해어지고 이가 들끓는 녹색 이브닝드레스를 벗겨 구석에 던지고는 한 번 더 발로 걷어찬 다음, 재빨리 흰 천으로 나를 감쌌다. 그가 나를 깃털인 양 들어 여분의 들것에 올려놓고는 끈으로 묶었고, 앰뷸런스로 데려갔다. 그는 나를 다른 사람들 사이의 교차로에 넣었다. 사람을 실은 들것을 다섯 개나 싣는 것은 규정 위반이 분명해 보였다.

그가 핸들을 잡았고, 우리는 출발했다. 내 뒤쪽 문에는 넓은 틈이 있었다. 나는 살짝 고개를 돌렸고, 벨젠이 멀리 과거 속으로 물러나는 것을 보았다. 난 여기에 있다. 내 벌거벗은 삶은 단지 죽음을 속일 수 있도록 도와준 내 사랑과 희망의 상징인 깡통 반지를 매단 줄만을 목에 걸고 하얀 천에 감싸여 있었다.

나는 이제 새로운 힘이 용솟음치는 것을 느꼈다. 벨젠 이후로 더 나쁜 일은 일어날 리가 없었다. 그러니 나는 앞으로도 살아남을 것이다.

❧❦❧

5년 전, 처음으로 프레드 애스테어가 부르는 노래, 〈넌 내 행운의 별〉을 들었을 때, 그때 나는 무슨 생각을 했던 것일까? 나는 왜 그렇게 영어를 배우고 싶은 강한 욕구를 느꼈던 것일까? 언젠가 그것이 필요하리라는 것을 알고 있었던 것일까?

프레드 애스테어가 나에게 길을 알려준 것일까? 나를 이렇게 멀리 데려온 것은 그의 노래가 분명했다. 내 운명이 거의 정해졌을 때, 그것이 내 생명의 마지막 순간처럼 보인 때, 나는 내 영국인 은인과 영어로 용케도 소통할 수 있었다. 그를 보내준 나라에 신의 축복이 있기를 기원한다.

내가 어두운 미궁 속으로 영원히 미끄러져 떨어질 찰나에 그 영국인이 어디선가 나타나 미궁 위로 구원의 손길을 내밀었고, 나를 끌어올려 목숨을 구해주었다

그래, 그것은 바로 그였다. 그 순간에 내 행운의 별은.

이름도 모르는 어느 영국 군인.

내 미지의 용사.

나는 그에게 개인적인 감사도 표시하지 못했다.

그는 내가 남은 삶 동안 그의 인간적 행위를 얼마나 감사하게 될지 모를 것이다. 그는 내 생명의 은인이었다.

52

전쟁이 끝나다

우리는 영국이 점령한 수비대 주둔지 베르겐[1]에 도착했다. 그들은 들것을 꺼내 긴 돌 탁자 위에 내려놓았고, 아직도 우리 몸을 기어 다니는 이를 제기하기 위해 석탄산 비누와 솔로 우리의 몸을 문질렀다. 그러고는 우리에게 디디티(DDT) 가루를 뿌렸고, 우리를 밀짚이 깔린 작은 방에 네 명씩 수용했다. 우리는 방의 구석에 한 명씩 바닥에 누웠다.

우리는 이제 안전해졌지만, 티푸스는 우리의 온몸을 사정없이 휘젓고 다녔다. 우리 방 사람들은 모두 이방인이었다. 내 옆에는 헝가리인이 누워 있었고, 아마 나머지 두 사람도 그랬을 것이다. 우리는 모두 자신의 세계에 살면서 목숨을 구하기 위한 전투를 벌이고 있었다. 그들 중 하나는 전투에서 졌고, 그 밤에 죽었다.

그들은 서서히 우리에게 음식을 먹이기 시작했다. 여러 날이 지났고, 우리의 의식은 마치 안개가 자욱한 풍경 속을 지나는 것처럼 움직였다. 대부분의 시간을 우리는 자는 데 보냈다.

그러던 어느 날 전쟁이 끝났다는 소식이 돌았다. 끝났다고? 나

---

1) 베르겐-벨젠 수용소에서 영국군에게 구조된 6만 명 중 1만 명이 병원에서 일주일 만에 사망했다.

는 그것이 무슨 말인지 이해되지 않았다. 그날은 어느 다른 날과 다름이 없었고, 밤새 내 방에 남은 동료 둘이 모두 밀짚에 누워 죽었다.

누가? 내 친구들 중에서 아직 누가 살아 있지? 그들 중에서 많은 수가 살아남지 못했다. 나나 크라소바, 아니타 코흐노바, 블란카 크라우소바, 내 동생 리디아, 모두 차례차례 목숨을 잃었다. 아우슈비츠의 가스실 앞에서 대기하고 있다가 쿠르츠바흐로 보내졌고, 행군 중에 쓰러지고 열차에서 짓밟힌 1000명의 어린 여자들 중에 단 열일곱 명만이 살아남았다. 나는 그 열일곱 명 중 하나였다.

"즈덴카, 우리 중에 너만 살아남을 거야."

나나는 그날 밤 쿠르츠바흐에서 예언했었다. 그 사실이 나는 전혀 기쁘지 않았다. 나는 물었다. 나는 여기서 무엇을 하고 있는 거지? 내 주위 사람들이 모두 죽었는데. 전부 아무런 이유도 없이. 그것은 모두 어떤 의미가 있었는가? 누군가의 이익에 도움이 되었나? 세상은 계속되겠지. 그런데 전보다 더 좋아질까? 인간의 본성은 늘 그랬듯이 변하지 않을 것이다. 어느 누구도 역사에서 어떤 교훈도 배우지 않을 것이다.

❧

내가 혼자 남자, 그들은 나를 군용 철제 침대가 있는 더 큰 방으로 옮겼다. 그런 사치가 없었다. 침대 하나를 통째로 혼자 사용하다니! 그러나 나는 여전히 일어서지 못했다. 몸무게는 34.9 킬로그램이었고, 내 침대를 정리할 때는 다리가 내 몸을 지탱하지 못해 그들은 나를 바닥에 눕혀놓아야 했다. 그제야 나는 살아남으려고 몸부림칠 때는 생각하지 못했던 내 건강 상태에 대해 알게 되었다. 그러나 나는 좋은 보살핌을 받고 있었다. 영국인들은 최선을 다해 우리를 돌보았다. 나는 마음속으로 귀향을 준비하기 시작했다.

누가 제일 먼저 나타날까? 아버지? 어머니? 이르카? 리디아는 아니다. 아니면 내가 첫 번째일까? 어쩌면 그럴지도 모른다. 아르노! 그는 지금 어디에 있을까? 그는 어떤 고초를 겪었을까? 그는 어떤 모습일까? 우리는 3년 동안 만나지 못했다. 나는 그가 돌아올 것이라고, 모든 것이 우리가 서로 약속한 그대로 될 것이라고 굳게 믿었다. 그는 내가 그동안 행운의 부적처럼 반지를 간직하고 있었고, 그것이 줄곧 나를 지켜주고 나에게 힘을 주었다는 것을 알면 기뻐할 것이다.

철제 침대에 누워 있을 때 귀향과 재회를 생각하는 내 머릿속으로 수없이 많은 다양한 상상들이 떠올랐다. 이 무렵 베르겐의 군 당국이 우리의 신상명세서를 작성하기 시작했다. 우리는 저마다 번호와 이름이 적힌 신분증을 받았다. 우리는 그들이 본국으로 송환이 가능할 만큼 건강해진 사람들 명단을 작성하고 있다는 말도 들었다. 나는 내 차례가 오기를 기다리고 있을 수가 없었다.

그러나 동시에 다른 프로젝트가 진행 중이었고, 스웨덴 정부

주도하에 국제적십자사가 상태가 심각한 수천 명의 수용소 생존자들을 스웨덴으로 보내 치료받게끔 준비를 하고 있었다. 나는 스웨덴에 대해서는 생각해본 적이 없었다. 그 구호 계획은 나와 아무런 관계가 없었다. 나는 본국으로 보내질 것이라고 믿었고, 나는 오직 그것이 조속히 이루어지기를 바랐다. 나는 초조해지기 시작했다. 전쟁은 끝났고, 우리는 어디서도 위협받지 않았고, 벨젠은 과거가 되었다. 그러니 집으로 돌아가자!

얼마 지나지 않아, 첫 번째 사람들이 베르겐을 떠나 본국으로 향했다. 나는 내 차례가 돌아오기를 간절히 바라고 또 바랐다. 그러나 운명은 다른 결정을 내렸다.

한 영국 행정당국의 관계자가 내가 스웨덴으로 떠날 예정인 환자들 명단에 있다는 것을 말하러 왔다. 내 실망감은 이루 말할 수가 없었다. 나는 눈물을 흘리며 나를 스웨덴에 보내지 말아 달라고 애원했다. 아무 연고도 없고 언어도 낯선 스웨덴이 아니라, 나는 집에 가고 싶었다. 집으로 돌아가야 한다! 제발! 그러나 소용이 없었다. 그들은 스웨덴에서 기운을 차리고 건강을 회복한 후에, 내가 원하면 언제든지 내 나라로 돌아갈 수 있다고 나를 안심시켰다.

내 침대의 이웃은 나처럼 벨젠에서 들어온 플젠 출신의 에르나 루조바(Erna Luxová)였다. 그녀는 스웨덴 명단에 들어 있지는 않았지만 명단에 들고 싶어 했다. 그녀가 내 침대 옆에 서서 이런 잊을 수 없는 말을 했다.

"바보 같으니라고. 즈덴카, 스웨덴으로 가. 스웨덴 사람들은 진짜 베이컨을 먹는다고!"

우리는 아직 상당히 배가 고팠다. 악화된 건강 상태 때문에 우리는 아주 조금씩 가벼운 음식만을 먹고 있었다. 그래서 그 당시 베이컨은 상당히 거부하기 어려운 유혹이었다. 그래서 어차피 명단에 이름이 들었으니, 잠시 그곳에 가서는 얼른 나아 건강한 몸으로 집에 돌아가면 된다고 나는 생각했다. 베이컨 미끼는 효과가 있었다.

충동적이고 어리숙하고 천진한 결정, 그것이 내 남은 삶을 결정지을 것이라고는 생각하지 못했다. 베이컨에 대한 갈망이 나를 완전히 새로운 길로 인도하고, 나에게 뜻밖의 미래를 소개하고, 나를 위한 세계를 열어줄 예정이었다.

53

스웨덴

스웨덴 명단에 오른 사람들은 모두 베르겐에서 뤼베크(Lübeck) 항구로 보내졌고, 그곳에서 우리는 이미 병원 침대가 설치된 큰 배로 옮겨졌다.

1945년 7월 1일, 우리는 칼마르(Kalmar) 섬을 지나 동부 해안의 노르셰핑(Norrköping) 시에 도착했다. 우리는 들것에 실려 통로로 내려왔다. 나는 내가 있는 곳이 너무 궁금해서 몸을 틀었다가 바닥에 떨어졌다. 그렇게 나는 스웨덴 땅과 처음으로 접촉했다.

그들은 우리를 현대적 설비를 갖춘 대형 병원으로 데려갔고, 우리는 4인실에 수용되었다. 우리 모두에게 깨끗하고 하얀 리넨 천에 상쾌한 냄새가 나는 베개와 포근하고 부드러운 개인 담요가 준비된 침대가 주어졌다. 그것은 우리가 오랜 세월 동안 꿈꾸던 것이었다. 우리는 지옥에서 곧장 천국에 온 기분이었다.

우리는 긴급구호단에서 나온 소위원회의 영접을 받았고, 이름과 국적을 기록했다. 사무관들 중 하나가 스웨덴에 거주하는 체코인 여성 헬레나 하이코바(Helena Hájková) 박사였다. 그녀는 오래전에 잃어버린 친척처럼 나를 맞이했고, 우리는 금세 아주

친해졌고, 그 후로 그녀는 나를 상당히 많이 도와주었다.

우리는 최상의 치료를 받고 최고급 음식을 먹었다. 수년 만에 처음으로 나는 향기가 나는 비누를 만져보았다. 벨젠에서 우리는 비누는 고사하고 마실 물조차 없었다. 비누는 단지 이전 삶의 기억 속에 존재하는 물건이었다. 게다가 이제 우리에게는 개인 칫솔과 치약과 머리빗이 생겼고, 그것들은 우리가 테레진을 떠난 이후로 본 적이 없는 물건들이었다.

우리가 만난 사람들은 모두 친절하고 연민으로 가득했지만, 우리가 어떤 사정으로 왔고 어떤 상황을 견뎌냈는지 상상조차 하지 못했다.

천천히 몸 상태가 호전되면서 정상 상태에 접근하기 시작했다. 우리는 복도를 걸어 다녀도 되었고, 심지어 건물 바깥의 거리로 외출 허가도 받았다. 이곳에서는 다윗의 별을 달지 않아도 되었다. 어느 누구도 우리를 체포하겠다고 위협하지 않았다. 반대로 사람들은 우리에게 미소를 보냈다. 머리카락도 다시 자라났고, 우리는 다시 우리 자신을 알아볼 수 있었다. 거리는 생기가 넘치고, 차량과 상점과 활력으로 가득했다. 우리가 죄수였던 적이 없는 정상적인 사람들과 섞여 걷는 데 익숙해지기까지는 조금의 시간이 걸렸다. 우리의 정신적 사기가 높아지면서 신체적 건강도 향상되었고, 우리는 고향으로 돌아갈 날을 고대했다.

그때, 모든 것이 변했다.

강제수용소 생존자들의 공식적인 명단이 발표되기 시작했다. 하이코바 박사가 명단을 입수해 나에게 보여주기 위해 가져왔다. 나는 여러 날을 안절부절못하며 명단을 급히 넘겼고, 아르노 나 내 가족의 이름이 나타나기를 간절히 바랐다. 그러나 그들의 이름은 나오지 않았다. 그들 중 단 한 사람의 이름도 산 자들의 명단에 들어 있지 않았다. 발표가 종료되기 직전의 마지막 명단에도 없었다. 나는 이 갑작스런 최후의 일격에 어떻게 대처해야 하는가? 나는 그것을 전혀 준비하지 못했다. 가장 가까운 사람들이 전부 목숨을 잃었다는 사실을 내가 어떻게 받아들여야 하는가? 더 이상 아무도 돌아오지 않을 것이다. 내가 다시 만날 사람은 아무도 없었다.

절멸수용소로 보내진 개별 수송선들의 최후에 대한 통계 자료가 발표되기 시작했다. 이것은 아우슈비츠에 도착해 '왼쪽'으로 간 사람들이 모두 곧장 가스실로 보내졌다는 것을 입증해주었다. 그것은 어머니의 소재를 말해주었다. 그곳에서 만난 옛 지인이 나에게 짧막하게 알려준 그대로였다. "어머니는 저 굴뚝 위로 가셨어요." 나는 그가 제정신이 아니라고 생각했었다.

나는 또한 하이드리히 암살에 대한 보복 조치인 아르노의 '형벌 수송선'이 1942년 6월 폴란드의 트라브니키(Trawniky)라는 곳으로 보내졌고, 모든 사람들이 도착하자 살해되었다는 것을 알게 되었다. 아르노는 애초에 가망이 없었다.

그가 떠나기 전 내 손가락에 끼워준 깡통 반지가 그가 남긴 전부였다.

어느 날 나는 오빠 이르카의 친구로부터 그가 어떻게 되었는지 알게 되었다. 1944년 가을 아우슈비츠에 도착한 뒤, 오빠는 로켓연료 공장을 건설하기 위해 글리비체(Gliwice)로 가는 수송선으로 이송되었다. 1945년 1월 러시아 전선이 가까이 이동하자 자유를 찾아 도주했지만 에스에스 보안대원 둘에게 붙잡혀 총살되었다.

아버지에 대해선 아직 뭐라고 단정할 만한 것이 없었다.

❧❧❧

그렇게 아무도 살아남지 못했다. 아무도 돌아오지 못했다. 우리 가족은 사라졌다. 우리의 집도 이미 이방인들이 차지했다는 것을 나는 알게 되었다. 결국 내가 세상에 온전히 홀로 남겨졌다는 것이 점점 분명해졌다.

이국땅에 병들고, 친구도 없이, 아무 방편도 없이 혼자 남았다. 내가 가진 것은 아르노의 반지와 벨젠의 진흙탕에서 발견한 만자 무늬가 새겨진 칼이 전부였다. 그것이 지상에서 내가 소유한 재산의 전부였다.

나는 절망감에 휩싸였다. 4년 동안 나는 무슨 수를 써서든 살아남으려 몸부림쳤다. 결코 포기하지 않았다. 이제 안전하고 자유로웠지만 나는 살고 싶지 않았다. 나를 살게 하는 것도 나를 살게 할 사람도 없었다. 차라리 다른 사람들과 함께, 내 동생 리디아와 아니타와 블란카와 함께 벨젠에 있었으면 좋았을걸.

내가 여기서 무엇을 하고 있는가? 내게 무슨 좋은 일이 남았을까? 내가 왜 남겨진 유일한 사람이어야 하는가? 나는 깊은 우울감에 빠져 사람이 무(無)에서 새로운 삶을 어떻게 시작할 수 있는지 궁금했다. 내가 가진 옷은 병원에서 준 환자복이 전부였다. 어떻게 하면 용기를 되찾을 수 있을까? 나는 어디서부터 시작해야 하는가?

생각해보니 나에게는 또래 친구 베라[1]가 있었다. 혼자보다는 둘이 '함께하는 것'이 더 쉽다. 그녀는 프라하에서 댄서로 일했고, 벨젠을 겪었고, 나처럼 그녀도 돌아갈 곳이 없는 혼자였다. 우리는 한 팀이 되었고, 그러자 기분이 곧 좋아졌다. 우리는 스웨덴에서 잠시 머물렀다가 다음에 무엇을 할 것인지 생각해보기로 결정했다. 우리는 그 당시에 돌아갈 곳이 없었고, 아무도 우리를 기다리고 있지 않았다. 다른 사람들이 이미 우리의 옛집에서 살고 있었다. 우리는 벽돌을 차곡차곡 쌓듯이 우리의 삶을 새로 짓기 전에 새로운 주춧돌을 조금씩 놓는 작업부터 시작해야 했다.

---

1) 베라(Vera): 어린 시절의 친구 베라와 동명이인.

54

생산 라인에서

스웨덴 정부는 정착을 원하는 사람과 달리 갈 곳이 없는 사람들에게 사회보장이 되는 영주권을 주겠다고 제안했다. 그래서 우리는 우리 스스로 생계를 꾸릴 수 있도록 산업체에서 일할 기회를 제공받을 것이다. 베라와 나는 스웨덴 남부 지방의 쿵엘브(Kungälv)에 위치한 비스킷 공장에 일자리를 얻었다.

우리는 요한손 가족의 집에서 하숙을 했다. 그들은 매우 친절했고, 우리를 잘 보살펴주었다. 그들의 집은 공장에서 걸어 한 시간 정도 걸리는 도시 외곽에 있었다. 작업은 오전 7시 30분에 시작되었다.

우리는 우리보다 스무 살이 많은 노련한 포장 담당자들과 함께 생산 라인에서 일했다. 처음에는 작업이 쉬워 보였다. 구획된 종이상자를 접어 두 개를 포개놓고 그 안에 비스킷이 손상되지 않게 넣은 다음 상자를 이동 벨트를 따라 멀리 이동시켜야 했다. 생산 기준은 일인당 한 시간에 140상자를 채우는 것이었다. 삶의 절반을 그 일에 종사해온 사람들로서는 그것이 아이들 장난일 것이었다. 그러나 우리는 연신 비스킷을 부서뜨렸고, 종이를 빠르게 접지 못했고, 대체로 뒤처지고 있었다. 우리는 간신히 시간당 70여 상자를 완성했지만, 그것은 우리에게 상당히 많은 생산량이었다.

시작부터 우리를 불청객으로 인식한 선임들은 즉시 그것을 알아채고는 작업반장에게 불평했다. 어느 날 그가 우리에게 다가와서는 우리를 더 낮은 급료의 더 쉬운 작업을 하는 생산 라인으로 교체해야 할 것 같다고 말했다. 비록 그런 작업과 전체적인 삶의 방식이 우리의 이상도 아니었고, 전혀 미래에 대한 어떤 전망도 제시하지 않았지만, 우리는 다소 〈모던 타임스〉의 찰리 채플린이 된 기분이 들었다. 우리는 시간당 목표량인 140상자를 완수하기로 결심했다. 다른 사람이 할 수 있다면 우리도 할 수 있었다.

"그거 아니?" 내가 베라에게 말했다.

"넌 노련한 재봉사야. 그래서 손으로 하는 일에 능숙해. 난 피아니스트의 손가락을 가졌어. 그러니까 상자 몇 개를 집에 가져가 우리가 그걸 얼마나 빨리 접을 수 있는지 해보자. 내가 장담하는데 우린 할 수 있어. 어떻게 해서든지 생산 라인에 우리 자리를 지켜내야 해."

나는 바벨의 언어를 사용하여 작업반장에게 말했고, 그에게 일주일만 시간을 달라고 간청했다. 작전은 효과가 있었다. 우리는 잠자리에 들기 전 성공할 때까지 종이를 접는 새로운 방법을 궁리하고 또 궁리했다. 우리는 종이를 너무 빨리 접어 우리 자신도 놀랐다. 딱 일주일 뒤에 우리는 한 시간에 140개는 물론이고 165개를 해낼 수 있었다. 누구도 그 수치에 도달한 적이 없었다.

전에는 우리에게 특별한 애정을 보이지 않던 선임들이 이제는 우리를 대놓고 미워했다! 그러나 작업반장은 기뻐하며 우리가 일을 계속할 수 있도록 해주었다.

그러나 그것은 지루하고 무미건조한 생활이었다. 단조로운 작업과 걸어 오고가는 먼 거리 외에도, 집으로 돌아왔을 때 고작 피로와, 그래서 잠을 자는 것밖에는 아무것도 얻는 것이 없었다. 우리는 시간이 무언가 달라질 지평선 위에서 번뜩이는 희망이 아니라 우리 앞의 공허한 미래를 향해 성큼성큼 걸어가고 있는 듯이 느껴졌다. 비스킷을 포장하면서 여생을 보내야 한다는 생각이 들자, 깊은 우울감이 우리를 엄습했다.

"우린 여기서 벗어나지 못할 거야."

나는 베라의 어깨에 기대어 울었다. 그녀가 내 기운을 북돋워주려고 애쓰며 말했다.

"걱정하지 마. 우리 둘 다 여기서 끝나지는 않을 거야."

그러나 그녀는 방법을 찾아내지 못했다.

그러나 때론 뜻밖의 일이 일어나기도 한다. 어느 날 하이코바 박사로부터 전보 한 통이 도착했다.

스톡홀름 주재 체코대사관에서 체코인 비서를 구함. 목요일 16시 15분 스톡홀름 중앙역에서 기다리겠음.

우리는 이것이 믿어지지 않았다. 일생의 직업을 얻을 기회가 굴러 들어오다니! 그러나 나는 친구로서 이 제안을 선뜻 받아들일 수가 없었다.

"이 지독한 공장에 너 혼자 놔두고 일하러 갈 수가 없어! 우린 꼭 붙어 있어야 해. 목요일 약속은 잊을 거야. 안 갈 거야!"

"너 제정신이 아니구나!"

베라가 나를 질책했다.

"물론 넌 갈 거야! 이게 우리가 여기서 벗어날 수 있는 유일한 기회라는 걸 알고 있어. 넌 분명 그 일자리를 얻어 스톡홀름으로 이사할 거야. 난 가능한 한 빨리 널 따라갈 거고, 우리는 다시 같이 있을 거야. 여기가 아니라 거기서 말이야."

나는 그녀가 옳다는 것을 인정해야 했다. 그래서 나는 되도록 가장 좋은 옷을 입고 스톡홀름 행 기차를 탔다. 나는 두려워 바싹 긴장했다. 하이코바 박사가 플랫폼에 안 나왔으면 어떡하지? 그때는 어디로 가지? 아는 사람도 없는데. 이 모든 일은 어떻게 끝이 날 것인가?

그러나 하이코바 박사는 플랫폼에서 나를 열렬히 맞이했다. 우리는 택시를 타고 곧장 대사관으로 갔다. 베네시 대통령의 전임 비서관이자 신임 대사인 에두아르트 타보르스키(Eduard Taborský) 박사가 집무실에서 우리를 기다리고 있었다.

공식 소개를 간단히 끝낸 후에 그가 말했다.

"즈덴카 양이 체코에서 교육을 받았다는 걸 알고 있어요. 우리는 당장 이곳에서 일할 체코인 비서가 필요해요. 하지만 교환대에서 일하면서 전화로 응대할 만큼 스웨덴어를 잘하시나요?"

이제 미래는 이 질문에 대한 내 대답 여하에 달려 있다는 것을 나는 알았다. 아울러 교환대에서의 일은 내 기술적 역량을 넘어서는 일이었고, 설상가상으로 내가 스웨덴어로 말할 수 있는 것은 고작 '예, 아니요, 고맙습니다' 뿐이었다.

나는 엉뚱한 생각들과 극심한 공포감에 사로잡혔다. 그때 아버지가 충고해준 말이 머릿속에서 섬광처럼 번뜩였다.

"못 한다는 말은 절대로 하지 마라. 서커스단의 코끼리도 단지 위를 걸을 수 있는데 하물며 네가 못 할 것이 무엇이 있겠니?"

대사가 내 대답을 기다리고 있었다.

나는 그의 얼굴을 똑바로 보면서 대답했다.

"네. 할 수 있어요."

"됐어요. 그럼 월요일부터 출근하도록 해요."

⚜

나는 쿵엘브로 돌아와 사직서를 제출했다. 놀랍게도 공장에서 나에게 이제까지 일했던 가장 유능한 비스킷 포장 담당자라는 추천서를 써주었다. 나는 가방에 옷가지를 챙겨 베라에게 잠시 작별을 고한 다음 스톡홀름 행 기차를 탔다. 나는 당장 체코대사관이 주재한 뉘보로카엔(Nybrokajen) 15번가에서 걸어서 몇 분 거리에 있는 비르예르 야를스가탄(Birger Jarlsgatan)에 방을 마련했다.

정작 문제는 이제부터였다. 교환대에서 시작한 첫 주는 악몽이나 다름없었다. 언어 문제가 악몽을 더욱 악화시켰다. 나는 사람들이 전화상으로 하는 말을 따라잡을 수가 없었다. 나는 곧 내가 무슨 말을 하는지 모르면서 그들의 말을 앵무새처럼 되풀이하는 법을 배웠다. 그러나 나는 이것이 무슨 일이 있어도 굉장히 신속하게 정복해야 하는 문제라는 것을 알았다.

나는 사전과 신문 꾸러미를 사다가 밤마다 그 위에 앉아 그것을 이해하려고 안간힘을 썼다. 익히고 또 익히고, 듣고 또 듣고, 말하고 또 말했다. 나는 차츰 소통 부재의 어둔 터널을 파고들어가 빛을 향해 한 걸음씩 나아갔고, 사람들이 하는 말을 이해하는 것만이 아니라 스웨덴어로 대답하기 시작했다.

소수의 체코 여성들 속에서의 공식 업무는 다채롭고 흥미로웠다. 때로는 저명인사나 귀빈을 영접하기 위한 공식행사에 초청받아 참석하기도 했다. 뒤이어 고급 음식점에 초대도 받고, 새 옷도 생겼다. 세상의 문이 활짝 열리기 시작했다. 비스킷 생산라인은 과거로 사라졌다.

❧

곧 베라가 나와 합류했고, 그녀가 예견한 대로 우리의 삶이 풀려가기 시작했다. 그녀는 직업이 재봉사는 아니었지만, 신속하게 큰 상점의 재봉사 자리를 구했다. 이제 우리는 함께 삶을 즐기기 시작했다. 우리는 북유럽 국가의 길고도 어둔 겨울이나, 낮을 가르는 밤도 없이 서로 이어진 짧은 여름에 적응하기 상당히 어려웠지만 점차 정상적인 삶을 되찾았다.

어느 날 나는 이름도 들어본 적이 없는 레데레르(Lederer) 박사라는 사람이 프라하에서 보낸 편지 한 통을 받고 몹시 놀랐다. 편지에서 그는 절멸수용소 생존자 명단에서 내 이름을 찾았고, 몇 달 동안 아우슈비츠에서 아버지와 함께 지냈고, 그들은 1945년 1월 수용소가 폐쇄되면서 그곳을 떠나 죽음의 행군을 시작했고, 2주 후에 아버지가 세상을 떠났다고 했다.

아울러 레데레르 박사는 아버지가 무척 용감했고, 주위 사람들을 늘 격려했고, 나에 대해 자주 말씀하셨다고 적었다. 아버지의 가장 간절한 소원은 내가 살아남는 것이었다. 그는 내가 살아 있을 것이라 확신했다. 레데레르 박사는 그들이 끝까지 함께 있었기에 아버지에 대해 전부 말해주겠다며 나를 프라하로 초대했다. 그는 나를 만나게 되면 기쁠 것이라고 적었다.

나는 되도록 빨리 레데레르 박사를 만나러 프라하로 가야 한다는 것을 알았다. 마침 기회가 닿았다. 대사관 직원 중 하나가 크리스마스 휴가 동안 차로 프라하에 돌아갈 계획이었고, 나에게 동승을 권했다. 우리는 곧장 독일을 통과해 차를 몰았다. 독일의 도시들은 폭삭 주저앉아 있었고, 1946년에도 폐허나 다름없었다. 그을린 벽돌, 뒤엉킨 줄, 부서진 계단과 깨진 돌 더미들이 사람들의 집에 남은 전부였다.

천벌인가?

프라하는 천천히 우리 앞에 그 아름다운 모습을 드러냈다. 원래 그대로의 장엄하고, 전쟁의 소용돌이에도 불구하고 전혀 손상되지 않은 모습이었다. 다음 날, 맨 먼저 내 여행의 유일한 목적인 레데레르 박사를 만나기 위해 길을 나섰다. 그는 중앙 프라하의 들로우하(Dlouhá) 거리에 위치한 큰 아파트에서 살고 있었다. 승강기가 작동하지 않았다. 나는 3층까지 걸어 올라갔다.

세공된 갈색의 나무문 앞에 섰다. 왼쪽에 하얀 초인종이 있었고, 위로 구리판에 '닥터 J. 레데레르'라고 적혀 있었다.

나는 손가락을 초인종에 댔다. 이제 누르기만 하면 되었다. 돌연 아버지에 대해 더 이상 무언가를 알고 싶지도, 듣고 싶지도 않았다. 그가 겪었을 고통에 대한 자세한 내용이나 그가 어디에서 어떻게 숨을 거두었는지 알고 싶지 않았다. 아버지가 게슈타포에게 끌려갈 때, 문 앞에서 침착하게 우리에게 모자를 들어 올리며 말하던 모습이 아직도 눈에 선했다.

"괜찮으니 진정해라! 침착이 힘이라는 걸 잊지 마라."

나는 그 모습 그대로 아버지를 기억하고 싶었다.

내 손이 초인종에서 떨어졌다. 나는 천천히 계단을 내려가 거리로 나섰다. 나는 레데레르 박사를 만나지 않았다. 이렇게 결정함으로써 나는 우리 가족 앨범의 마지막 장을 덮어 내 기억 상자 속에 깊숙이 집어넣었다.

이틀 후 나는 스웨덴으로 돌아왔다. 그 후로 보헤미아의 내 고향 마을이 간절히 그리웠지만 50년이 지나도록 고향집에 가보지 않았다.

영원히 안녕

50년 만에 처음 이곳으로 돌아온 노부인은 판자 더미 위에 앉아 그녀의 옛집을 바라보았다. 깊은 상념에 잠겨 그녀는 마음의 눈으로 지난 삶의 이야기를 전부 돌아보았다. 거대한 해일이 이곳에 몰아닥쳐 모든 것을 망각의 바다로 휩쓸고 간 기분이었다.

이제 과거에게 작별인사를 하고는 떠나야 할 때이다.

마침내 그녀는 일어나 건물을 향해 몇 발자국 걸어갔다. 땅바닥에서 작은 돌멩이 네 개를 집어 들고는 그것을 오랜 유대 관습에 따른 무덤이 아니라 고인들을 추모하기 위해 문 앞에 내려놓았다. 아버지와 어머니와 오빠와 여동생을 위해.

날이 더더욱 추워진 것 같았다. 그녀는 집에서 돌아서 프라하행 기차를 타기 위해 역을 향해 걸어갔다.

플랫폼에서 같은 열차를 기다리던 남자가 차가운 잿빛 하늘을 올려다보고 나서는 그녀를 돌아보며 말했다.

"올해는 눈이 일찍 오려나 봐요."

아우슈비츠-비르케나우 박물관에 보관된 즈덴카의 기록

아로노의 반지

1940년, 즈덴카와 아르노

1917년, 즈덴카의 어머니

1918년, 즈덴카의 아버지

1925년 7월, 오빠 이르카, 즈덴카, 어머니

1931년, 오빠 이르카, 즈덴카의 어머니, 즈덴카, 동생 리디아

즈덴카의 할아버지 레오폴트

리디아와 강아지 푼타

악명 높은 에스에스 보안대원 이르마 그레제

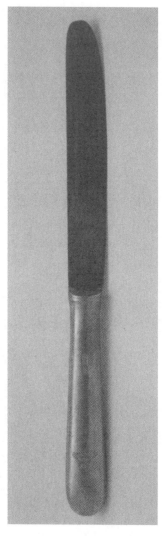

이르마 그레제가 즈덴카를 공격한 에스에스 칼

1945년 4월, 베르겐-벨젠 수용소

1945년 4월, 베르겐-벨젠 수용소

1948년, 스톡홀름 체코대사관의 비서로 재직 중인 즈덴카

현재의 즈덴카

2015년 9월 21일 초판 1쇄 인쇄
2015년 9월 25일 초판 1쇄 발행

지은이 | 즈덴카 판틀로바
옮긴이 | 김태령
펴낸이 | 이춘원
펴낸곳 | 책이있는마을
편   집 | 이경미
디자인 | 고   니
마케팅 | 강영길
관   리 | 정영석

주 소 | 경기도 고양시 일산동구 장항2동 753 청원레이크빌 311호
전 화 | (031) 911-8017
팩 스 | (031) 911-8018
등록일 | 1997년 12월 26일
등록번호 | 제10-1532호
이메일 | bookvillagekr@hanmail.net